© 2021, Stephanie Kempin

Autorin: Stephanie Kempin, Erich-Kästner-Straße 8, 65232 Taunusstein

Instagram: @stephanie_kempin
Facebook: @StephanieKempin.Autorin

Cover: Sarah Skitschak
Illustrationen: Nina Schellenbach
Lektorat: Sandra Florean

Herstellung und Verlag:
BoD - Books on Demand, Norderstedt

ISBN: 978-3-7534-0210-9

Schöne neue Zauberwelt

Magpie Lodge 1

DIE MAGISCHE TEESTUBE

Ein lustig bimmelndes Glöckchen kündigte Kayleighs Ankunft in der magischen Teestube ihres Onkels an. Sie wusste nicht genau, was sie erwartet hatte; ihre wenigen Erinnerungen an diesen Ort waren zu lückenhaft. Vor ihrem Aufbruch und auf der Fahrt hatte Kayleigh versucht, zusammenzukratzen, was ihr Gedächtnis noch gespeichert hatte. Dabei war ihr zum ersten Mal vollends klargeworden, dass sie so gut wie nie in der Teestube gewesen war und dass diese seltenen Besuche inzwischen ewig lange her waren. Neugierig schaute sie sich nun in dem Raum um, betrachtete die Wände, die die Farbe von Milchkaffee hatten, und die Deckenlampen, kleinere Versionen altmodischer Kronleuchter, die warmes Licht verbreiteten. Dass schon um diese Tageszeit viele der dunkelrot bezogenen Stühle und Bänke besetzt waren, wunderte sie. Ein gewöhnlicher Montagvormittag schien für Zauberer kein Grund zu sein, an irgendeinem Schreibtisch zu sitzen und zu arbeiten.

Der Raum wirkte durch die warmen Farben, das dunkle Holz und den Duft von Kaffee und Tee gemütlich und einladend. Fast hätte Kayleigh vergessen können, wieso sie hier war. Doch direkt unter der Oberfläche dieser Gemütlichkeit lag etwas, was ihr die Härchen im Nacken zu Berge stehen ließ. Ein Kribbeln, fast wie die Spannung, die manchmal vor einem Gewitter in der Luft lag. Spürte sie das nur, weil sie wusste, was die Teestube wirklich war? Oder ging es jedem so? Wobei sie ohnehin nicht glaubte, dass sich *Nichtmagische* hierher verirrten.

Kayleigh hatte kaum zwei Schritte in den Raum gemacht, da erstarrte sie wieder. Sie hatte das Gefühl, eine Grenze zu überschreiten, ein leichtes Frösteln überlief sie wie eine Warnung. Vielleicht sollte sie sich lieber umdrehen und gehen, bevor sie zu tief in diesem fremden Paralleluniversum steckte? *Cups of Magic* stand in verschnörkelten Buchstaben auf der altmodischen Glastür. Ein weiterer Schauer kroch über ihren Rücken wie ein plötzlicher Luftzug. Unwillkürlich stellte sich Kayleigh die Frage, ob man hier wirklich Magie in Tassen kaufen konnte. Wie viel Magie würde sie wohl selbst abbekommen, wenn sie hier einzog? Vermutlich bedeutend mehr als nur ein paar Tassen.

Wäre ihr „Onkel" Noah nicht in diesem Moment auf sie zugeeilt, wäre Kayleigh vielleicht wirklich gegangen. Sie hatte ihn bei ihrer Musterung des Raumes glatt übersehen, aber gerade hätte sich wahrscheinlich auch ein rosa Elefant an sie heranschleichen und die Nationalhymne tröten können und sie hätte es nicht bemerkt. Zu sehr war sie damit beschäftigt gewesen, wie festgenagelt dazustehen, sich umzusehen und sich daran zu erinnern, dass sie sehr, sehr vorsichtig sein musste und sich von der Atmosphäre nicht einlullen lassen durfte. Nebenbei versuchte sie, nur keine falsche Bewegung zu machen, damit nicht einer der Gäste sie in einen Frosch verwandeln würde – oder Schlimmeres. Mindestens fünf Personen starrten sie mehr oder weniger unverhohlen an. Die anderen taten fast zu gezwungen so, als würden sie ihr keine Beachtung schenken. Die einzigen Gäste, denen Kay abnahm, dass sie sich nicht für sie interessierten, waren ein männlicher Teenager mit Kopfhörer in den Ohren und eine ältere Frau mit leicht zerzauster Dauerwelle, die in ihre leere Tasse starrte, als hinge ihr Leben davon ab.

„Kayleigh, wie schön!" Onkel Noahs Grinsen war strahlender als sonst. Er breitete in einer übertrieben theatralischen Geste die Arme aus, als wollte er sie nicht nur willkommen heißen, sondern auch gleich den letzten der Anwesenden davon überzeugen, dass seine Nichte harmlos war. Bei den meisten funktionierte es, nur ein blasser Typ, der in einer schattigen Ecke saß, schaute sie noch immer prüfend an. Kay erwiderte seinen Blick, dachte jedoch noch einmal daran, vorsichtig zu sein. Nach einem Herzschlag senkte er in Zeitlupe den Kopf, als würde er Kayleigh gern länger beobachten, hätte sich aber auf die Regeln der Höflichkeit besonnen. Ein Schauer lief ihr über den Rücken angesichts dieser Musterung.

„Mach dir nichts draus, sie haben eigentlich alle nur Angst vor dir", flüsterte Noah Kayleigh zu, während er einen Arm um ihre Schultern legte und sie durch den Raum steuerte. „Robert ist mit einem Kunden hinten, aber er müsste jeden Moment ..."

Als wäre es das Stichwort gewesen, schwang die Verbindungstür zum Rest des Hauses auf und Kays anderer Onkel Robert trat heraus.

„... wenn es nicht gleich wirkt ...", sagte er zu einer ernst dreinblickenden Frau, deren hellblonde Haare streng zurückgebunden waren. Als er Kayleigh bemerkte, kam er ins Stocken und wandte sich dann an Noah. „Du kannst das sicher genauso gut erklären, oder?"

„Aber sicher", antwortete der Angesprochene. „Auf in den Kampf", flüsterte er Kay noch zu und schenkte ihr ein schiefes Grinsen, dann versetzte er ihr einen sanften Schubs.

„Melody, kommt ihr ohne mich klar?", rief Robert mit einem Blick in Richtung Tresen, der den rechten hinteren Teil des Raumes einnahm.

„Klar, Chef, schon dabei", erwiderte eine rothaarige junge Frau, ohne sich von dem Mixgetränk abzuwenden, das sie gerade anrührte. Wahrscheinlich irgendeine spektakuläre Kaffee-mit-sonst-was-Mischung, wie sie momentan so furchtbar in waren. Zumindest bot die Karte solche Sachen an, außerdem jede Menge Teesorten, Kuchen, Cookies; eigentlich alles, um sich lange Zeit kreuz und quer durchzufuttern. Der entsprechende Geruch nach süßen Backwaren ließ Kayleigh fast bedauern, dass sie nicht zum Vergnügen hier war und die Köstlichkeiten nicht probieren konnte. Aber wusste sie denn mit Sicherheit, dass Gebäck aus der Teestube keine ... Nebenwirkungen haben würde?

Sie ging an dem Tresen vorbei, warf Melody dabei ein flüchtiges Lächeln zu. Melody zwinkerte zurück und seltsamerweise wich damit ein Teil von Kays Anspannung. Onkel Robert winkte sie durch die Tür. Dahinter befand sich ein Flur, an dessen Ende wohl die Treppe zum Haus lag, der Gang beschrieb dort einen Knick. Auf der linken Seite, ein wenig zurückgesetzt, erreichte man die Toiletten. Rechts befand sich nur eine Wand, hinter der Kay die Küche vermutete. Wahrscheinlich konnte man sie durch eine

Tür hinter der Theke der Teestube betreten. Sie mussten durch eine weitere Tür, auf deren Glasscheibe in großen Buchstaben „Personal" stand. Das war es zumindest, was Kayleigh lesen konnte, sie hätte schwören können, dass da Umrisse von weiteren Buchstaben waren, die sie nur gerade so aus dem Augenwinkel verschwimmen sah.

Ihr Onkel winkte sie auch durch diese Tür und dahinter ... Kayleigh runzelte die Stirn. Sie war sich so gut wie sicher, dass auf der rechten Seite noch eine Tür war, aus dunklem Holz und mit einem alten Schloss, aber diese Tür schien immer wieder vor ihren Augen zu verschwimmen. Im Gegensatz zu der Sicherheitstür weiter links, die fast wie ein Anachronismus wirkte.

„Was ist denn dahinter, der Feuer speiende Drache?", versuchte sie einen Witz zu machen, doch ihr Onkel legte nur bedeutungsvoll einen Finger an die Lippen. *Auch das noch*, schoss es Kayleigh zusammen mit einer Ladung Adrenalin in den Kopf.

„Was macht Brandon?", fragte Robert, bevor sie nachhaken konnte. Inzwischen hatten sie das Ende des Flurs erreicht, wo tatsächlich Stufen nach oben führten. Mit einem Fuß auf der ausgetretenen Treppe warf er ihr einen kurzen fragenden Blick über die Schulter zu.

An der Wand des Treppenaufgangs erwachte eine Reihe Lampen flackernd zum Leben, ohne dass Kayleigh gesehen hätte, dass ihr Onkel auf den Lichtschalter gedrückt hätte. Robert musste die Verblüffung in ihrem Gesicht gesehen haben, denn in seinen Mundwinkeln zuckte ein Lächeln, als er sich abwandte und den Aufstieg fortsetzte.

Ein wenig zögernd und sehr vorsichtig setzte Kayleigh einen Fuß auf die erste Treppenstufe. Außer dem Knarzen, das man von Holztreppen erwarten konnte, passierte nichts. Was hatte sie erwartet? Dass sich die Stufen in Bewegung setzten? Irgendwelche Fallen? Nun, das war das Problem: Sie hatte nicht die leiseste Ahnung, was sie erwarten sollte.

Am Ende der Treppe befand sich eine weitere Tür, dieses Mal eine gewöhnliche Wohnungstür, die auch nicht vor Kays Augen verschwamm. Ähnlich wie die Lampen entwickelte sie ein Eigenleben und schwang auf, ohne dass jemand den Griff berührt hatte. Kayleigh schluckte.

„Was soll Brandon machen?", antwortete sie verspätet auf die Frage nach ihrem Sohn. „Er treibt Matilda hoffentlich nicht in den Wahnsinn. Ich weiß nicht, was ich heute gemacht hätte, wenn er nicht im Pfarrhaus hätte bleiben können. Bis jetzt hat er aber weder rot leuchtende Augen noch Hörner bekommen." Sie konnte die Anspannung und den Argwohn nicht ganz aus ihrer Stimme halten.

„Die wird er auch nicht bekommen, nur keine Angst", murmelte ihr Onkel und warf ihr einen mitleidigen Blick zu. Dann trat er durch die Tür. „Willkommen in der *Magpie Lodge!*"

Im ersten Moment war Kay fast ein wenig enttäuscht. Vor ihrem inneren Auge hatte die sagenumwobene Lodge schon das Aussehen eines halb zerfallenen Spukhauses gehabt. Mit Spinnweben in allen Ecken und Putz, der von den Wänden blätterte, selbstverständlich zugig, ohne fließendes Wasser oder Zentralheizung.

Das Einzige, was auch nur halbwegs in der Realität Bestand hatte, war eine Menge Staub. Der war tatsächlich im Überfluss vorhanden, aber es war warm, kein bisschen zugig und Spinnweben fand Kay auf Anhieb genau eine: dicht unter der Decke. Der Holzboden unter ihren Füßen mochte alt sein, aber unter dem Staub war zu erkennen, dass er relativ frisch abgeschliffen und lackiert war. Etwa einen Meter hoch war der Flur mit dunklem Holz getäfelt, darüber begann cremefarbene Tapete, die Kayleigh ziemlich neu vorkam. Die Lampen flackerten nicht, keine einzige Glühbirne gab Funken sprühend den Geist auf und es waren weder geheimnisvolle Schritte zu hören noch sonstige unerklärliche Geräusche. Man sah dem Haus kaum an, wie alt es war, wenn man es nicht wusste. Abgesehen davon wirkte es tatsächlich eher ... freundlich. Jedenfalls nicht, als würde es gleich die Geister der Vergangenheit loslassen und Kayleigh die Krallen zeigen.

„Dann legen wir mal los!", meinte Robert, die Fröhlichkeit in seinem Tonfall wirkte gezwungen. „Gleich hier ist eins der Badezimmer ..." Er öffnete eine der zahlreichen Türen, die vom Flur abgingen, und kratzte sich verwirrt am Kopf. „Nun, vielleicht war es dort mal ... Das Haus hat offenbar entschieden, dass ein Gästezimmer hier besser aufgehoben ist."

Kayleigh warf einen Blick in den Raum, versuchte, ihren Onkel nicht zweifelnd anzusehen. Das Haus hatte entschieden? Soso. Sie machte sich geistig eine Notiz, genauer herauszubekommen, was das Haus so alles auf eigene Faust entschied. Es hatte dann wohl auch einen guten Geschmack, denn die Möbel waren modern, aber schlicht, was einen netten Kontrast zu den alten Böden und Decken bot. Staub trat Kayleigh in die Nase und sie musste niesen.

„Oh, warte, das haben wir gleich. Entschuldige, ich hätte vorher noch mal durchputzen sollen. Es war alles sauber, aber nach den letzten Verschönerungen und Anpassungen ... Melody und Noah haben so was gesagt, aber ich war zu sehr in Gedanken und dann hatten wir noch einen Fall von zu gut funktionierendem Bannzauber ... Keine Schwarze Magie, natürlich!" Er machte eine Geste mit der rechten Hand und schneller, als Kay blinzeln konnte, war der Staub verschwunden und der Raum sah aus, als wäre gerade die Putzkolonne hindurch gezogen.

„Das ist ja mal praktisch", musste sie zugeben.

„Tja, wir haben eben nicht alle nur rote Augen und Hörner", meinte ihr Onkel mit mildem Tadel in der Stimme.

„Was hättest du denn getan, wenn eine von uns mit drei Jahren ...", setzte Kay an, brach aber bei dem belustigten Funkeln in Roberts Augen ab. Ja, was hätte er wohl getan? Die Antwort war so offensichtlich, dass sie schon fast wehtat: Sie wären natürlich viel früher in die Lodge gezogen und nicht erst jetzt, wo Brandon seine Bausteine schweben ließ.

„Hier müsste ein Wohnzimmer sein ..."

Sie folgte ihrem Onkel durch das nunmehr blitzsaubere Haus. Neben der Haustür schloss sich ein offener, runder Bereich an, der nicht nur Platz für die Garderobe, sondern auch noch für einen Sessel bot. Es musste der Turm des Hauses sein, den Kay schon von außen gesehen hatte. Zwei Fenster waren aus buntem Glas und auch die Haustür hatte ein Buntglasfenster. Kayleigh konnte jedoch nichts Konkretes in den farbigen Glasscheiben erkennen, kein Bild darin sehen.

„Na komm, Kay, anstarren kannst du die Lodge noch lange genug."

Ja, man konnte es auch durchaus anstarren. Dieses Haus war wirklich wunderschön, jedenfalls in Kayleighs

Augen. Die geräumige Küche mit Blick in den Vorgarten, die locker auch für den großen Esstisch Platz bot. Das „Gemeinschafts-Wohnzimmer", wie Robert es nannte, mit seinen Bücherregalen und den etwas altmodischen Möbeln, die dazu einluden, darin zu versinken und nie wieder aufzustehen. Das Reich von Robert und Noah in dem Anbau, der in den Garten hineinreichte. Und das Arbeitszimmer, bei dem Kayleigh wirklich das Gefühl hatte, in eine Filmkulisse geraten zu sein. Sie riss sich los und beeilte sich, ihrem Onkel weiter zu folgen.

Eine Etage höher trat Robert auf eine Bodendiele, die ein Geräusch von sich gab, als wäre jemand auf ein Furzkissen getreten. Kay verzog das Gesicht, sie sah ihren Dreijährigen schon mit Begeisterung auf der Diele herumhüpfen. Robert murmelte sich etwas in den Bart, was sie nicht verstand.

„Was?", fragte Kay.

„Nun, man musste es reparieren. Mit so unflätigen Dielen möchte ich nicht zusammenleben." Er trat probeweise noch einmal auf dieselbe Stelle und brummte zufrieden, als das Holz keinen Ton mehr von sich gab.

Kay konnte nicht anders, als es selbst zu probieren. Nur ein leises Knarzen, mehr nicht. Fast wäre ihr der Mund offen stehen geblieben, doch sie beherrschte sich gerade noch.

Die Lodge war wirklich groß mit geräumigen Zimmern und allem modernen Komfort, der sich erstaunlich gut in das alte Haus fügte. Spannenderweise war die Aufteilung so, dass Kayleigh ebenso ihre eigene kleine Zimmerflucht mit angrenzendem Badezimmer hatte wie Robert und Noah unten. Ging das auf die Zeit zurück, als standardmäßig mehrere Generationen von Magiern in diesem Haus gelebt hatten?

Von der ersten Etage aus betraten sie den Turm vorn rechts am Haus. „Ecken kann ja jedes Haus haben", meinte Robert dazu. Während der Turm im Erdgeschoss noch offen gewesen war, hatte er hier eine recht massive Holztür. Im Inneren gab es ein kleines Badezimmer, darüber zwei weitere Räume, die jeweils die ganze Fläche einnahmen. Wieder eine kleine Welt für sich. Die Treppe führte noch ein Stück weiter hinauf, doch Robert erklärte, dort oben wären sie direkt unter dem Dach und da gäbe es nichts außer Spinnweben, also drehten sie um. Wie den Rest des Hauses hatte man auch den Turm modernisiert. Wahrscheinlich hatte sich Noah hier die vergangenen Jahre ausgetobt. Seit Kayleigh ihn kannte, hatte er immer etwas gebastelt, an etwas gewerkelt oder zumindest etwas geplant. Mit den eigenen Händen die verschiedensten Dinge zu bauen, war Noahs großes Hobby – offenbar trotz aller Magie, die ihm zur Verfügung stand.

Statt altem Gemäuer waren die Wände verputzt und in einem so hellen Grau gestrichen, dass es der schmalen Treppe kein Licht wegnahm. Kleine quadratische Fenster ließen die Nachmittagssonne ins Treppenhaus und größere Fenster sorgten dafür, dass auch die Turmzimmer hell waren. Auch hier weder Anzeichen von Zugluft und Verfall noch von Spuk. Und vorläufig auch keine weiteren „Entscheidungen" des Hauses mehr. Es war nicht einfach, nicht darüber nachzugrübeln, doch Kay konnte diese Dinge gerade nur auf später verschieben. Stattdessen musste sie sich auf das Wesentliche fokussieren: Für drei Erwachsene, einen ungewöhnlichen Teenager und einen Mini-Zauberer war mehr als genug Platz, vor allem hatte jeder seinen eigenen Rückzugsort. Genau genommen würden sie hier sogar alle mehr Platz für sich haben, als es jetzt der Fall war. Brandon hätte eigentlich bald den Kindergarten besuchen sollen. Kayleigh hoffte darauf, dass das immer noch möglich war, wenn sie erst ... seine besonderen Fähigkeiten wieder in den Griff bekommen hätten.

Fast hätte sie bei der Besichtigung vergessen, wieso sie in dieses zugegeben traumhafte Haus umziehen sollte. Ein rundes Buntglasfenster auf dem letzten Treppenabsatz unter dem Dach brachte die Erinnerung schlagartig zurück. Sie blieb bei der Abbildung eines jungen Mannes, der einige Gegenstände schweben ließ, wie angewurzelt stehen.

„Das ist Ephraim Dickens, einer der großen Magier unter unseren Vorfahren. Er hat die Lodge aufgebaut. Vorher war es nur ein Haus, er hat die Teestube gegründet und das ganz Drumherum ins Leben gerufen."

„Wann war das?"

„Lass mich mal nicht lügen, so 1750?"

Kays Kopf ruckte zu ihrem Onkel herum, ihre Augen weiteten sich vor Erstaunen. „Das Haus ist aus dem achtzehnten Jahrhundert?"

„Nicht ganz und nicht in seiner jetzigen Form, aber so grundsätzlich, ja. Das Fenster hier ist jünger, das ließ wohl einer von Ephraims Erben anbringen. Ich könnte dir jetzt erzählen, die Lodge wäre zwischendurch oft renoviert und saniert worden, aber ich wollte dir nichts mehr vormachen. Das Haus macht das selbst. Es hält sich am Leben, es geht mit der Zeit."

„Aber das hier ist doch alles echt, oder? Der Strom, das Wasser ..."

Einen Moment befürchtete Kayleigh, die Farbe würde doch noch abblättern und alte, modrige Steinwände preisgeben. Wenn sie die Möbel in einem der Zimmer berührte, würden die Polsterflächen unter ihren Fingern reißen und in einer Wolke von Staub einfach zerfallen?

Ihr Onkel tätschelte beruhigend ihren Arm. „Das Haus mag Magie nutzen, aber alles hier drin ist so echt, kein Statiker, Ingenieur oder Architekt dieser Welt hätte etwas daran auszusetzen. Das hier ist kein kaputtes altes Anwesen, das nur eine hübsche Fassade aufbaut, um uns nachts zu erschlagen, weil es in sich zusammenstürzt. Das kannst du mir ruhig glauben. Die Lodge ist keine Illusion." Er zwinkerte ihr zu und fast hatte Kayleigh ein schlechtes Gewissen. Das alles war einfach noch zu neu für sie. Genauso neu wie die Fähigkeiten ihres Sohnes. Robert dagegen schaute sich auf eine Art um, als hätte er sein altes Zuhause die ganze Zeit furchtbar vermisst. Sein Gesichtsausdruck machte Kayleigh klar, was es für ein Opfer gewesen war, mit ihr und Jillian in einer ganz gewöhnlichen Wohnung in einer langweiligen Vorortstraße zu leben. Aus diesem Haus hier ausziehen zu müssen. Dem Haus, in dem auch Kayleighs Mutter aufgewachsen war …

„Und Brandon … kommt dann auch nach Urgroßvater Ephraim oder wie?", fragte Kayleigh, um sich von den Stichen ihres Gewissens abzulenken.

„Brandon …" Mit einem Seufzer ließ sich Kays Onkel auf die oberste Stufe sinken. „Hör mal, Käuzchen, du weißt, ich mische mich nicht in dein Leben ein und bei Jillian muss ich auch bald damit aufhören."

Zögernd nahm Kay neben ihm Platz. Die Spitznamen aus ihrer und Jillians Kindheit benutzte Onkel Bob im

Grunde nur dann, wenn er sie aufziehen wollte oder wenn die Sache wirklich, wirklich ernst war.

„Aber?"

„Aber du hast mir bis heute nicht erzählt, wer Brandons Vater ist. Ich habe dich nie gedrängt, weil es mich verdammt noch mal nichts angeht, aber inzwischen vermute ich, dass Brandon von einem Magier abstammt. Und da wäre es nicht unwichtig zu wissen, von welchem. Verstehst du, ich will mich wirklich nicht in deine Privatsphäre einmischen, aber es ist nicht gesagt, dass er Ephraims Magie in sich hat, und Magier unterscheiden sich da ein wenig. Es wäre viel einfacher, dir das zu erklären, wenn du selbst eine Magierin wärst, aber die Dinge sind nun mal, wie sie sind. Und es ist ja nicht so, dass dein verschrobener Onkel nicht auch mal jung war und einen Verdacht hat. Bei Noah ist der Groschen übrigens viel früher gefallen."

Kayleigh seufzte. „Die Ähnlichkeit wird immer größer, nicht wahr? Ich habe mich schon gefragt, wie lange es dauert, bis es jemand merkt."

„Also Collin, ja?"

Kayleigh nickte nur. Collin Williams, ihre verhängnisvolle Bekanntschaft damals ...

Ihr Onkel erhob sich und legte ihr eine Hand auf die Schulter. „Collin ist ein guter Junge, glaub mir."

„Und warum ist er dann nicht hier?" An den meisten Tagen des Jahres schaffte Kayleigh es, diese Frage zu verdrängen, doch zwischen diesen geduldigen alten Mauern, die garantiert schon mehr gesehen hatten als uneheliche Kinder, in diesem stillen Treppenhaus und unter den Farbtupfern der Buntglasscheiben, fragte sie nun einmal doch.

„Kayleigh, das ..." Onkel Bob strich sich durch die ehemals schwarzen Haare, in denen sich mehr und mehr Grau breitgemacht hatte.

Kayleigh sah den Mann an, der sie großgezogen hatte. „Das was? Du weißt etwas über sein Verschwinden?"

„Ach, Käuzchen, warum hast du mir das nicht einfach schon viel früher gesagt? Collin hat dich nie sitzen lassen und Brandon schon mal gar nicht. Er ist verschwunden. Wir suchen seit mehr als drei Jahren nach ihm, mit allen möglichen Kräften."

„Also ist er komplett untergetaucht?" Verständnislos schüttelte Kayleigh den Kopf.

„Nein, ich denke, untergetaucht *worden*, trifft es eher. Collin Williams wurde vor Brandons Geburt entführt."

Einen Moment schaffte Kayleigh es nicht einmal, zu blinzeln oder auch nur zu atmen. Ihr erster Impuls war es, mit Höchstgeschwindigkeit nach Hause zu fahren, ihren Sohn an sich zu drücken und irgendwohin zu bringen, wo ihn niemand finden konnte.

Ihr Onkel musste ihren Gesichtsausdruck richtig gedeutet haben. Langsam und nachdrücklich sagte er: „Kay, wer auch immer das war, die wissen nichts von Brandon. Absolut nichts. Und die werden ihn nicht finden. Collin ist womöglich jemandem in die Quere gekommen, aber wer auch immer für sein Verschwinden verantwortlich ist, hinter deinem Jungen sind die nicht her."

„Wie kannst du da so sicher sein?", krächzte Kayleigh.

Seine nächsten Worte waren kaum zu verstehen. Und dann brauchte Kayleigh noch ein paar Momente, bis sie sie richtig verarbeitet hatte: „Weil sie es dann schon längst versucht hätten."

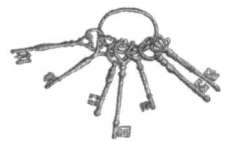

MAGISCHE DNS

Nach ihrem ersten Besuch in der Magpie Lodge war Kayleigh noch mehrere Male mit ihrem magischen Nachwuchs dort. Ihre wenig begeisterte kleine Schwester nahm sie bei einem dieser Besuche ebenfalls mit, damit sich Jillian und Brandon schon einmal ihre Zimmer aussuchen konnten. Drei Erwachsene, einen kleinen Jungen und eine bockige Siebzehnjährige inklusive aller Besitztümer von ihrem alten Zuhause in die Magpie Lodge umzusiedeln, würde chaotisch genug werden. Kayleigh wollte vermeiden, dass es zwischen Umzugskisten und Bergen von Klamotten zu endlosen Diskussionen kam, und beglückwünschte sich innerlich, als die Zimmerverteilung abgeschlossen war.

Dass Jillian auf den Turm bestehen würde, darauf hätte Kay ohnehin gewettet. Sollte der Teenager in der Familie seine Festung haben, wahrscheinlich sparte das ihnen allen Nerven.

Ihre alte Wohnung verwandelte sich in den nächsten Wochen zunehmend in eine Baustelle. Kay blieb mehrmals täglich fast das Herz stehen, wenn ihr Sohn mit einem fröhlichen „Ich will helfen!" eine Kiste anhob, die Kay und Jillian nicht einmal zu zweit hätten transportieren können. Ohne sie auch nur zu berühren, natürlich.

Für Brandon war das alles ein riesiges Abenteuer und seit er gemerkt hatte, dass er *alle* Dinge schweben lassen konnte, nicht nur seine Bausteine, setzte er dieses Talent praktisch ständig ein. Vor allem, nachdem Robert und Noah die ganze Packerei ebenfalls mit Zaubern beschleunigten. Einerseits war es extrem praktisch und plötzlich wurde Kayleigh auch klar, wieso es immer so schnell gegangen war, wenn ihre Onkel ihr bei einem Umzug geholfen hatten. Andererseits zerbrach sie sich zunehmend den Kopf darüber, wie sie es dem gewöhnlichen Umzugsunternehmen erklären sollte, wenn ein dreijähriger Knirps ein Sofa schweben ließ. Ein paar Tage vor dem Termin sprach sie das Problem nach dem Abendessen an.

Robert überraschte sie mit seinem Lösungsvorschlag: „Wir können ihn wieder im Pfarrhaus lassen, bei Tilda und George."

Sowohl Jillian als auch Kay starrten ihn daraufhin mit dem Blick an, den er den Evelyn-Quinn-Röntgenblick nannte und den sie beide von ihrer verstorbenen Mutter geerbt hatten.

„Den ganzen Tag? Als du mir das Haus gezeigt hast, musste ich ihn ja nicht lange dort lassen, aber kann ich ihnen Brandon wirklich über mehrere Stunden zumuten? Und wie erklärst du ausgerechnet dem Dorfpfarrer und seiner Frau, dass der Sohn von der kleinen Kay, die praktisch in ihrem Garten Laufen gelernt hat, ihre, was weiß ich, Alpenveilchen durch die Gegend fliegen lässt?", wollte Kayleigh wissen.

Robert zuckte die Schultern. „Die sind Kummer gewohnt, glaubt mir. Brandon kann die beiden nicht schocken."

Kays Blick schoss zu Jill hinüber. Diese neuerliche Eröffnung würde nicht gerade dazu beitragen, ihre kleine Schwester zu besänftigen. Seit Roberts Enthüllung, dass die Schwestern aus einer magischen Familie stammten, brodelte es in Jill und so schnell würde sich die Lage nicht beruhigen. Während Kay noch überlegte, ob sie sich jetzt auf einen Ausbruch gefasst machen musste, presste Jillian nur die Lippen aufeinander. Sie warf Kay einen deutlichen „Was sagt man dazu?"-Blick zu und verließ dann ohne ein weiteres Wort das Zimmer.

„Ob sie mir jemals verzeiht?", meinte Robert und schaute ihr hinterher.

Noah legte ihm eine Hand auf den Arm. „Lass ihr Zeit", schlug er leise vor.

Kay konnte nur die Schultern zucken. Ja, Jillian war eingeschnappt, seit Brandons Begabung aufgefallen war. Nicht, weil sie ein Teenager war und deswegen aus Prinzip an wenigstens dreihundert Tagen im Jahr für mindestens fünf Minuten eingeschnappt sein musste, nein. So war das mit Jillian nicht, das war eines der vielen Dinge, die sie von anderen Siebzehnjährigen unterschied.

Kayleighs Gedanken kehrten zu dem Tag zurück, der ihr Leben ebenso urplötzlich wie energisch in andere Bahnen gelenkt hatte. Wieder liefen die Ereignisse vor ihrem inneren Auge ab, ein Film, den sie in der letzten Zeit sehr oft gesehen hatte.

Wie sie in Roberts Arbeitszimmer gesessen hatten, sie und ihr Onkel am Schreibtisch, Brandon auf dem Boden, einen Eimer Holzbausteine um sich ausgebreitet. Der Schlüssel in der Tür. Jill, die nach ihnen rief, Bob, der ihr antwortete, ohne von der Inventur-Liste aufzusehen. Die

Tür, die sich öffnete, Jillians halb ausgesprochenes „Hal...“ und dann „Um Gottes willen, Brandon!“

Mit der Geschwindigkeit einer Mutter, die ihr Kind in Gefahr wähnt, war Kay auf den Füßen und halb hinter dem Schreibtisch hervor – und schlug sich entsetzt eine Hand vor den Mund. Brandon war mitnichten etwas passiert. Er saß friedlich auf dem Boden, wie schon die ganze Zeit, nur hatte er aus seinen Steinen inzwischen einen Turm gebaut, der höher war als er selbst und jeder Physik spottete. Die Steine waren mit den Spitzen und Kanten aufeinandergestapelt und gerade setzte er mit ernstem Gesicht ein weiteres rotes Dreieck obenauf – ohne den Stein zu berühren. Der Junge schaute den Baustein einfach nur an und der schwebte durch die Luft auf den Turm zu.

„Brandon?“ Ihre Stimme war nur noch ein Kieksen.

„Guck mal, Mami, der Turm ist ganz hoch!“, freute sich Brandon, wandte sich zu ihr um – und das ganze Bauwerk krachte in sich zusammen, was Kay unter diesen Umständen regelrecht beruhigend fand.

Zum ersten Mal seit Brandons Geburt hatte sie fast Angst, ihn anzufassen. Jillian starrte ihren kleinen Neffen an, als wäre er giftig. Oder als wären ihm plötzlich Hörner gewachsen.

„Also das ... hat er noch nie gemacht.“

Kay wirbelte zu ihrem Onkel herum, der verdächtig ruhig aufgestanden und neben sie getreten war.

„Das hat er *noch nie* gemacht? Das sollte er *überhaupt nicht* machen!“, platzte es aus ihr heraus.

„Nicht ganz, Kayleigh. Ein normaler dreijähriger Junge sollte das nicht machen, das mag sein. Aber ich nehme an, dein Sohn ist, zumindest nach deinen Maßstäben, nicht so ganz normal."

Und dann nahm er ein Schmierblatt vom Schreibtisch, knüllte es zusammen und ließ es kurz auf der offenen Hand liegen, bevor es sich in die Luft erhob und zu Brandon hinüber schwebte, der fröhlich mit beiden Händen danach griff.

Selten hatte Kay so ein versonnenes Lächeln bei ihrem Onkel gesehen.

„Kannst du mir das bitte erklären?", hatte sie ihn aufgefordert, die Stimme nur mühsam beherrscht.

Dieser Moment im Arbeitszimmer war inzwischen einige Wochen her und es hatte sich so gut wie alles verändert. Weil ein magisches Kind in einer magischen Umgebung am besten aufgehoben war, steckten sie gerade mitten im Umzug. Die Lage war nach wie vor angespannt, wie Jills Abgang erneut gezeigt hatte. Robert versuchte weiterhin, der wissenschaftlich denkenden Jillian zu erklären, dass es Magie tatsächlich gab. Sie hatte im ersten Moment ihr gewohntes Weltbild retten wollen, inzwischen überwog aber etwas anderes: Sie war enttäuscht, dass es so große Geheimnisse innerhalb der Familie gegeben hatte. Deshalb war sie nun, während sie Möbel abbauten und ihre Habseligkeiten in Kisten packten, sehr verschlossen.

Auch Kayleigh hatte noch an all den neuen Enthüllungen zu knabbern. Es hatte in ihrer Familie also schon immer Magie gegeben. Nichtmagische hatten in der magischen Welt jedoch nichts verloren, deshalb waren die Schwestern auch nicht im Familienstammsitz aufgewachsen; Magpie Lodge, umgeben von einem parkähnlichen Grundstück, umschwärmt von Elstern und durchdrungen von Magie. Deswegen war Robert, als er Kayleigh und Jillian zu sich genommen hatte, dort ausgezogen.

Dass ihre zu früh verstorbenen Eltern Magier gewesen waren, dass ihre Onkel beide welche waren, das stellte Jillians Weltbild ordentlich auf den Kopf. Dass Kayleigh deutlich weniger protestierte, als Jillian es für angemessen hielt, verbesserte ihre Laune auch nicht.

Was die Eröffnung über Magier für Kayleigh und ihren Sohn bedeutete, das berücksichtigte Jillian in ihrer Wut gerade nicht.

Nach dem Essen ließ sich Jill eine Weile nicht blicken und Kay dachte schon, sie wäre für den Rest des Abends in den Überresten ihres Zimmers verschwunden, doch plötzlich stand sie wieder in der Tür und half beim Packen. Dabei schwieg sie eisern und ihre Handgriffe waren energisch und seltsam abgehackt.

Kayleigh dagegen versuchte, aus Robert mehr Details über das Haus und die Teestube herauszuholen, die die Familie Bennett seit Jahrzehnten im Keller der Magpie Lodge betrieb. Robert hatte den Familienbetrieb übernommen. Das Geschehen vor Ort hatte er während der letzten Jahre jedoch zu einem großen Teil Noah überlassen. Glücklicherweise war dieser sofort bereit gewesen, alle anderen Pläne über den Haufen zu werfen, um sich zusammen mit Robert dessen Nichten anzunehmen. Selbst wenn das bedeutete, dass Robert und er nicht mehr in der Magpie Lodge wohnen konnten, sondern in einer ganz gewöhnlichen, unmagischen Gegend.

Während Robert nun erzählte, sperrte Kayleigh die Ohren so weit auf, dass sie das Beschriften der Kartons praktisch vergaß. Brandon dagegen verzierte umso enthusiastischer jede freie Stelle Pappe mit abstrakten Malereien.

Mit dem Haus und der Magie in der Familie noch nicht genug, nein, auch die besagte Teestube war natürlich nicht ganz normal. Dort wurden Zutaten zu Tränken und Räuchermischungen verkauft, Magier und Magierinnen trafen sich, um Rezepte auszutauschen, das gemütliche Café war genau genommen ein wichtiges magisches Zentrum der Gegend. Onkel Bob kam mehr und mehr ins Plaudern. Als er nun auch noch Feenvölker im Garten erwähnte, konnte Jillian offenbar nicht mehr an sich halten.

„Moment mal. Feen? Diese glitzernden kleinen Dinger? Und bei aller Liebe, aber hast du etwas getrunken? Wir sind mit den Gesetzen von Physik und Chemie aufgewachsen, ich kann mir immer noch nicht vorstellen, dass das alles für Magier nicht gilt!"

„Nun, die Gesetze von Physik und Chemie gelten für Magier sehr wohl, sie sind auch nicht ganz unwichtig für die eine oder andere Zauberei. Es waren auch nicht alle in der Familie Magier, es war immer mal wieder der eine oder andere dabei, der es nicht geerbt hat. Eure Tante Meredith zum Beispiel. Du weißt doch, wie Vererbung funktioniert, manchmal schlagen Erbinformationen durch und manchmal nicht."

„Du willst uns erzählen, wir hätten eben zufällig nicht die magische DNS abbekommen, aber der Kleine hier schon?" Jill deutete auf ihren Neffen.

„Also so würde ich das nicht ausdrücken ..."

Nein, Kay wollte auch nicht, dass man es so ausdrückte. Es klang zu sehr, als hätte ihr Sohn eine seltsame Krankheit, für die es keine Heilung gab. So war das nicht mit der Magie, das begriff sie seltsamerweise sofort.

„Belogen habt ihr uns trotzdem die ganze Zeit", murrte Jillian und Robert sah zum zweiten Mal innerhalb kurzer Zeit hilflos zu Kayleigh hinüber.

Was sollte sie tun? Dass Noah ihnen ebenfalls nichts gesagt hatte, das nannte man wohl eine gemeinsame Linie bei der Erziehung, aber für den Gedanken war Jill jetzt sicher nicht zugänglich. Sie stopfte so nachdrücklich Packpapier in einen Karton mit Deko, als würde sie sich damit gerade so davon abhalten, auf jemanden loszugehen.

Kayleigh erwiderte den Blick ihres Onkels ratlos. Es war so vollkommen surreal, wie er hier mit ihnen zwischen Kartons saß und von Feen erzählte.

„Das ist vollkommen unglaublich! Wenn es wirklich Magie auf der Welt gibt, wie hoch ist dann die statistische Wahrscheinlichkeit, dass man als normaler Mensch irgendwann zumindest *irgendetwas* davon mitbekommt?", versuchte Jillian zu argumentieren und ihre gewohnte Realität doch noch zu retten. Dabei zerrte sie ungeduldig an der Rolle Klebeband, die das Papier als Ventil ihrer Wut abgelöst hatte.

„Ich schätze, unsere statistische Wahrscheinlichkeit wird gewaltig steigen, wenn wir umgezogen sind", erwiderte Kay.

„Du willst das wirklich machen?" Ungläubig schaute ihre Schwester sie an und ignorierte dabei die Tatsache, dass sie bereits seit einer ganzen Weile mit Umzugsvorbereitungen beschäftigt waren.

„Habe ich eine andere Wahl? Wenn Brandon nun mal in diese Welt gehört ... Nein, streich das. Ich denke, jemand muss Brandon im Auge haben. Jemand, der sich damit auskennt. Jetzt lässt der Kleine Bausteine schweben, aber wozu ist er noch fähig? Und wie soll er das in den Griff bekommen in einer Umgebung, die einfach … nicht darauf ausgelegt ist? Tut mir leid, Jill, aber ich denke an mein Kind und gerade wirklich nicht an mich."

„Aber in welche Welt gehören *wir*? Wir werden jetzt aus allem herausgerissen und ziehen nach Hogwarts, obwohl wir nicht mal einen Funken Zauberei in uns haben? Was soll das werden, wenn es fertig ist? Und wieso hat mir nie jemand was gesagt!"

„Jillian, du musst nicht mal die Schule wechseln, es ist nur eine andere Adresse, es ist keine so große Sache, wie du jetzt …", versuchte Robert zu beschwichtigen.

Noah öffnete schwungvoll die Tür, unter beiden Armen leere Kartons und Polstermaterial, sodass Kay sich wunderte, mit welcher Hand er den Türgriff heruntergedrückt hatte. Wahrscheinlich mit gar keiner.

„Jillian, willst du die Wände im Turm so lassen oder soll ich noch mal andere Farbe … kaufen?", startete er ein Ablenkungsmanöver.

Jill warf ihm einen kurzen, anklagenden Blick zu, stellte sich augenblicklich auf die neue Situation ein und weitete ihre Tirade großzügig auf beide Onkel aus. „Ihr habt mir verheimlicht, wer ich wirklich bin. Kay und ich waren nie länger als wenige Minuten in der Teestube und das auch nur in absoluten Notfällen, wir wurden immer von dem Haus ferngehalten, in dem wir wahrscheinlich aufgewachsen wären, wenn die Würfel bei unserem Genmaterial ein wenig anders gefallen wären. Ihr habt mir keinen Ton darüber gesagt, dass in der Welt Dinge existieren, die ich bis vor ein paar Wochen in die Märchenbücher gesteckt hätte. Dass die Welt ganz anders ist, als ich das mein Leben lang geglaubt habe. Wenn man das alles zusammennimmt, dann ist das sehr wohl eine große Sache." Nach dieser mit Grabesstimme vorgetragenen Anklage verließ Jillian das Zimmer und ließ den Rest ihrer Familie einmal mehr ratlos zurück.

„Teenager", seufzte Robert und vollführte eine nachlässige Handbewegung. Kayleigh wich mit einem überraschten Keuchen zurück, als sich der Stift aus ihrer Hand löste und die Beschriftung der Kartons selbst zu Ende führte.

Der Vortag des Umzugs begann mit Regenschauern, die sich hartnäckig hielten. Kay half ihrer Schwester am Nachmittag, die Möbel in ihrem Zimmer abzubauen und die letzten Dinge einzupacken. Sie wusste nicht, was im Moment schwerer zu ertragen war: Jillian, die über die Welt, ihre Onkel und die Magie schimpfte, oder Jillian, die sich in eisiges Schweigen hüllte. Der eigene Turm hin oder her, sie war nach wie vor schwer getroffen und entsprechend verstimmt. Nicht in Form einer teenagertypischen Trotzigkeit, auf deren Ausbruch sie bei Jill die ganze Zeit schon warteten. Sondern auf eine geradezu besorgniserregend erwachsene Art und Weise. Sie war von ihrer Schwester enttäuscht, weil Kay nicht mehr protestierte und in Jillians Augen einfach so nebenbei akzeptierte, dass ein paar Holzbausteine ihr ganzes Leben umkrempelten.

Und Kay selbst war hin und her gerissen. Sie wollte das Beste für Brandon und wenn sie in der Teestube arbeiten konnte – man brauchte schließlich keine Magie, um ordentlichen Kaffee zu servieren –, dann hätte sie etwas zu tun und könnte trotzdem gleichzeitig auf Brandon aufpassen. Ihre Onkel wären zudem immer in der Nähe. Als Kay mit Brandon schwanger gewesen war, hatten die beiden sie gefragt, ob sie nicht noch einmal zurück nach Hause kommen wollte. Da der Platz dafür vorhanden und Kay dankbar für die Hilfe gewesen war, hatte sie das getan. Jetzt war es wie ein Déjà-vu. Wieder zog sie ungeplant um und wieder war Brandon der Auslöser. Noah und Robert waren nun einmal die einzigen Menschen, die sie kannte, die einschreiten konnten, wenn Brandon aus Versehen zum Beispiel ein magisches Feuer im Wohnzimmer entzündete oder so etwas.

Mit dem Papierkram um die Teestube herum hatte sie Onkel Robert ohnehin schon öfter geholfen. Sie fragte sich jedoch, ob sie die Lieferscheine und Inventurlisten jetzt mit anderen Augen sehen musste. Wenn da verschiedene Teesorten aufgelistet waren, steckte dann wirklich immer Tee dahinter? Sie hatte gar nicht erst versucht zu fragen und dachte noch darüber nach, ob sie es überhaupt wissen wollte.

Was die Tatsache betraf, dass sie einen plötzlichen Umbruch relativ gut wegsteckte, nun, ihr Leben war schon lange vor dem Baustein-Vorfall von einem kleinen Zellhaufen durcheinandergewirbelt worden, der schließlich unter lautem Gebrüll seinen Weg in die Welt gefunden hatte und automatisch zu deren neuem Mittelpunkt geworden war. Es war also nicht so, dass sie nicht schon am eigenen Leib erfahren hätte, wie sich der berühmte Boden anfühlte, wenn er einem unter den Füßen weggezogen wurde. Streng genommen war Brandon schon der zweite Wendepunkt dieser Art gewesen, nach dem plötzlichen Tod ihrer

Eltern. Sie war damals wenigstens alt genug gewesen, um es irgendwie zu verarbeiten, aber Jill war noch sehr klein gewesen. Genau genommen so alt wie Brandon jetzt. Bei dem Gedanken lief Kay ein kalter Schauer über den Rücken.

Unauffällig warf sie Jillian einen forschenden Blick zu. Sie konnte sich gut vorstellen, dass bei dem kleinen Mädchen von damals vieles ins Unterbewusstsein gewandert war.

Dieser zweite riesige Bruch in Jills Leben erschütterte nun das Vertrauen in ihre Familie. Vor allem, weil Jill in all ihrer geballten Intelligenz sicher schon auf die Frage gekommen war, die sich Kayleigh inzwischen stellte: Wenn so vieles, was sie als wahr angenommen hatten, nicht stimmte, was war dann mit dem Autounfall, bei dem ihre Eltern gestorben waren?

„Jetzt komm schon!", redete Jillian auf eine Schraube ein. Hätte sie Noah und Robert dabei um Hilfe gebeten, die Einrichtung zu zerlegen, wäre es deutlich schneller gegangen. Doch Jill hatte ihren Stolz und Kayleigh war es lieber, sie wurde ihre Wut beim Abbau los.

Sie wandte sich wieder Jills CDs zu. Die Sammlung gehörte zu den letzten Dingen, die eingepackt wurden, weil Jillian darauf bestanden hatte, bis zum letzten Tag in der alten Wohnung vollen Zugriff darauf zu haben. Dabei wanderten Kays Gedanken unweigerlich zum ganzen Ausmaß ihrer Situation ab. Die Geheimniskrämerei fand Kayleigh, vorsichtig ausgedrückt, nicht gut. Sie verstand ihre Schwester durchaus. Sie hatte selbst nicht die geringste Lust, alle Dinge, die sie ihr Leben lang geglaubt hatte, noch einmal über den Haufen werfen zu müssen. Mit Ende zwanzig lernen zu müssen, dass manches, was unmöglich klang, eben doch nicht nur eine Geschichte war, die man Kindern erzählte – so hatte sie sich das nun wirklich nicht vorgestellt.

Gerade bei dem Thema Geheimnisse musste sich Kayleigh aber auch an die eigene Nase packen. Robert hatte ihnen erzählt, dass es zahlreiche Gebote und Verbote für den Umgang mit Nichtmagischen gab. Die Magierwelt hatte außerdem offenbar sehr genau geprüft, ob Kayleigh und Jillian überhaupt bei Robert und Noah unterkommen sollten. Es hätte durchaus noch andere Möglichkeiten gegeben: Sowohl Onkel Timothy, der Bruder ihres Vaters, als auch Tante Meredith, die Schwester von Robert und ihrer Mutter, waren ebenso frei von Magie wie Jillian und Kayleigh. Entsprechend hatte die Frage im Raum gestanden, ob die Schwestern nicht bei einem von ihnen besser aufgehoben wären. In den ersten Jahren war Robert nicht frei von der Angst gewesen, die beiden Mädchen doch noch einmal hergeben zu müssen. Das sprach er zwar nicht laut aus, doch Kayleigh konnte es zwischen den Zeilen lesen. Konnte sie ihm also wirklich einen Vorwurf machen, dass er sich an die Vorschriften gehalten hatte? Vielleicht schon, aber sie wusste nun einmal zu gut, wie auch ganz ohne äußeren Druck Dinge unter den Teppich gekehrt wurden. Geheim gehalten wurden vor Menschen, die ein Recht darauf gehabt hätten, sie zu erfahren. Wann gedachte sie eigentlich, ihrem Sohn zu erklären, wer sein Vater war? Kein Gesetz der Welt verbot ihr, eines ihrer eigenen Geheimnisse preiszugeben, und doch behielt sie alle für sich.

Während Kayleigh versuchte, die Dinge von allen Seiten zu betrachten, sah Jill nur ihre eigene Situation. Und schlug jetzt eben mit der flachen Hand auf die störrische Seitenwand des Regals. Manchmal war sie einfach nur siebzehn und verzweifelte daran, noch nicht allein über ihr Leben bestimmen zu dürfen. Jillian lächelte also noch seltener als sonst, was im Grunde genommen gar nicht bedeutete.

„Sogar George und Matilda haben es gewusst! Der Dorfpfarrer, verdammt noch mal!" Jillian ließ ihren Schraubenzieher sinken und schaute ihre Schwester Hilfe suchend an.

Dass noch andere Menschen in die Funktion der Teestube als, wie Jill es nannte, „Umschlagplatz für magische Hehlerei" eingeweiht waren, machte es natürlich nicht besser.

„Ich weiß, das geht dir jetzt gegen deine atheistischen Prinzipien", versuchte Kay mit einem leichten Lächeln, die Anspannung ein wenig zu lindern.

„Und ob es das geht! George müsste doch eigentlich versuchen, das ganze Haus zu exorzieren und Robert und Noah und ihre ganzen magischen Stammkunden daran erinnern, dass man Hexen früher verbrannt hat! Und was macht er? Kommt höchstens mal vorbei, um mit den beiden eine Runde Karten zu spielen!"

Bei allem Verständnis war Kayleigh gerade an einem Punkt, an dem sie die Dauernörgelei ihrer Schwester gern einmal abgestellt hätte. „Jillian, wenn du das alles so schrecklich findest, wieso kommst du dann mit uns mit? Ich bin mir sicher, dass Tante Meredith sich freuen würde, wenn du zu ihr ziehst."

Einen Moment starrte Jillian ihre Schwester sprachlos an. Dann deutete sie mit ihrem Schraubenzieher auf sie, als wollte sie sie gleich damit attackieren. „Wollt ihr mich loswerden? Onkel Bob hat mir schon dasselbe großzügige Angebot gemacht. Ich ziehe doch nicht ans andere Ende des Landes, wechsle die Schule, muss mich an neue Menschen gewöhnen, damit ihr meine durchaus berechtigten Vorwürfe nicht mehr ertragen müsst! Keine Chance!"

Und damit wandte sie sich wieder ihren Möbeln zu und sah Kayleighs Kopfschütteln nicht.

Beim Abendessen, das aus einer Großbestellung bei ihrem Lieblingsasiaten bestand, sprach Jillian nur das Allernötigste.

„Was habe ich ihr denn nun schon wieder getan?", fragte Robert schließlich.

„Du? Nichts, glaube ich", antwortete Kayleigh. „Dieses Mal war ich wohl schuld. Oder sie weiß selbst nicht, was sie will. Zu Meredith ziehen – will sie nicht, in die Lodge ziehen – will sie nicht ... Ich schätze, wenn sie sich sortiert hat, beruhigt sie sich wieder." *Zumindest hoffe ich das*, fügte sie stumm hinzu.

NICHTMAGISCHE BLINDGÄNGER

Zumindest sah der Plan am Morgen des Umzugs so aus, dass Jill nach dem Einzug vor lauter Begeisterung ihren Groll allmählich vergessen würde. Sie waren seit gut zwanzig Minuten bei der Magpie Lodge und warteten darauf, dass auch das Umzugsunternehmen eintreffen würde. Eigentlich müsste es jeden Moment so weit sein. Kayleighs Optimismus hatte jedoch bereits einen ordentlichen Dämpfer erhalten. Jillian und sie sahen sich der Frage gegenüber, ob ihr Einzug an der einfachen Aufgabe scheitern würde, eine Tür zu öffnen.

Während Robert ein paar Dinge in der Teestube klärte und Noah einige Angelegenheiten in ihrem alten Zuhause regelte, hatten Jillian und Kay schon einmal die Haustür öffnen wollen.

Dazu mussten sie den gepflegten Vorgarten durchqueren und die Stufen zur Veranda hinauf. Im Grunde keine große Sache. Wenn der Garten einen denn ließ. Bei den vorherigen Besuchen hatte das Haus keine Einwände gehabt. Ihre Onkel hatten ihnen versichert, dass Briefträger oder Schulfreunde ganz normal zur Haustür kommen und klingeln konnten. Mochte das für gewöhnlich sein, wie es wollte, gerade schien die Lodge fest entschlossen, Kay und ihre Schwester keinen Fuß mehr auf das Grundstück setzen zu lassen. Oder eher: das Feenvolk, das im Vorgarten lebte, war entschlossen.

Es war nicht einmal das ständige Wispern, das Kay und Jill abschreckte. Oder die Gräser und Pflanzen, die sich bogen, als würde sie jemand zur Seite drücken, ohne dass irgendwer zu sehen war. Auch nicht die Elstern, die hin und wieder einem unsichtbaren anderen Lebewesen auszuweichen schienen. Das wirkliche Problem war das Ziehen an Kleidung und Haaren. Kay und Jill schafften es gerade mal, zwei Schritte auf den Gartenweg zu machen, da war Jillians ordentlicher Zopf schon aufgelöst und Kay hatte fast ihren Schal verloren.

Also gingen sie zurück zum Anfang des Weges und starteten einen neuen Versuch. Es kam Kay vor, als würden sie sich für eine Abenteuer-Expedition bereitmachen. Zwischen der Haustür und der Hecke lag verdammt viel Garten, den es zu durchqueren galt. Mehr als genug Möglichkeiten für die Feen, ihnen das Leben schwer zu machen. Beim zweiten Versuch schlug ihnen ein eisiger Wind entgegen, der sie nicht mehr vorwärtskommen ließ und ihnen die Tränen in die Augen trieb.

„Das darf doch nicht wahr sein!", rief Jillian. „Onkel Robert sagte doch, die lassen auch Nichtmagische durch und wenn wir den Schlüssel haben, machen sie erst recht keine Probleme!"

„Gesagt hat er das", erwiderte Kay.

„Darf ich mal?" Auffordernd streckte Jillian die Hand aus.

Schulterzuckend überließ Kay ihr den Schlüssel.

„Also, hört mal her, ihr ... Feen ...“

Fast wäre es komisch gewesen, wie sich Jillians nüchterner Verstand gegen das Wort sträubte.

„Wir haben einen Schlüssel und wir kommen von Onkel Bob ... Ich meine, von Robert Bennett und wir werden hier rechtmäßig einziehen. In Ordnung?"

Eine Weile schien nichts zu geschehen, dann riss Jillian mit einem entrüsteten „Hey!" die Hand mit dem Schlüssel zurück.

„Was ist denn?", flüsterte Kay.

„Irgendjemand wollte den Schlüssel klauen!"

„Also, langsam reicht es. Was glauben die denn, wer sie sind?"

Robert hatte sie zwar vor Feen-Schabernack gewarnt, aber so würden sie dieses Haus niemals durch die Vordertür betreten können und Kay sah es nicht ein, sich von ein paar Wesen, die es in einer ordentlich funktionierenden Welt gar nicht geben sollte, aus ihrem neuen Zuhause aussperren zu lassen. Selbst wenn die Feen dafür ausziehen mussten, so ging das nicht!

Energisch machte sie einen Schritt nach vorn. „Wir haben einen Schlüssel und wohnen jetzt hier, also hört auf mit dem Zirkus!", verlangte sie und verschoss drohende Blicke in die augenscheinlich leere Luft. „Es ist ziemlich unhöflich, die rechtmäßigen Bewohner auszusperren! Wenn ihr euch ständig danebenbenehmt, wird mir das irgendwann zu bunt", fügte sie hinzu, damit die Feen wussten, woran sie waren.

Zwei Schritte weit kam Kay ohne Gegenwehr, dann erschien vor ihr in der Luft eine riesige Fratze mit weit aufgerissenem Maul und wie im Wahn verdrehten Augen. Erschrocken sprang Kay einen Schritt zurück und schnappte nach Luft.

„Alles in Ordnung?", wollte Jillian wissen.

„Hast du das auch gesehen?"

„Hab ich. Nur zum Glück mit mehr Abstand. Also, ihr Feendinger, mal im Klartext: Wir sind diejenigen, die machen können, dass ihr auszieht. Seid ihr jetzt nett oder wollt ihr schon mal nachsehen, wo das nächste Zauberhaus ist?" Jillian hatte einen Stapel alter Zeitungen unter dem Arm, eigentlich dafür gedacht, Schuhe oder andere schmutzige Dinge darauf abzustellen. Eine davon warf sie nun auf den Gartenweg. „Seht mal bei Immobilien unter Z nach. Oder steht das unter F, wie ‚feenverseuchte Buden'?"

Kay wusste nicht, ob sie lachen oder ihre kleine Schwester entsetzt ansehen sollte. Die Entscheidung wurde ihr abgenommen, als sich die Zeitung wie von selbst auffaltete und tatsächlich der Immobilienteil offen liegen blieb. Zu dem Knistern des Papiers gesellten sich kaum verständliche Worte und Satzfetzen:

„... stimmt doch überhaupt nicht!"

„Wie kann die es wagen ..."

„Sind nur Menschen, hört nicht ..."

Jillians hochgezogene Brauen sprachen Bände. Kay nickte ihr anerkennend zu. Die Feen hören zu können, war ein Fortschritt. Ihre Flüsterstimmen waren wie Wind im Gras, Regentropfen auf Blättern und knackende Zweige. Plötzlich war sich Kay nicht mehr sicher, ob sie wirklich noch nie in ihrem Leben Feen begegnet war.

„Jetzt seid doch still! Man kann ...", zischte eine der Feenstimmen und die Wesen verstummten, zumindest für Kayleighs Ohren.

„Was machen wir denn jetzt?", fragte Jillian.

„Keine Ahnung. Wenn wir jetzt loslaufen, treten wir auf einmal noch auf eine drauf und dann sind sie garantiert sauer."

„Ist das nicht Lebensrisiko bei so kleinen Quälgeistern?", erwiderte Jillian und tippte sich mit dem rechten Zeigefinger ans Kinn.

„Ich hab doch auch keine Ahnung", meinte Kay.

„Feen. Furchtbar, nicht wahr?"

Beide fuhren zu der neuen Stimme herum, doch da war niemand. Bei längerem Hinsehen entdeckten sie eine Katze, die anscheinend unter der Hecke gedöst hatte und jetzt aus dem Schatten heraustrat. Sie streckte sich, gähnte und betrachtete die Schwestern dabei missbilligend, als hätten sie sie geweckt.

„Hast du das auch gehört?", flüsterte Kay.

„Jap. Lässt auf Massenhalluzination schließen", antwortete Jill.

„Also bitte. Halluzination. Pah."

Wieder schauten sie sich suchend um, doch weiterhin war da nur die Katze, die sich auf die Hinterläufe niedergelassen hatte und sie musterte. Der Blick des Tieres war eine Mischung aus Vorwurf und Langeweile.

„Ich würde ja sagen, das war eins von den Flatterdingern, aber die Stimme klingt ganz anders", überlegte Kay.

Ihre Schwester betrachtete das Katzentier mit schräg gelegtem Kopf und ging in die Hocke.

„Jill, ernsthaft, das Kätzchen kannst du später noch streicheln!"

„Pst!", zischte sie.

Die Katze zuckte einmal mit der Schwanzspitze.

„Nicht du. Meine Schwester. Hallo. Wer bist du denn?"

Die Katze blinzelte.

Jillian blinzelte zurück.

Die Zeitung lag inzwischen in mehreren Lagen auf dem Gartenweg und in diversen Hecken verteilt.

Großartig, ging es Kay durch den Kopf. *Noch mehr Chaos, das ich nachher wegräumen muss.*

„Jill, unser neuer Vorgarten sieht bald nach Müllkippe aus, ganz zu schweigen von der Tatsache, dass wir nicht ins Haus kommen! Jetzt lass die Katze und ..."

„Pst!", unterbrach Jillian sie erneut. „Sag mal, Katze, du kannst nicht zufällig Feen fangen?"

„Warum sollte ich?", erwiderte die Katze und Jillian fiel vor Schreck auf den Hosenboden.

„Auch das noch", murmelte Kay und half ihrer Schwester beim Aufstehen. Sofort wich Jillian von der Katze zurück.

„Ich sehe das so: Ihr müsst den Feen beweisen, dass ihr hier wohnt. Vorher betrachten sie euch als Eindringlinge und werden das Haus gegen euch verteidigen. Da kann das Tor noch so weit offen stehen." Die Katze wandte den Kopf in Richtung des Gartentörchens.

„Wir haben einen Schlüssel, wir waren schon mehrmals da drin, was wollen die denn noch?", fragte Kay. Auf ihrer inneren Prioritätenliste stufte sie den Punkt „Endlich irgendwie ins Haus kommen" kurz entschlossen höher ein als „An meiner geistigen Gesundheit zweifeln, weil ich mit einer Katze spreche".

„Den Schlüssel sehe ich, sonst würde ich nicht mit euch reden", erwiderte die Katze. „Feen sind manchmal etwas schwer von Begriff, müsst ihr wissen. Und wenn nicht das, dann steckt ihnen der Feenstaub quer und sie ticken ein wenig aus. Würdet ihr bei klarem Verstand bleiben, wenn ihr die ganze Zeit vor euch hinglitzern müsstet? Ich bin übrigens Lady Chleo of Camelot, und ihr?" Sie schaute erwartungsvoll zu ihnen hoch.

Die Schwestern wechselten einen kurzen Blick.

„Das ist Jillian, mein Name ist Kayleigh. Wir sind Roberts Nichten."

„Bobs unmagische Mädchen, da sind sie also", schnurrte die Katze.

„Hey, das ist kein Grund, gleich frech zu werden", beschwerte sich Jillian.

„Bitte? Ich stelle nur fest", meinte die Katze.

Kayleigh war mit ihrer Geduld allmählich am Ende. Der Himmel wurde immer dunkler, dieser ganze Umzug war trotz Magie stressig genug und jetzt noch Feen und eine Katze, die sie nicht ins Haus lassen wollten! Irgendwann war es genug. „Dann stelle ich jetzt mal die Frage, wer dir die Dosen aufmachen soll, wenn du deine neuen unmagischen Dosenöffner ..." Kay stockte. Der Versuch, die Katze daran zu erinnern, wer ihr Futter gab, griff nicht ganz. Wer übernahm das denn, wenn Robert nicht da war? Die Katze war demnach nicht unbedingt auf die Menschen im Haus angewiesen. So schnell verpuffte das einzige Druckmittel zu nichts.

Als hätte die Katze Kays Gedanken gelesen, setzte sie sich in Bewegung und trippelte auf die Hausecke zu, hinter der der Eingang zur Teestube lag.

„Du solltest an deinem Verhältnis zu Katzen arbeiten", verkündete Jillian todernst.

Hilflos warf Kay die Hände in die Luft. Das konnte ja heiter werden. Renitente Feen, sprechende Katze ... vielleicht als Nächstes wirklich noch der Drache im Keller? War es zu spät, um das Umzugsunternehmen anzurufen und denen zu sagen, dass sie wieder umdrehen sollten?

In diesem Moment schwang die Haustür oben auf, als hätte sie jemand von innen geöffnet. Fassungslos sahen Kay und Jillian zu, wie die Katze herauskam und sich auf die oberste Treppenstufe setzte. „Also, die Damen: Kommt ihr jetzt, oder wollt ihr noch eine Weile gaffen?"

Gerade hatten sie die Haustür geschlossen, als Onkel Bob durch die Kellertür in den Flur trat. „Oh, schön, hat das mit dem Schlüssel geklappt?"

Kay und Jillian sahen sich vielsagend an.

„Genau genommen, nein", antwortete Jillian trocken. „Ohne Unterstützung aus Camelot würden wir wohl immer noch da draußen herumstehen und mittlerweile ganz schön nass werden. Es hat vor zwei Sekunden angefangen zu regnen."

„Ihr habt die Katze getroffen?" Robert schaute sich suchend um.

„Reizendes kleines Mistvieh", erklärte Kayleigh.

Zu ihrer Überraschung verzog sich das Gesicht ihres Onkels zu einem breiten Grinsen. „Das ist wohl die zutreffendste Beschreibung seit Langem. Chleo, wo bist du? Da kommen gleich Menschen, sag den Feen, die sind eingeladen und dürfen passieren, ja?"

„Noch mehr Blindgänger?", kam es von irgendwo aus dem Schatten.

„Also bitte! Noch mehr *unmagische Menschen*, ja."

„Was wollen die alle hier? Sind zwei nicht schon mehr als genug?" Die Katze kam unter einer Kommode mit hohen Beinen hervor, betrachtete Jillian und Kay halb skeptisch, halb mit offener Missbilligung.

„Denk daran, wer dir die Dosen kauft!", mahnte Robert.

Die Katze schlug mit der Schwanzspitze gegen Kays Bein. „Die hier ist auf jeden Fall mit dir verwandt, Bobby, bei der anderen würde ich das noch mal prüfen. Zu viel Grips für ein menschliches Blindgängerhirn."

Damit war sie zur Tür hinaus, die sich wieder wie von selbst geöffnet hatte.

Kayleigh und Jillian blieben mit langen Gesichtern zurück, unsicher, wen der sprechende Vierbeiner mehr beleidigt hatte.

„Magisches Katzenvieh oder nicht, wenn die keine Manieren lernt und die Feen gleich mit, haben die keinen Spaß mehr. Ich lasse Brandons Umgangsformen nicht von einer Katze und unsichtbaren Flatterdingern untergraben!", verkündete Kayleigh.

„Mit Brandon würden sie nie so reden, keine Angst. Er ist einer von ihnen und ..." Robert brach ab und schüttelte den Kopf. „Stimmt, das kann nicht die Antwort darauf sein."

„Richtig", meinte Kayleigh. „Genau deswegen muss er lernen, dass auch nichtmagische Menschen ein Recht auf Höflichkeit haben."

Vor der immer noch offenen Haustür glaubte sie leises Lachen zwischen dem tröpfelnden Wasser zu hören und einen Moment kämpfte sie mit dem Impuls, die Tür zuzuknallen und damit einer oder zwei Feen hoffentlich die

Flugbahn zu verwirbeln. Doch die Umzugshelfer mussten schließlich auch noch rein und raus.

„Meinst du, Melody macht zwei nichtmagischen Blindgängern Tee?", fragte Kayleigh. Sie würde zwar gar nicht so viel Tee trinken können, wie hier zur Beruhigung der Nerven notwendig war, aber ein Versuch konnte nicht schaden.

Onkel Robert deutete auf Becher, eine große Thermoskanne und eine Packung Milch, die auf einem Sideboard standen. „Sie dachte sich schon, dass ihr den braucht."

„Wenigstens eine hier im Haus hat ganz offensichtlich Verstand", erklärte Jillian düster und schnappte nach der Thermoskanne, als würde sie sonst verdursten.

ES HAT UNS

Kayleigh war in ihrem Leben noch nicht oft umgezogen, aber an eine Sache erinnerte sie sich deutlich: Wochen voller Chaos, die auf einen Umzug folgten. Leben aus Koffern und Kartons, dringend benötigte Gegenstände, die unauffindbar waren, und man konnte noch so sehr alles ins richtige Zimmer stellen, es half nur bedingt.

In diesem Fall war diese grundlegende Eigenschaft eines Umzugs nicht vorhanden. Im Gegenteil. Kartons schienen sich von selbst auszupacken und zu verschwinden. Kay war sich mehrmals ganz sicher, dass sie einen Gegenstand einfach irgendwo abgestellt hatte, weil sie nicht mehr gewusst hatte, wohin damit – und dann hatte er sie plötzlich aus einem Schrank oder einem Regal heraus angelacht, als hätte er schon immer dort gestanden. Natürlich passte er auch perfekt dorthin. Der Gedanke, dass das Haus ihr half, wäre Kay unter normalen Umständen völlig abwegig erschienen, aber hier war nun einmal nichts normal. So perfekt, wie die Raumaufteilung passte, kam ihr allmählich der Gedanke, dass das Haus, angepasst an seine Bewohner, zwischendurch fröhlich umbaute. Als hätte es den Gedanken gehört, klapperte der Rollladen vor dem Fenster leise und irgendwie bestätigend.

Trotz aller Hilfe spürte sie jeden Muskel im Leib und auf ihrer Stirn hatte sich Schweiß gebildet. Geistesabwesend wischte sie sich mit dem Handrücken darüber und machte sich auf den Weg hinunter in die Küche, wo die Thermoskanne mit Tee auf wundersame Weise immer wieder voll wurde. Wobei hier die wundersame Weise wahrscheinlich Melody hieß.

Als sie an einem Spiegel im Flur vorbeikam, bemerkte sie den Streifen Schmutz und Staub, den ihr Handrücken hinterlassen hatte. Auch egal, sie sehnte sich sowieso seit mindestens zwei Stunden nach einer Dusche. Besser noch einem heißen Bad.

In der Küche ließ sich Kay auf einen Stuhl fallen und vergrub das Gesicht in den Händen, wobei sie sicher noch mehr Dreckspuren hinterließ. Noch ein Argument für die Dusche. Das sollte sie in Angriff nehmen, bevor sie Brandon abholte, um nicht gleich wie der letzte Putzlappen durch das Dorf zu schlurfen.

In ihrem Becher war noch ein Schluck inzwischen kalt gewordener Tee und Kay kippte ihn herunter, bevor sie die Tasse auffüllte. Als sie aufschaute, betrat gerade Jillian die Küche und sah noch deutlich mitgenommener aus als Kayleigh selbst. Wortlos goss Kay auch ihr den Becher wieder voll und schob ihn ihr hin. Tee konnte nicht die Welt retten, aber eine ordentliche Tasse von dem Zeug machte den Kopf gleich ein wenig klarer, zumindest war das die Sicht der Dinge im Hause Bennett-Cooper-Quinn.

Ein paar Schlucke Tee musste Kay abwarten, bis Jillian mit der Sprache herausrückte. Zu fragen hätte nichts gebracht und die Geduldsprobe erwies sich dieses Mal als vergleichsweise kurz.

„Es ... lässt mich einfach nicht", murmelte Jillian schließlich und klang dabei ungewöhnlich verwirrt.

„Was lässt dich nicht?", fragte Kay vorsichtig, hatte aber eine ungefähre Ahnung.

„Es kann ja eigentlich nicht sein, weißt du", antwortete Jill und runzelte die Stirn angesichts des Problems, das nicht existieren durfte.

„Na ja, dass Brandon Steine schweben lässt, das dürfte es eigentlich auch nicht geben."

„Nein." Eine Weile rückte Jillian mit nachdenklichem Gesicht ihre Tasse exakt um dieselbe Anzahl Zentimeter nach links und rechts. Dann schob sie den Becher ein Stück von sich. Schließlich kam sie gerade so mit den Fingerspitzen an die Tasse. Das war ihr offenbar nicht genug Abstand, denn sie lehnte sich über den Tisch und beförderte die Tasse ein paar Zentimeter weiter weg. Wollte sie vermeiden, dass sie ihren Tee noch erreichen konnte, wenn sie wieder Platz nahm? Als wollte sie dabei wirklich ganz sichergehen, schob sie zusätzlich den Stuhl ein Stück vom Tisch weg.

Kay beobachtete das Schauspiel und hielt sich an ihrem eigenen Becher fest, damit das Haus nicht auf die Idee kam, es könnte abräumen oder etwas in der Art.

„Weißt du, dass in dem Turm unter dem Dach ein altes Teleskop steht?" Auf einmal blitzte es in Jillians Augen kurz auf.

„Bis jetzt war ich nicht da oben. Bob meinte, es wäre nicht so spannend. Von einem Teleskop hat er nichts erzählt", erwiderte Kayleigh und versuchte, sich von dem plötzlichen Themenwechsel nicht irritieren zu lassen. Auch das war bisweilen typisch für Jillian. Irgendwo war die Logik, man musste nur ein wenig Geduld haben, um sie zu finden.

„Es ist ziemlich alt, aber ich werde es später mal ausprobieren. Das Internet sagt, dass man von hier aus oft einen sehr guten Blick auf Sternschnuppen hat. Deswegen hätten sie im Ort beinahe ein großes Observatorium gebaut und man kann es sich bis heute nicht so ganz erklären, wieso das am Ende gescheitert ist. Zumindest kann man es sich *offiziell* nicht so ganz erklären, wenn du verstehst, was ich meine."

Kay verstand nur zu gut. „Also glaubst du jetzt, es wäre Magie im Spiel gewesen? Damit das Observatorium dem Haus nicht zu nahe kommt?"

„Das Observatorium und die Leute, die es vielleicht anziehen könnte. Wenn hier echte Wissenschaftler herkommen, was glaubst du, was die in diesem Ort alles finden?"

„Ich weiß es nicht. Ich weiß nicht einmal, ob ich es wissen will", erwiderte Kay und konnte nicht verhindern, dass ihr ein Schauer über den Rücken lief.

„Ja, genau", stimmte Jillian zu und trank noch einen Schluck Tee.

Einen Moment brauchte Kay, um zu merken, was an dem Bild falsch war: Ihre Schwester hatte ganz beiläufig nach ihrer Tasse gegriffen, ohne sich auch nur vorzulehnen. Als sie den Fehler gefunden hatte, starrte Kayleigh fassungslos das Stück Küchenausstattung an, das wie von selbst wieder zurück in Jillians Reichweite gewandert war.

„Hab ich dich", flüsterte Jillian, als sie die Tasse wieder hinstellte.

„Meinst du nicht eher, es hat uns?", platzte es aus Kayleigh heraus, bevor sie darüber nachdenken konnte.

„Das wollen wir doch mal sehen", meinte Jillian mit entschlossenem Gesichtsausdruck. „Jedenfalls lasse ich mir von dem Haus nicht ständig meine Bilder umhängen. Kaum hängt eins und ich drehe mich um, hat es mit einem anderen getauscht. Das macht mich wahnsinnig."

„Hast du mal überlegt, dass das Haus der Meinung ist, dass es so besser aussieht?"

Jillian schnaubte, was bei ihr schon einer massiven Gefühlsregung gleichkam. „Das ist in meinem Zimmer ja wohl meine Sache. Von mir aus kann diese Hütte die Farben der Buntglasfenster zu Regenbogenpastell ändern, das ist mir vollkommen egal, meinetwegen kann es auch hinter Bob und Noah herräumen, aber ich habe durchaus meinen eigenen Geschmack!"

„Ich bin mir sicher, dass die Buntglasfenster in Pastellfarben ziemlich scheußlich aussehen würden, aber das könnten wir dem Haus dann wohl nicht ausreden", erwiderte Kayleigh.

Einen Moment herrschte Schweigen am Tisch. Dann rang sich Kayleigh zu einer Entscheidung durch, tippte vorsichtig mit dem Fingernagel ihres Zeigefingers gegen Jills Tasse und flüsterte: „Hallo?"

„Echt jetzt? Meinst du, wir sind in einem Disney-Film und die Möbel fangen gleich an zu tanzen und zu singen?", meinte Jill mit einem halb fragenden, halb skeptischen Tonfall.

„Ich werde es nicht drauf ankommen lassen", erwiderte Kay und stand auf. Es gab zwischen ihr und der Badewanne noch einiges zu tun. „Frag doch Bob nachher, ob man dem Haus das irgendwie erklären kann. Vielleicht kann er das Umräumen mit einem Zauber abstellen."

Jillian verzog das Gesicht, doch das war Antwort genug.

Im Vorbeigehen strich Kay ihrer Schwester noch eine widerspenstige Strähne aus dem Gesicht, dann verließ sie die Küche mit dem festen Vorsatz, wieder an die Arbeit zu gehen.

Im Flur blieb sie wie angewurzelt stehen. Sie konnte sich genau daran erinnern, dass die cremefarbene Tapete an der Wand ihr direkt gefallen hatte, vor allem im Kontrast zu dem dunklen Holz in der unteren Hälfte. Nur waren die Wände gerade nicht cremefarben, sondern erstrahlten in Babyblau, Zartpink, Lindgrün und einem Hauch von Gelb. Kay holte tief Luft. Zweimal. „Jillian!", rief sie wesentlich lauter als beabsichtigt. Wahrscheinlich laut genug, dass Jillian es sogar oben in ihrem Turmverlies gehört hätte.

„Ja?" Vorsichtig streckte Jill den Kopf aus der Küchentür. Nur den Kopf, damit sie ihn schnell wieder einziehen konnte.

„Junge Dame, dein Disput mit dem Haus in allen Ehren, aber was zur Hölle machen wir jetzt mit ... dem da?" Hilflos und mit einer Geste, die den gesamten Flur umfasste, deutete Kay auf die Buntglasfenster der Haustür, die alle möglichen und unmöglichen Pastelltöne angenommen hatten.

Kay fand schließlich Hilfe in Form von Noah. Nachdem sie eine Weile gesucht hatte, spürte sie ihn in der Zimmerflucht ihrer Onkel auf, wo er zwischen Stapeln von Vinylplatten auf dem Boden saß. Als Kay ihm ziemlich verlegen von dem Dilemma mit dem Glas erzählte, grinste er lediglich vielsagend und stand auf, um ihr zur Haustür zu folgen. Dort redete Jillian auf das Haus ein, damit es die Veränderung von selbst wieder rückgängig machte, doch es hatte sich bisher offenbar geweigert.

„Nicht tragisch, Jill, das ist uns allen schon passiert." Mit diesen Worten schob Noah sie sanft zur Seite. Ihn kostete es lediglich ein paar Zaubersprüche, die unglückliche Farbwahl zu korrigieren. Dabei grinste er wie ein kleiner Junge nach einem erfolgreichen Streich.

„Warum guckst du so schadenfroh, wenn das jedem schon passiert ist?", murrte Jillian.

„Nur froh. Es ist schön, wieder in einem Haus zu wohnen, in dem so etwas passieren kann, und nicht nur während der Öffnungszeiten der Teestube hier zu sein. Weißt du, Robert und ich sind ... jetzt einfach wieder zu Hause."

Jill ließ nicht erkennen, ob der Seitenhieb in die Richtung, dass nicht jeder über den Umzug unglücklich war, getroffen hatte. Nach der Sache mit den Fenstern betrachtete sie das Haus jedoch mit einer Mischung aus Argwohn und wissenschaftlichem Interesse.

Kayleigh dagegen suchte wenig später verzweifelt ihre Kulturtasche, um endlich duschen zu können. Gerade wollte sie Jill um Shampoo und Duschgel bitten, als sie den Beutel fand. Leer in ihrem Badezimmer. Der Inhalt stand ordentlich dort, wo sie die Sachen auch selbst hingeräumt hätte.

„Danke", murmelte sie dem Haus leicht verlegen zu. Man konnte nun wirklich nicht sagen, dass ihr neues Zuhause sie nicht willkommen heißen würde.

Mit dem Haus hörte es nicht auf. Als sie Brandon ein paar Stunden später endlich abholen konnte, wurden George und Matilda nicht müde, ihre Freude darüber auszudrücken, dass „die Kinder jetzt endlich alle wieder in der Nähe" waren. Kay erinnerte sich an die vielen Male, als Jill und sie bei dem netten Ehepaar untergekommen waren. Der Pfarrer und seine Frau gehörten praktisch zur Familie. Ob sie ihre Freunde und Verwandten auch so darüber im Dunkeln hielten, dass es Magie tatsächlich gab? Fast hätte Kay die Frage laut gestellt, entschied sich dann aber dagegen. Die beiden konnten nichts dafür, dass sich Jill und Kay von ihren Onkeln hintergangen fühlten.

Während der ersten Tage in der Lodge wunderte es Kay nicht weiter, dass Matilda klingelte und fragte, ob sie mit Brandon zum Spielplatz gehen sollte. Oder dass George auf seiner Runde mit dem Hund selbstgemachten Auflauf oder frisch gebackenes Brot vorbeibrachte. Dankbar war sie den beiden allemal, weil sie vor lauter Packerei kaum zum Kochen kam. Das Haus half zwar, erledigte aber lange nicht alles.

Auf die Frage, wieso diese beiden normalen Menschen von der Magie wissen durften, hatte Kay bisher noch keine vernünftige Antwort aus einem ihrer Onkel herausholen können. Als sie am Abend den Tisch abgeräumt hatten und noch ein wenig in der Küche zusammensaßen, versuchte Kayleigh es erneut. Brandon hörte ihr gerade nicht zu, er saß friedlich mit Stiften, Papier und Jillian auf dem Boden und forderte sie zu immer neuen Malereien auf. Die Katze hatte so lange Kritik von sich gegeben, bis Jill sie mit Katzenmilch abgelenkt hatte.

„Ach, das … ist eine ganz alte Geschichte." Noah tauschte ein verschwörerisches Lächeln mit Robert.

„Lange her. Vielleicht erzählen wir euch mal davon, wenn Ruhe eingekehrt ist", fügte Robert hinzu und konnte offenbar nur mühsam ein Grinsen unterdrücken.

„Ich könnte ...", begann die Katze und bekam ein zwei-
stimmiges „Nein!" zur Antwort.

Kurz darauf brachte Kayleigh Brandon ins Bett und als
sie zurückkehrte, saß Jillian allein am Esstisch, eine ange-
brochene Packung Schokolade vor sich, und versuchte, die
gewünschten Informationen aus der Katze herauszulo-
cken.

„Wir sollten uns, glaube ich, mal unterhalten, Kätzchen", schlug sie gerade vor.

Die Katze drehte demonstrativ den Kopf in die andere
Richtung und tat so, als müsste sie dringend schlafen.

„Alles Verschwörer, diese Magier", brummte Jillian daraufhin und machte sich auf in ihr eigenes Reich.

ZAUBERKIND

Im Laufe der nächsten beiden Wochen nahm das Leben in der Lodge allmählich eine gewisse Normalität an. Bei Jillian schien die Wissbegierde die Verärgerung Stück für Stück zu übertrumpfen. Kayleigh kämpfte ihrerseits um die Pappboxen vom Umzug. Anscheinend hatte Chleo das Haus besser im Griff als Jill und es dazu überredet, die leeren Kisten stehen zu lassen. Kayleigh versuchte derweilen, die Kartons schneller wegzuräumen, als die Katze sie in Besitz nehmen konnte. Dass die Katze die Kisten annektierte und dass einem, wenn man nicht aufpasste, eine fauchende Chleo entgegenkam, wenn man einen Karton aufhob und zusammenfalten wollte, sorgte hier und da für Verzögerungen. Und natürlich beließ das magische Wesen es nicht bei den Pappboxen, wenn es darum ging, sich einzumischen.

Bis auf diese Kartons hatten immerhin alle Dinge ihren Platz gefunden. Die Katze schien sich an die Anwesenheit der nichtmagischen Menschen zu gewöhnen, jedenfalls beschloss Kayleigh für sich, Chleos Verhalten so einzuordnen. Häufig schlief sie auf Brandons Bettvorleger oder, was Kay deutlich mehr wunderte, auf einem Sessel in Jillians Wohnzimmer. Bei jeder möglichen und unmöglichen Gelegenheit hielt sie Kayleigh und Jillian Vorträge. So auch an diesem Abend, an dem sie sich dazugesellt hatte, während die beiden Schwestern in Brandons Zimmer saßen.

„Wieso hat eigentlich noch niemand dieses freche Vieh rausgeschmissen oder in eine Kröte verwandelt?", wollte Jillian wissen, nachdem die Katze sie zum x-ten Mal über Anfängerfehler in magischen Häusern („Und man fordert so ein Haus nicht heraus, das tun nur die ganz Dummen und die enden dann mit Tapete aus den Siebzigern und ohne Zentralheizung ...") belehrt hatte. Aus reiner Freundlichkeit den Nichtmagischen gegenüber, wie sie nicht müde wurde zu betonen.

„Eigentlich hätte Bobby euch das alles erklären sollen, aber wahrscheinlich ist er ähnlich überfordert wie ihr", kritisierte die Katze, als hätte sie Jillians Frage nicht gehört.

Brandon saß zwischen Kayleigh und Jillian auf dem Boden, die Karten eines Memory-Spiels um sich herum ausgebreitet. Er fand die richtigen Paare schneller, als Kay und Jillian neu mischen konnten. Deshalb hatten sie es aufgegeben, wirklich mitzuspielen, und hielten mehr eine Art Kriegsrat. Sobald Brandon am Zug war, deckte er sowieso alle Paare auf.

„Bob ist überfordert?", hakte Kay ungläubig nach. „Es ist doch seine Welt hier. Er hat jahrelang diese Teestube betrieben und uns nie ein Wort davon gesagt, dass dort magische Dinge vor sich gehen!"

„Genauso wenig, wie er uns die Wahrheit über unsere Eltern gesagt hat", fügte Jillian den für sie wichtigsten Punkt auf der Liste hinzu. „Da fragt man sich doch ..."

Unter Kays aufmerksamem Blick verstummte Jillian. Kay holte Luft, um Jillian zum Weiterreden zu ermuntern, doch die Katze war schneller. Sie wechselte die Position ihrer Vorderpfoten und streckte sie lang aus. „Kinder, ihr seid aber auch gerade egoistisch. Er wollte euch nie in seine Welt hineinziehen, gerade wegen dem, was mit euren Eltern passiert ist. Was glaubt ihr, warum eure Eltern nicht in der Lodge gewohnt haben? Zumindest bei Kay wussten sie schon, dass sie eine Nichtmagische ist, und wollten sie so normal wie möglich aufwachsen lassen. Abgesehen davon, dass sie kaum eine Wahl hatten. Magie ist nun mal kein kuscheliges Freizeitprogramm wie Tennis oder Briefmarkensammlungen oder der Latein-Club."

„Was ist an Latein kuschelig?", unterbrach Jillian sie düster.

„Es ist so schön altmodisch. Es hat einen gewissen, wie soll man sagen, verfallenen Charme."

Kay verdrehte die Augen, schüttelte den Kopf und hoffte, dass Brandon entweder nicht zuhörte oder nicht nachvollziehen konnte, worum es ging. Wenn die Magie seine geistige Entwicklung tatsächlich so stark beschleunigte, wie viel von dem, was die Erwachsenen besprachen, bekam er wohl mit?

Noch etwas, worüber sie unbedingt mit Robert sprechen musste.

Sie wusste nicht, was sie selbst weniger verstand: Jillians Vorliebe für schräge Hobbys oder diese Katze. Und was meinte sie mit „was mit euren Eltern passiert ist"? Der Autounfall damals ...

„Verfallener Charme ist nicht dasselbe wie kuschelig", beharrte Jillian.

„Wenn du etwas wirklich Kuscheliges willst, inklusive Unterschreiten der Privatsphäre, dann versuch es doch mal mit Tango", gab Chleo schnippisch zurück und Kayleigh grinste über Jillians fassungsloses Gesicht.

„Also, wo war ich. Richtig. Bob. Er hat jetzt die Aufgabe, euch beide gegen all eure Widerstände doch noch mit dieser Welt vertraut zu machen. Auch wenn Noah ihm dabei helfen kann – die Verantwortung liegt auf seinen Schultern. Dabei hat er euch doch schon erzogen, der arme Mensch."

„Die Widerstände hätte er sich sparen können, wenn er uns von Anfang an eingeweiht hätte", konterte Kayleigh.

„Was er wiederum nicht durfte. Wisst ihr auch nur ansatzweise, wie viel Papierkram es bedeutet, auch nur *eine einzige* nicht eingeweihte Person auch nur einen Fuß in die Lodge setzen zu lassen? Habt ihr eine Ahnung, was Zauberer mit anderen Zauberern machen, die sich nicht an diesen riesigen Wust von Regeln, Gesetzen und Vorschriften halten oder die falschen Schlupflöcher und Ausnahmeregelungen nutzen? Jedes Finanzministerium und jedes Arbeitsamt ist dagegen fast schon *kuschelig*", erklärte Chleo mit einem Seitenblick zu Jillian.

„Pass auf, dass dich keiner kuschelt", erwiderte Jillian und streichelte die Katze zwischen den Ohren, die daraufhin entrüstet den Kopf wegzog.

„Er hat nur gesagt, dass es verboten ist, Außenstehende einzuweihen", gab Kayleigh zu. „Und dass es eine riesige Menge Vorschriften für den Umgang mit Nichtmagischen gibt. Unsere Ahnungslosigkeit ist aber auch kein Kunststück, wenn uns niemand irgendetwas sagt! Alle Welt scheint Bescheid zu wissen, nur wir nicht."

Chleo schlug spielerisch mit einer Pfote nach Kays Bein. „Du hörst mir auch nicht zu, oder? Meinst du, die haben all diesen Papierkram und die Millionen von Paragrafen, weil ein paar alten Zauberern langweilig geworden ist und man die besser mit etwas Langwierigem beschäftigt, bevor sie Unsinn machen? Ein paar der schlimmsten Modesünden der letzten Jahrzehnte sind von genau solchen Leuten erfunden worden. Schaut euch die Achtziger an, also spätestens seitdem kann niemand mehr wollen, dass Zauberern langweilig wird! Aber letzten Endes gab es all die Vorschriften schon lange vorher und das alles nur, weil eben nicht jeder Bescheid weiß und jede einzelne Ausnahme genau geprüft werden muss. Eure Großeltern hätten die Lodge verlassen müssen, wenn sie mehr als ein nichtmagisches Kind gehabt hätten. Zum Glück war es auf dieser Seite der Familie nur Meredith. Aber das war schon kompliziert genug, sie durfte ja schließlich nichts wissen, während eure Mutter und Bob magisch erzogen worden sind. Könnt ihr euch auch nur ansatzweise vorstellen, wie genau man so etwas regeln muss? Dass Jillian möglicherweise hätte in ein Internat ziehen müssen, hat Bob eine Heidenangst gemacht."

„Bitte was?", zischte Jillian.

Chleo putzte eine Vorderpfote und ließ sich mit der Antwort Zeit, bis sie mit dem Ergebnis zufrieden war. „Nun, ganz früher hat man magiebegabte Kinder nur dann bei ihren Eltern gelassen, wenn mindestens ein Elternteil magisch war. Bei nichtmagischen Eltern hat man es sehr lange vorgezogen, die Kinder von Magiern großziehen zu lassen. Und wenn magische Eltern nichtmagische Kinder hatten, lief das ähnlich."

„Das ist ja wohl gegen die Menschenrechte!", ereiferte sich Kay und versuchte reflexartig, Brandon an sich zu drücken, der sich mit einem unwilligen „Mama!" aus dem Griff wand und weiter bei seinem Memory blieb.

„So ähnlich war auch das Argument der nichtmagischen Vertretung und schließlich war man der Meinung, die Kinder bei ihren Eltern lassen zu können, wenn man ihnen magische Beratung zur Seite stellt, damit eben niemand einen Herzinfarkt bekommt oder die Nachwuchsmagier exorzieren lässt, wenn sie die ersten Anzeichen zeigen. Es ist nämlich noch gar nicht so lange her, dass solche *besorgten* unmagischen Eltern ihre eigenen Kinder dann für Dämonen hielten und dem Pfarrer übergeben haben und damals ist den Leuten ohnehin schnell mal ein Streichholz ausgerutscht, wenn du verstehst, was ich meine ..."

Kay wurde bei der Erklärung angst und bange. In der Fensterscheibe erhaschte sie einen Blick auf ihr leichenblasses Spiegelbild.

Jillian stupste die Katze in die Seite. „Ist gut, Chleo, wir verstehen."

„Ich bin mir nie so sicher, wie genau man euch Nichtmagischen die Dinge erklären muss", meinte sie und putzte die andere Pfote.

„Immerhin sagt sie nicht mehr Blindgänger", murmelte Jillian.

„Als wäre das so unzutreffend gewesen", erwiderte die Katze ungerührt.

„Also, wie war das jetzt mit den Vorschriften?", kehrte Kayleigh zum Thema zurück. Hätte Brandon nicht friedlich neben ihr gesessen, wäre ihr wahrscheinlich flau im Magen geworden.

„Um das Ganze abzukürzen: Kay, dich in die Lodge zu bekommen, war nicht das Problem, schließlich bist du seine Mutter." Sie deutete mit dem Kopf in Brandons Richtung.

„Aber Jillian? Jillian ist ein nichtmagischer Nicht-Blindgänger, sie hat schließlich fast den Verstand einer Hexe, aber trotzdem bringt sie nicht mal Bausteine in die Luft, also, was tun? Robert ist nach den Gesetzen der Nichtmagischen für sie verantwortlich, aber sie ist kein kleines Kind mehr, also hätte sie theoretisch in ein Internat umziehen müssen. Das Argument, dass man sie aus ihrer gewohnten Umgebung reißt, funktioniert nicht, schließlich hätte sie es in einem Internat sicher genauso schnell wie in der Schule geschafft, ihre Mitmenschen zu vergraulen ..."

„Vorsicht, Kätzchen!", fiel Jillian ihr ins Wort.

„Die paar Freunde, die du für würdig befunden hast, hätten dir jedenfalls auch schreiben können. Ihr habt doch heute sowieso dauernd diese Quasselkästen in der Hand." Sie stupste Jillians Handy an, von dem sich niemand erklären konnte, wie es eigentlich in Reichweite der Katze auf den Boden gekommen war.

„Also musste Onkel Bob eine Ausnahmegenehmigung für Jillian bekommen?"

„Streng genommen ist er noch dabei. Wenn das schiefgeht und die vorläufige Genehmigung nicht zu einer dauerhaften umgewandelt wird, muss man ihr Gedächtnis manipulieren und sie kann ihre Koffer wieder packen."

„Was?", fragten Kay und Jillian gleichzeitig und starrten die Katze an.

In was für bürokratische Schwierigkeiten hatte der Umzug ihre Familie nur gestürzt? *Schöne neue Zauberwelt*, schoss es Kayleigh durch den Kopf.

Brandon merkte, dass etwas nicht stimmte, und ließ das Memory liegen. Nach einem Blick in ihre alarmierten Gesichter verzog er den Mund und kuschelte sich an Kayleigh. „Ist was kaputt?", fragte er leise.

Nachdem beim Umzug trotz aller Hilfe des Hauses ein paar Dinge zu Bruch gegangen waren, war das Brandons neues Wort dafür, dass etwas nicht in Ordnung war.

„Das weiß ich noch nicht. Was machen wir denn jetzt?", wandte sie sich an Chleo.

Das Katzending sah zwischen ihr und Jillian hin und her und Kayleigh meinte, Mitleid in seinem Blick zu erkennen. „Ihr seid Nichtmagische. Ihr macht gar nichts. Ihr könnt nichts machen. Die Vorschriften und so."

„Aber hier wird schließlich über mein Schicksal entschieden!", beschwerte sich Jillian. „Das geht mich ja wohl am meisten an!"

„Was meint ihr, wie oft genau das passiert? Wie oft die magische Welt hinter dem Rücken der nichtmagischen Welt über deren Schicksal entscheidet? Darum geht es doch gerade. Da passieren weltbewegende Dinge, da kann man nicht zu viele Nichtmagische drin herumpfuschen lassen."

„Oh, das ist ja mal so was von fortschrittlich, da könnte einem schlecht werden", stieß Jillian hervor. Sie war zwar immer noch nicht lauter geworden, aber die Aufgebrachtheit war ihr deutlich anzusehen.

„Ist Tante Jill kaputt?", fragte Brandon ernst und normalerweise hätte das Kay ein Lächeln entlockt.

„Nein, Brandon. Ich bin nicht kaputt", antwortete Jillian und zerzauste ihm die schwarzen Locken. „Diese ganze komische Magierwelt ist kaputt. Und ich sage dir eins,

Zauberkind." Sie lächelte ihren Neffen an und fügte dann fast schon sanft hinzu: „Solltest du jemals wie die werden, werfe ich dich raus. Klar?"

„Jillian!", zischte Kayleigh, doch Brandon nickte ernst und wiederholte: „Klar."

„Gutes Kind", erwiderte Jillian, erhob sich und rauschte hinaus. Wahrscheinlich würden sie sie die nächsten Stunden nicht mehr zu sehen bekommen.

Kay seufzte und legte ihr Kinn auf Brandons Kopf. „Wenn dein Vater hier wäre, könnte der vielleicht etwas tun", murmelte sie.

„Da bin ich mir ziemlich sicher", mischte sich Chleo wieder ein.

„Kennst du ihn?", fragte Kayleigh verblüfft. Wusste diese Katze eigentlich irgendetwas *nicht*?

„Soll Brandon das wirklich von der Katze erfahren?", erwiderte Chleo mit dem Äquivalent eines Lächelns.

„Heißt das, du hast keine Ahnung oder du hast doch eine diplomatische Ader?", erwiderte Kayleigh schnippisch.

Chleo warf ihr einen langen Blick zu, dann erhob sie sich mit typisch katziger Eleganz und stolzierte aus dem Kinderzimmer.

„So, Brandon. Was nun, du magisches Kind, das das Unglück hatte, eine nichtmagische Mutter zu haben?"

Brandon schaute sie fragend an, dann kletterte er von ihrem Schoß und hielt ihr zwei Memory-Karten hin. Dazu fragte er: „Kakao?"

„Erst den Kakao", entschied Kayleigh und hob ihren Sohn hoch.

Wahrscheinlich brauchte sie die Beruhigungs-Schokolade gerade dringender als er. Vielleicht konnte sie sich dabei auch gleich noch ein wenig mit ihrem Onkel über magische Kinder unterhalten.

Darf ich ihn behalten?

Die Eröffnung der Katze über Jillian hatte Kay lange nicht einschlafen lassen und ihr war klar, dass der nächste Morgen höllisch werden würde. Als der Wecker klingelte, genehmigte sie sich noch ein paar Minuten. Wenn Brandon dringend etwas von ihr wollte, würde er sich schon bemerkbar machen.

Als Kayleigh das nächste Mal aufwachte, war sie verwirrt, dass die paar Minuten, die die Schlummer-Taste noch herausgeholt hatte, so lang gewesen waren. Dann verließen die letzten Reste von Schlaf ihr Gehirn und sie war mit einem Satz aus dem Bett. Kein Wunder, dass die fünf Minuten so lang erschienen, wenn man den Wecker ausschaltete und gnadenlos verschlief!

„Brandon?", rief sie, bevor sie überhaupt aus ihren eigenen Räumen heraus war. Keine Antwort. Verdammt, es war halb zehn, ihr Sohn musste Hunger haben und wer wusste schon, was er in der Zwischenzeit angestellt hatte!

„Brandon?" Kay streckte den Kopf in sein Zimmer. Sie brauchte nur Sekunden, um zu erkennen, dass es leer war. Trotzdem, sie musste sicher sein. Konnte er gelernt haben, sich unsichtbar zu machen? Oder auf winzige Größe zu schrumpfen?

„Brandon!" Kayleigh spürte ihren Herzschlag bis in den Hals hinauf, ihr wurde heiß und kalt. Mit fliegenden Fingern durchwühlte sie das Zimmer, drehte jedes einzelne Stofftier um. Kein Brandon.

War er Jillian und Bob entwischt und ...? Bei der Vorstellung, ihn im ganzen Dorf suchen zu müssen, wurde ihr übel. Den Gedanken, ob vielleicht Collins Entführer auf ihn aufmerksam geworden waren, wollte sie am liebsten gar nicht zulassen. Doch unaufhaltsam drängte er sich in den Mittelpunkt ihres Denkens und verstärkte ihre Panik.

Wieder und wieder rief sie nach ihrem Sohn, doch damit trieb sie nur Bob in den Flur.

„Brandon ist weg. War Matilda zufällig schon da und hat ihn abgeholt?"

Robert schüttelte den Kopf.

„Gibt es in diesem Haus irgendetwas, was ihm gefährlich werden kann?", wollte Kayleigh wissen.

„Im Grunde genommen, nein. Du hast sämtliche Schränke gesichert, er wird sich also weder die Finger einklemmen noch an scharfe Messer rankommen. Im Arbeitszimmer war ich gerade, da ist er nicht."

„Und der Drache?"

„Der im Keller? Der ..."

Kayleigh brauchte nichts weiter zu hören. Sie stürmte los in Richtung Kellertür, die Treppe hinunter. Selten im Leben hatte sie sich so kurz vor einem hysterischen Anfall gefühlt.

Die feuerfeste Tür war offen und kostete Kayleigh den letzten Nerv. „Brandon!" Ihre Stimme klang zu hoch, kurz vorm Kippen, und sie verschwendete keinen Gedanken daran, dass ein Drache im Keller für sie genauso gefährlich war wie für ein Kind.

Kayleighs schnelle Schritte hallten in dem gefliesten Flur wider, der so gar nicht nach altem Gemäuer aussah. Links und rechts gingen Türen ab, die zum Teil wirkten, als würden sie zu Kühlräumen führen. Kay versuchte eine davon zu öffnen, Panik schnürte ihr die Kehle zu, als sie daran dachte, dass Brandon dort eingesperrt sein könnte. Die Tür gab ihren Bemühungen jedoch nicht nach und Kayleigh hoffte, dass sie die ganze Zeit so fest verschlossen gewesen war. Als ihr Blick den Flur entlangwanderte, erkannte sie jedoch, dass die Tür am Ende ein Stück offen stand.

Kayleigh sprintete den Gang hinunter, stieß die Tür ganz auf, sprang hindurch – und wäre fast mit Melody zusammengestoßen. Blitzschnell wich die junge Magierin zur Seite aus. Damit gab sie den Blick auf Brandon frei, der auf einem Hocker stand, damit er in die Tiefkühltruhe hineinsehen konnte.

„Brandon!" Ohne Melody eines weiteren Blickes zu würdigen, riss Kayleigh ihn von dem Hocker und drückte ihn an sich.

„Mama? Ist was kaputt?"

Der Kleine schaute sie so ernst an, dass Kayleigh einmal mehr nicht übersehen konnte, dass sie kein normales Kind vor sich hatte. Onkel Robert hatte ihr gesagt, dass er wahrscheinlich wie hochbegabt wirken würde, zumindest könnte man es damit noch am ehesten vergleichen. Die Magie sorgte nicht nur für besondere Fähigkeiten, sie brachte auch einige Veränderungen im Gehirn mit sich. Magierkinder entwickelten sich früher, lernten deutlich schneller und verstanden entsprechend auch viele Dinge zu einem Zeitpunkt, zu dem man ihnen das nicht zugetraut hätte. Wie bei allen Kindern war es verschieden, was genau ein Magierkind zu welchem Zeitpunkt schon erfassen konnte und was noch nicht. Damit Brandon mit seinem permanent hungrigen Geist beschäftigt wäre, sollte Kayleigh ihm vielleicht langsam Lesen beibringen ...

All das war Kayleigh aber in diesem Moment egal. Gerade noch konnte sie es sich verkneifen, vor Erleichterung zu weinen.

„Er stand auf einmal in der Teestube. Ich hab ihm Kuchen gegeben und Pfefferminztee, ich hoffe, das war okay. Er hat gesagt, er hätte Hunger ...“

„Schon in Ordnung, Melody“, sagte Kay über die Schulter. „Danke fürs Aufpassen. Und du, junger Mann: Wieso weckst du mich nicht, wenn ich verschlafe?“

„Du hast geschlafen.“

„Deshalb solltest du mich wecken!“

„Aber ... du warst ...“ Brandon schien nach dem richtigen Wort zu suchen. „Kaputt?“, versuchte er es schließlich.

Fast hätte Kayleigh gegen ihren Willen lachen müssen, doch sie blieb ernst. „Das ist vollkommen egal. Du läufst in Zukunft nicht einfach los, hast du verstanden?“

„Wirfst du mich sonst raus?“

„Aber nicht doch! Gott, wenn ich Jillian in die Finger bekomme ...“

„Mama, guck mal.“ Brandon zupfte nachdrücklich an ihrem Ärmel. Erst jetzt wurde Kayleigh die Kälte bewusst. Sie stand barfuß und im Schlafanzug in einem kalten Keller vor einer Kühltruhe die ... nicht eingesteckt war. Aber ...

Sie folgte Brandons ausgestrecktem Finger und vor Staunen blieb ihr der Mund offen stehen.

„Was ist das denn?", fragte sie.

„Wer. Nicht was. Das ist Frosty", klärte Melody sie auf. „Frosty ist ein Eisdrache. Ein Haus-Eisdrache, um genau zu sein. Die werden nicht so groß wie die in freier Wildbahn."

Kayleigh starrte noch immer fassungslos auf das Wesen in der Truhe hinunter. Ja, tatsächlich, Vorder- und Hinterläufe, Schwanz, Schuppenkamm auf dem Rücken – sah nach Drache aus, war aber maximal so groß wie die Katze. Und hatte sehr große Kulleraugen. Das Wesen war von einer dünnen Reifschicht überzogen und Kay war sich nicht sicher, ob das darunter Schuppen waren oder Fell.

„Ein richtiger Drache, Mama! Darf ich ihn behalten?"

Das Wesen in der Truhe schüttelte sich und Reif spritzte in alle Richtungen. Es stellte die vorderen Krallen auf den Rand der Truhe und erinnerte Kay an eine Katze, die auf einen Stuhl wollte.

„Mama? Darf ich ihn behalten? Darf ich?"

Kayleigh schloss einen Moment die Augen. Was für ein Irrenhaus.

Der Drache in der Truhe, besser gesagt, nun nicht mehr in der Truhe, war lange Diskussionsthema. Dass Melody irgendetwas mit Brandon hatte anstellen müssen, um ihn zu beschäftigen, und dass sie kein Problem darin sah, einem magischen Kind einen Hausdrachen zu zeigen, das ließ sich nicht mehr ändern. Um Kind und Drache aber zunächst einmal voneinander fernzuhalten, hatte Kayleigh ihren Sohn zu Matilda gebracht, bevor sie den Familienrat einberufen hatte.

Die Minuten an der frischen Luft hatten deutlich zu ihrer Beruhigung beigetragen. Eigentlich hätte sie darauf kommen können, dass Brandon zu Melody gelaufen war und fast war ihr ihre Reaktion ein wenig peinlich. Seitdem Brandon die rothaarige Magierin zum ersten Mal gesehen hatte, war er total begeistert von ihr, kurzerhand hatte er sie „Tante Mel" getauft. Eine magische Bezugsperson mehr war wahrscheinlich gar nicht schlecht, vor allem, weil Melodys Eltern Nichtmagische waren und sie daher Magier nicht als etwas Besseres sah.

„So ein Drache ist tatsächlich nichts Ungewöhnliches, ich hatte als Kind selbst einen!", klärte Onkel Robert Kayleigh nun auf.

„Du bist aber nicht er! Du hat gesagt, da wäre ein Drache im Keller, aber niemandem erklärt, dass der Drache kaum gefährlicher ist als Chleo!"

Die Katze hob den Kopf und öffnete die Augen. „Bitte? Ich hab ihn schon mehr als einmal zurück in die Gefriertruhe gesteckt!", stellte sie richtig.

„Ich wollte euch das Schritt für Schritt beibringen. Und glaub mir, Eisdrachen sind nicht so schlimm, magisches Eis taut man auf und alles ist gut. Der eigenen Familie würde er nie etwas tun. Ich hatte einen Feuerdrachen, der hat mehr als einmal meine Schulbücher abgefackelt ..."

Kayleigh vergrub den Kopf in den Händen.

„Vielleicht solltest du ein wenig diplomatischer sein, Bob", riet Noah seinem Partner.

„Ich finde ihn toll", ließ sich da zu ihrer Überraschung Jillian vernehmen, die vor einer Weile zur Haustür hereingekommen war. Was sie an einem schulfreien Tag schon nach draußen getrieben hatte, hatte sie selbstverständlich für sich behalten.

„Was? Ich dachte, du magst den ganzen magischen Kram nicht?"

„Ich denke, wir wissen alle, dass das zu kurz greift", erwiderte Jillian und warf Frosty eine weitere Papierkugel aus dem Altpapiereimer unter Onkel Roberts Schreibtisch zu, die der Eisdrache begeistert zerlegte. Der Teppich sah schon aus, als wäre ein Aktenvernichter explodiert und an Jillians schmalem Lächeln sah Kay, dass ihre Schwester keine Probleme damit hatte, das Arbeitszimmer ihres Onkels in eine Schnipselflut zu tauchen. In dem Teppich hatten sich schon unzählige winzige Papierreste verfangen und es wurden immer mehr.

„Zu kurz greifen … Du bist ein Teenager, hörst du dir eigentlich selbst mal zu?", fragte Kayleigh.

„Was soll ich denn sagen? Ich find den Drachen voll krass vom Eis her?" Jillian verzog das Gesicht, als hätte sie einen üblen Geschmack im Mund.

„Bitte nicht. Zu kurz greifen ist da schon in Ordnung", mischte sich Robert ein, während Noah grinsend den Kopf schüttelte.

„Na also. Und jetzt lenk nicht vom Thema ab. Ich habe ein Problem mit der Heimlichtuerei die ganze Zeit und der Arroganz dieses magischen Gesindels." Ein Blick zur Katze, die demonstrativ die Augen schloss, dann wieder zurück zum Drachen. „Auch wenn manche magischen Dinge durchaus ihren Reiz haben. Aufräumzauber und putzige Drachen, zum Beispiel."

Der Drache schnaubte und ein paar Eiskristalle flogen durch die Luft.

„Warte, bis du Ignatius kennenlernst", meinte Onkel Robert. „Spätestens zu Halloween ..."

„Bob, du willst es jetzt auch wirklich wissen!", warf Noah ein und brachte Robert damit zum Verstummen, doch es war zu spät.

„Wen?", hakte Kayleigh nach.

„Mein Feuerdrache. Ach, ihr zwei lieben Kleinen, ihr habt das Außengelände noch nicht gesehen."

Kayleigh wurde einiges klar. Die feuerfeste Tür war also logischerweise nicht für Frosty gewesen.

„Also schön", sie hob eine Hand, um ihre Worte zu unterstreichen. „Ich mag vielleicht in einer magischen Welt nicht viel zu sagen haben, aber eins meine ich todernst: keine Feuerdrachen im Kinderzimmer meines Sohnes! Ich weiß nicht, ob deine Eltern dich loswerden wollten, Bob, aber sollte ich auch nur den Schatten einer Rauchwolke in Brandons Nähe sehen, bin ich schneller mit ihm ausgezogen, als ihr blinzeln könnt, und alle magischen Paragrafen können mich dann mal kreuzweise. Verstanden?"

Jillian klaubte ein neues Blatt aus dem Eimer. Chleo gähnte demonstrativ.

„Keine Sorge, Kay. Der Drache lebt draußen und bleibt draußen, das hat schon seine Gründe. Aber weißt du ... ohne Ignatius wären wir wahrscheinlich alle nicht mehr hier, also vielleicht solltest du ihn wenigstens mal kennenlernen."

„Wieso bekommen magische Kinder keine normalen Haustiere? Meerschweinchen oder Wellensittiche oder so?", fragte Kay.

„Du weißt ganz genau, dass ihr so was nie hattet, weil beides nichts für Kinder ist."

„Aber Drachen, oder wie?"

„Wann gehen wir los? Und verträgt er sich mit Frosty?", fragte Jillian.

„Von mir aus sofort." Chleo sprang von ihrem Sessel. „Drachen untereinander vertragen sich meistens, zumindest Hausdrachen. Die großen diskutieren auch mal gerne eine halbe Ewigkeit. Aber mit Katzen haben sie alle keine Probleme. Ist auch besser für sie." Chleo streckte die Vorderpfoten und fuhr dabei wie zufällig die Krallen aus.

Frosty schaute auf, als Jillian aufstand. Papierfetzen klebten an seinem blauen Körper, die Überreste der letzten Kugel ließ er gerade fallen. Zugegeben, niedlich war dieses Kerlchen. Dass ihr Sohn auf diese Art mal zu einem Haustier kommen würde, hätte Kayleigh sich nie vorstellen können. Mit einem Kaninchen hätte sie gerechnet oder vielleicht doch mit einer Katze ... Einer normalen Katze, die nicht ständig bissige Kommentare von sich gab. Aber Drachen? Maximal die aus Plüsch, die Brandon immer mal wieder irgendwo fand und dann unbedingt haben wollte. Allein fünf in unterschiedlichen Größen bevölkerten sein Bett. Kein Wunder, dass er einem echten Drachen nicht widerstehen konnte.

Vielleicht sollte sie eine Liste machen, was sich Brandon auf wie viele Meter nähern durfte und was nicht. Die ganze Zeit war Kayleigh keine Glucke gewesen, aufgeschlagene Knie gehörten nun mal dazu und sie war als Kind selbst auf jeden Baum und jede Mauer geklettert und nie war ihr etwas passiert. Sollte sich der Kleine austoben. Austoben hieß aber nicht, gegrillt werden. Oder tiefgefroren. Und was trieb sich da draußen noch herum? Musste sie auch noch „gefressen" auf die Liste setzen?

Wie schön war es gewesen, als sie noch geglaubt hatte, keine scharfen oder sonst wie gefährlichen Gegenstände herumliegen zu lassen, wäre Herausforderung genug. Woher hätte sie auch wissen sollen, dass die gefährlichen Gegenstände in dieser Magierwelt ein Eigenleben führten und frei herumlaufen durften? Gab es für die Sicherheit von Nachwuchsmagiern keine tausend Paragrafen? Hatten die etwa alle nur Angst, der kostbare Nachwuchs könnte sich mit *Blindgängern* einlassen? Und dann möglicherweise noch nicht alle Grundrechenarten beherrschen, bevor der erste Kindergartentag anstand? Traumhaft, wirklich.

Sie fühlte sich fast so erledigt wie direkt nach dem Umzug, als sie von ihrem Sessel aufstand. Also schön, dann würde sie sich mal das Außengelände genauer ansehen und am besten Gefahreneinstufungen vornehmen. Gab es einen Zauberspruch für kindersichere Zäune? Ganz bestimmt gab es den, schließlich bekamen auch Magierinnen Kinder und hatten doch sicher einen Sinn fürs Praktische. Zumindest einige von ihnen. Es musste ja auch jemand auf den Trick gekommen sein, Eisdrachen in der Kühltruhe zu halten und so die Stromrechnung zu senken. Hatte man früher auch Feuerdrachen im Haus gehabt, um Mahlzeiten zu kochen? Die Mikrowelle der Zauberer, der Haus-Feuerdrache? Und wo war da die Wärmeregulierung?

Kayleigh schüttelte den Kopf und fragte sich ernsthaft, ob sie langsam durchdrehte oder ob sie diese seltsamen Gedankengänge unter „Anpassung an die Magiewelt" verbuchen sollte. Es würde ein langer Prozess werden, bis sie sich an alles hier gewöhnt hätte.

Für einen Moment wünschte sie sich, Collin wäre hier. Das wäre noch einmal eine ganz andere Art gewesen, diese

Welt kennenzulernen. Doch offenbar wussten ja nicht einmal die anderen Magier, wo er abgeblieben war. Die unzähligen Möglichkeiten, was ihm alles passiert sein könnte, versuchte sie möglichst zur Seite zu schieben, doch seit sie von der Entführung wusste, konnte sie nicht mehr aufhören, sich Sorgen zu machen. Drei Jahre waren eine so lange Zeit, konnte er da überhaupt noch heil zurückkommen? Bei dem Gedanken bildete sich ein Kloß in ihrer Kehle. Sie durfte sich nicht von Angst übermannen lassen, vor allem nicht, wo sie hier alle Hände voll zu tun hatte. Aber sie musste wissen, was es für Anhaltspunkte gab, wer nach ihm suchte ...

Darüber musste sie mit Robert noch ausgiebige Unterredungen führen, doch zunächst einmal musste sie zusehen, dass sie hier klarkam. Irgendwie würde sie das mit den Drachen schon regeln. Irgendwie regelte es sich schließlich immer.

VERSCHWUNDEN

Ein eigenwilliges Haus konnte eine große Hilfe sein und arbeitete meistens gar nicht gegen einen. Das war eine der ersten Lektionen, die Kayleigh in der magischen Welt gelernt hatte. Hin und wieder mochte es seine eigenen Vorstellungen durchsetzen, aber auch nach dem eigentlichen Umzug blieb die Lodge recht hilfreich. Wie es Scheren oder Küchenwerkzeuge in eine bequeme Reichweite beförderte, sodass man nur danach greifen musste, war Kayleigh mehr als recht. Seit sie in der Magpie Lodge wohnten, hatten sie auch nie wieder Taschentücher suchen müssen. Immer, wenn jemand geniest hatte, waren von ganz allein welche aufgetaucht. Inzwischen hatte Kay sich angewöhnt, ganz automatisch „Danke" zu sagen und kam sich dabei nicht mehr seltsam vor. Manchmal kam dann ein leises Knarzen aus den Dielen oder der Decke.

Was wesentlich gewöhnungsbedürftiger war, waren all die ... Mitbewohner. Dass es draußen von Elstern wimmelte, die der Lodge ihren Namen gegeben hatten, war etwas ungewöhnlich, aber Kay konnte gut damit leben. Die magischen Wesen waren eine andere Sache, doch dagegen war Kayleigh machtlos. Auch bei dem Eisdrachen hatte sie schließlich nachgeben müssen. Seitdem wich er Brandon kaum noch von der Seite. Dass die tappenden Schritte ihres

Sohnes meistens von Pfotentapsen oder dem Scharren von harten Krallen über den Boden begleitet wurden – nun gut, morgens, bevor sie die Augen aufmachte, konnte sie sich einbilden, die Katze wäre normal oder sie hätten einen Hund. Die Illusion hielt immer nur so lange, bis Brandon und sein tiefgekühlter Begleiter für extra Chaos sorgten.

Die Katze war nicht ganz so glücklich mit dem Eisdrachen im Haus. Nach seinem Umzug aus dem Keller dauerte es nicht lange, bis Frosty sich zum ersten Mal mit Chleo anlegte. Seitdem gerieten die beiden immer wieder aneinander. Kayleigh hoffte wenigstens auf einen ruhigen Abend, denn die Katze war irgendwo im Erdgeschoss und Frosty hatte sich eine Etage höher vor Brandons Bett eingerollt. Jill und sie sahen sich im Wohnzimmer einen Film an, Noah und Robert waren im Keller mit irgendetwas beschäftigt, was die Nichtmagischen im Haus nichts anging. Sie war gerade dabei, sich zu entspannen, als ein lautes Knurren aus der Küche ertönte.

Jillian sprang auf und lief los, Kayleigh hinterher. Sie erwartete schon, der Drache hätte den niedlichen Anschein aufgegeben. Das Gegenteil war der Fall: Ein verschreckter Drache kauerte in einer Ecke und Chleo war mit gesträubtem Fell fast dreimal so groß wie er.

Statt wenigstens ein bisschen schuldbewusst dreinzuschauen, beschwerte sich die Katze nur lautstark darüber, dass der Drache die Schnauze aus ihrem Napf lassen sollte.

„Drachen mögen Katzenfutter?", fragte Jillian.

„Na, wieso auch nicht, er frisst ja auch Hausschuhe, Stofftiere, Schokolade ..."

Beim letzten Wort schoss Jillian auf den Schrank zu, in dem sie ihre Vorräte aufbewahrte. „Wehe, er frisst *meine* Schokolade", drohte sie.

„Aber mein Futter soll er fressen dürfen, oder wie!", schimpfte Chleo.

„Ist ja gut, wir stellen einen zweiten Napf auf und ihr kommt euch nicht mehr ins Gehege, in Ordnung?", versuchte Kayleigh zu schlichten.

„Was für ein wunderbares Chaos. Und dabei ist nicht mal was reingekommen", meinte Jillian, während sie ihre Schokolade weiter hinten im Schrank versteckte und Kayleigh die Aufgabe überließ, einen zweiten Futternapf zu füllen.

„Auf alles, was hier rein will, gehe ich mit einem Besen los", murmelte Kayleigh, doch natürlich hatte die Katze es gehört.

„Damit kannst du vielleicht Feen und Rabensittiche auf Abstand halten, aber die sind auch vergleichsweise ungefährlich. Gegen den Haus-Feuerdrachen, Sumpfwichtel oder Elsternschemen nutzt dir so ein Feger herzlich wenig. Es sei denn, er wäre verzaubert, aber zaubern kannst du nun mal nicht", tat die Katze ungerührt ihre Meinung kund.

Kayleigh verzichtete auf eine Antwort. Sie hoffte darauf, jetzt wenigstens ohne weitere Streitereien zwischen Drache und Katze ihren Film zu Ende sehen zu können.

Drei Tage nach dieser Auseinandersetzung ließ ein kalter Hauch in ihrem Gesicht Kay blinzeln. Erschrocken versuchte sie zurückzuweichen, riss die Augen ganz auf – und sah in sehr große Kulleraugen. Allmählich wurde ihr klar, dass es Frosty war, die Vorderläufe auf ihr Kissen gestellt, seine Nase nah an ihrer. Der Drache beobachtete sie erwartungsvoll mit schräg gelegtem Kopf. Fehlte nur noch, dass er maunzte oder dass er mit einer Kralle auf seinen Mund deutete, wie die Comic-Katze, die Jillian so liebte.

In dem Moment, als Kayleigh die Beine aus dem Bett schwang, klingelte der Wecker. Wenn sie jetzt aufpassen musste, dass der Drache keinen Unsinn machte, konnte sie ihre morgendliche Dusche abhaken. „Frosty, nicht!"

Der Drache schaute sie unschuldig an, eine Pfote noch in der Kordel eines Pullis verhakt, der aus einem Stapel sauberer Wäsche heraushing.

„Das ist kein Spielzeug! Echt nicht! Vielleicht sollten wir dir Katzenspielzeug kaufen ..."

Im Haus gab es keins. Chleo brauchte so etwas nicht, die las im Zweifelsfall lieber Jillians Bücher.

Wenigstens war die Fütterung eines Drachen keine sonderlich anspruchsvolle Sache. Da sie Allesfresser waren, musste man eher aufpassen, was sie *nicht* als Futter deklarierten. Deshalb war Frosty überglücklich gewesen, als ihm Brandon am Vortag Cornflakes auf den Boden gestellt hatte. Auf diese verhängnisvolle Idee war er wohl durch die beiden Futternäpfe gekommen. Die Sauerei in der Küche war zum Glück mit einem Zauber schnell beseitigt gewesen, die gefrorene Milch im Fell oder den Schuppen, da war Kay sich immer noch nicht sicher, des Drachen hatte aber den ganzen Tag noch Spuren hinterlassen. Es war eigentlich ganz praktisch, dass das Frostwesen nun wach war, bevor Brandon sein Frühstück mit ihm teilen konnte. So konnte Kayleigh die Fütterung hoffentlich ohne Putzzauber über die Bühne bringen.

„Keine Cornflakes heute, Frosty", erklärte sie noch auf dem Weg zur Küche und der Drache wirkte einen Moment enttäuscht.

Robert betrat kurz nach Kayleigh und Frosty die Küche, wie immer um die Zeit schon hellwach und wie aus dem Ei gepellt. Frosty sah kurz von seinem Napf auf und gab einen leisen Ton von sich, der an ein Schnurren erinnerte.

„Dir auch, Frosty. Guten Morgen, Kay."

„Morgen. Hat er was gesagt?"

„Jeder Drache kann sprechen. Sie wollen nur nicht, dass sie jeder versteht", war die nicht besonders hilfreiche Antwort, während ihr Onkel sich daranmachte, den Wasserkocher neu zu befüllen. „Bleibt es dabei, dass du nachher rüber in die Teestube gehst?"

„Sicher doch. Ich kann nicht den ganzen Tag nur neben Brandon sitzen."

„Es gab eine Zeit, da konntest du das ziemlich gut." Ihr Onkel zwinkerte und setzte sich zu ihr an den Tisch. „Die Teestube ist ein guter Ort, um sich langsam in diesen ganzen magischen Kram einzufinden. Melody ist ja da und es kommen genug Leute, die einfach nur Kaffee, Tee und Kuchen wollen."

„Ja, das wird schon", erwiderte Kay zögernd. Im Haus waren keine Geräusche zu hören. Wenn sie eine Gelegenheit wollte, ungestört mit ihrem Onkel zu reden ...

„Aber?" Sein Blick ruhte fragend auf ihrem Gesicht.

„Aber. Welches Aber zuerst? Die ganzen Wesen, die sich draußen tummeln? Die Ausnahmegenehmigung für Jillian? Oder was zum Henker mit Collin passiert ist? Ich habe da eine ganze Liste von Dingen, die ich sehr gerne wissen würde", erklärte Kayleigh ruhig. *Und das war nur eine kleine Auswahl.*

„Die Ausnahmegenehmigung für Jillian? Ja, die Katze, natürlich." Robert seufzte, stand wieder auf, um Teebeutel in die Kanne zu hängen.

„Tatsächlich wollte ich dir heute sowieso raten, mit Melody darüber zu sprechen. Die zuständigen Magier brauchen stichhaltige Argumente und ich bin natürlich parteiisch. Aber Melody könnte vielleicht etwas ausrichten."

Zweifelnd schaute Kay ihn an. Frosty hatte seinen Napf sauber geleckt und eine dünne Reifschicht hinterlassen. Kay zuckte zusammen, als er mit einem Satz auf ihren Schoß sprang und dann die Vorderläufe auf den Tisch stellte, wo Jillian gestern eine angefangene Packung Schokolade liegen gelassen hatte.

„Wag es nicht!", sagte Kay zu dem Drachen und setzte ihn wieder auf den Boden. „Was soll denn ausgerechnet Melody tun?"

„Wenn ich dir das mal sagen könnte. Melody ist jung, aber Magier urteilen nicht nach dem Alter, sondern nach Leistungen. Wir sind nicht ganz so verstockt wie deine Schwester und du wahrscheinlich glaubt."

Er goss das Wasser in die Kanne und brachte sie mit zum Tisch zurück, winkte nachlässig mit einer Hand und eine Schranktür öffnete sich und entließ zwei Tassen, die auf den Tisch schwebten.

„Na schön. Ja, ich rede mit Melody. Wir haben ja sowieso den ganzen Tag Zeit."

„Richtig. Und was Collin angeht ..."

Auf der anderen Seite des Tisches tauchte eine hellblaue Schnauze auf. „Frosty, runter!", befahl Robert ungewohnt scharf.

Dieser Ton hatte Kay und Jillian als Kinder augenblicklich zur Vernunft gebracht, was auch immer sie gerade angestellt hatten. Allem Anschein nach war er auch an Drachen erprobt, jedenfalls zog sich Frosty blitzschnell zurück. Musste man dafür ein Magier sein oder nur energisch genug?

„Also, Collin", kehrte Robert zum Thema zurück. „Es ist zutiefst bedauerlich, aber eigentlich weißt du schon alles, was ich weiß: Vor Brandons Geburt ist er verschwunden. So spurlos, dass alleine das schon verdächtig ist. Normalerweise hinterlassen Magier irgendwelche Hinweise. Dass wir keine gefunden haben, kann nur heißen, dass sie magisch entfernt wurden."

„Aber es muss doch eine Vermutung geben, wer hinter ihm her gewesen sein könnte!"

„Ja, die gibt es. Eine Idee, mehr nicht. Wir können es nicht beweisen, wir können diese Leute nicht finden. Genau das hatte er vor, aber dann haben sie ihn gefunden. Glaub mir, es macht sich kaum jemand mehr Vorwürfe als ich, schließlich war ich derjenige, mit dem er seine Wache getauscht hatte ..."

Kayleigh setzte sich kerzengerade auf. „Wieso Wache?"

Eine weitere Handbewegung und die Teebeutel verschwanden wie von selbst aus der Kanne, diese wiederum goss von allein ein und eine der Tassen wanderte zu Kay hinüber. Am Anfang war Robert weniger verschwenderisch mit den Zaubertricks umgegangen. Es gab offenbar keinen Grund mehr, auch nur ansatzweise so zu tun, als würde in der Lodge alles normal zugehen. Kay wertete es als gutes Zeichen.

Viele Zauber funktionierten ohne ein einziges laut ausgesprochenes Wort, aber Kayleigh hätte schwören können, dass Noah und Bob das eine oder andere Mal einen Zauberspruch gemurmelt hatten und sie es nur nicht verstanden hatte. Woran das wohl liegen mochte? An ihren Ohren jedenfalls nicht.

„Wir haben in der Stadt damals etwas gesucht, deshalb waren wir in Alarmbereitschaft. Genau genommen ...“ Robert schien mit sich zu ringen, holte noch einmal tief Luft und zuckte dann mit den Schultern, als wollte er sagen „Was soll's“. „Ich werde dir die Geschichte rückwärts erzählen, das ergibt am Ende Sinn, glaub mir. Es war nämlich so: In dem Krankenhaus, in dem Brandon geboren wurde, ist etwas passiert, als Brandon zwei Tage alt war. Wahrscheinlich war er deshalb am Anfang so unruhig.“

Kayleigh erinnerte sich nur zu gut. Da hatte sie endlich dieses Kind und sollte noch ein paar Tage im Krankenhaus bleiben, um sicherzugehen, dass mit Brandon wirklich alles in Ordnung war. Zudem war die Geburt nicht glatt verlaufen und zur Sicherheit wollten sie auch Kay noch im Auge behalten. Zu dem Zeitpunkt war Collin schon seit einer ganzen Weile fort gewesen. Untergetaucht, wie Kayleigh gedacht hatte ...

„Etwas?“, hakte sie nach.

„Kayleigh, du weißt doch, dass ich dir im Grunde *gar nichts* darüber sagen darf. Es gibt da draußen so viele seltsame Dinge, mit denen wir Magier uns herumschlagen. Eines davon ist in diesem Krankenhaus gewesen, doch wir sind damit fertiggeworden. Weil wir schon länger wachsam und vorbereitet waren." Er betrachtete einen Moment Kayleighs Gesicht, von dem sie selbst wusste, dass es ein einziges großes Fragezeichen war. „Es gibt Wesen da draußen, die leben von Magie. Bei erwachsenen Zauberern ist es sehr schwer, ihnen Magie zu stehlen, aber Babys sind leichte Beute. Jedes Raubtier wittert seine Beute und diese Dinger sind nicht dumm, sie halten sich häufig in der Nähe von Krankenhäusern auf, da sind sozusagen ihre Jagdreviere. Als Brandon geboren wurde, war er nicht das einzige magische Kind dort. Ein Magier-Paar, das ich schon sehr lange kenne, war Eltern von Zwillingen geworden. Deshalb dachten wir damals auch, das Ding wäre deshalb dort, und kamen gar nicht auf die Idee, dass Brandon ein Magier sein könnte. Die Sache ist aber die: Wir wussten ja schon eine ganze Weile, dass Rose Parker die Zwillinge bekommen würde. Das meinte ich mit rückwärts. Die Nacht, um die es geht, war Monate vor Brandons Geburt.

Es gab schon Horrorgeschichten von ausgehungerten Zehrern, die nicht warten wollten, bis die Kinder da waren. Zwillinge wären eine verlockende Beute gewesen. Um kein Risiko einzugehen, haben wir deshalb das Haus der Parkers schon lange vor dem Termin bewacht. Als Collin verschwand, war er gerade erst von einer Reise zurückgekommen und hat in derselben Nacht direkt die erste Wache übernommen. Aaron Blackmoore und ich waren hier in der Lodge mit ein paar Abwehrzaubern beschäftigt. Collin wurde abgelöst, hat den Parkers gesagt, dass er in die Lodge will – und ist einfach verschwunden. Als hätte der Erdboden ihn verschluckt. Zwei Straßen von den Parkers entfernt gibt es eine Bank, dort hat ihn die Überwachungskamera noch beim Geldautomaten gefilmt. Danach gibt es keine Spur mehr von ihm."

„Und er kann nicht freiwillig gegangen sein?" Die Worte ihres Onkels wirbelten in Kays Kopf durcheinander. Wesen, die magische Babys angriffen, das klang nach einem ausgewachsenen Albtraum.

„Nein, das wohl kaum. Collin gehörte zu einer Gruppe von Magiern, die niemals weglaufen, das kannst du mir glauben. Und auf gar keinen Fall hätte er sein Kind im Stich gelassen."

„Er hat es nicht gewusst", flüsterte Kayleigh und brachte nun ihren Onkel dazu, sie fragend anzuschauen. „Ich habe ihn kaum gekannt und dann war ich schwanger und es war ein Unfall! Ich wollte ihm kein Kind anhängen. Wieso hätte er mir auch glauben sollen, dass er wirklich der Vater war? Er wusste so gut wie nichts über mich und ich so gut wie nichts über ihn. Wir waren noch dabei herauszufinden, ob das mit uns überhaupt funktionieren würde. Wenn nicht, hätte jeder seiner Wege gehen können, wie erwachsene Menschen das eben tun. Aber hätte ich ihm von dem Baby erzählt, dann wäre es auf einmal gar nicht mehr so einfach gewesen. Ich wollte ihn damit nicht zu irgendetwas zwingen."

Robert wirkte nun vollkommen fassungslos. „All die Monate, Kay? Wie hast du das so lange vor ihm verheimlicht?"

„Am Anfang war das nicht weiter schwer. Und dann kam mir der Zufall zu Hilfe."

„Washington!", platzte es aus Robert heraus und er schlug sich mit der Hand gegen die Stirn.

„Ich nehme an, dieses ‚Jobangebot‘, von dem er mir erzählt hat, war nicht ganz unmagisch, oder?"

„Es war sogar ganz und gar magisch. Aber natürlich, er war schon weg, als du die Schwangerschaft allmählich nicht mehr verstecken konntest ..."

„Ich hatte tatsächlich überlegt, es ihm zu sagen. Dass ich das Kind bekommen würde und er sich nicht einmal darum kümmern müsste, wenn er nichts damit zu tun haben wollte. Ich hätte ihn ja absolut verstanden, wir kannten uns nicht lange und das wäre eine riesige Verpflichtung gewesen! Aber dann erzählte er von Washington und ich dachte, vielleicht ist das ein Wink des Schicksals, dass er es einfach nicht erfahren soll. Jedenfalls noch nicht. Und als er dann wieder zurück war ... war er ein paar Stunden später verschwunden. Wir haben uns vorher nicht mal mehr gesehen."

Eine Weile herrschte Schweigen in der Küche. Beiden ging einiges im Kopf herum und schließlich sprach Robert als Erster aus, was er dachte: „Weißt du, Käuzchen, ich halte dir jetzt keinen Vortrag darüber, dass Collin durchaus ein Recht darauf gehabt hätte, von Brandon zu erfahren. Ich denke, so schlau bist du selbst."

Kayleigh nickte betreten. Sie fühlte sich unter dem tadelnden Blick ihres Onkels wie ein kleines Mädchen, das etwas angestellt hatte.

„Aber versprich mir eins", fuhr Robert fort, „wenn Collin wieder auftaucht – und wir sind uns alle sicher, dass er das tun wird – rede mit ihm. Erzähl ihm von Brandon. Glaub mir, er wird ausflippen. Und das meine ich durch und durch positiv. Ihr müsst ja deswegen nicht heiraten."

„Ja, das war blöd von mir." Kayleigh seufzte.

Robert stand auf, griff sich seine Tasse und hob die freie Hand. „Ich mische mich da nicht ein, das weißt du."

Kayleigh lächelte ihm dankbar zu. Er hatte schon damals niemandem gesagt, dass seine Nichte schwanger war. Manche Familienmitglieder traten solche Dinge in der ganzen Stadt breit, doch Bob hatte nie ein Wort darüber verloren.

„Weißt du, wir haben noch telefoniert", erzählte Kayleigh. „Er hat Bescheid gegeben, dass er zurück ist, und hat gefragt, ob wir uns am nächsten Tag treffen wollten. Ich war völlig überrascht, weil ich dachte, er wäre länger weg. Ich wollte noch mal darüber nachdenken, was ich ihm sage, wie ich ihm das beibringe. Deswegen habe ich ihm gesagt, ich wüsste noch nicht genau, wie mein Tag aussieht, und würde ihn vormittags anrufen, um die Uhrzeit abzumachen. Aber in dieser Nacht ist Collin verschwunden und wir haben uns nicht mehr treffen können."

„Das tut mir leid", sagte ihr Onkel und füllte ihre Tasse auf. „So hätte das nicht laufen sollen mit euch."

„Wieso ist er denn nun eigentlich verschwunden? Du hast gesagt, ihr hättet eine Vermutung?"

Robert schloss einen Moment die Augen und an seinem gequälten Gesichtsausdruck konnte Kayleigh schon erahnen, dass das eines der Dinge war, über die er nichts sagen durfte.

„So gerne ich würde, Käuzchen, aber wenn ich dir das erzähle, bin ich sämtliche Jobs los und die Genehmigung für Jillian können wir vergessen. Dir den Hintergrund mit den Zehrern und dem Personenschutz für Rose Parker zu verraten, war eigentlich schon viel zu viel", erklärte er mit Bedauern in der Stimme.

Ihr Onkel ging und hinterließ ihr einiges zum Nachdenken.

Geräusche von Schritten im Flur rissen sie schließlich aus ihren Grübeleien. Kurz darauf ging die Tür auf und Brandon kam herein, gähnend und mit vom Schlaf zerzausten Haaren, Frosty dicht an der Seite.

Kayleigh musterte den Drachen einen Moment. Wann war er denn aus der Küche verschwunden? Sie hatte nicht auf ihn geachtet und der Drache und die Katze brauchten eine Tür nur anzusehen, damit sie sich öffnete oder schloss. Hatte er Brandon etwa geweckt und ihn herunter gelotst, damit Kayleigh nicht zu spät kam? Dachte ein Hausdrache so weit?

Kurz darauf kam auch Noah herein, die Haare nass vom Duschen.

„Onkel Noah, haben wir noch Luftballons?", fragte Brandon, plötzlich hellwach.

„Irgendwo bestimmt. Wenn du jetzt brav frühstückst, finden wir sicher einen."

Und zur Not wird eben einer hergezaubert, ging es Kayleigh durch den Kopf. „Kann ich euch Männer ein paar Minuten alleine lassen?", ergriff sie die Gelegenheit beim Schopf.

„Wir passen schon auf, dass der Drache keine Cornflakes frisst", beruhigte Noah sie, auf einem Arm Brandon, in der freien Hand die Packung mit dem Kaffeepulver.

Kayleigh warf ihm ein dankbares Lächeln zu und huschte dann davon. Wenigstens musste ihre heiße Dusche jetzt nicht bis zum Nachmittag warten.

Spion auf leisen Pfoten

Als Kay in die Teestube kam, hatten sie noch eine Stunde Zeit, bis sie öffnete. Das reichte, damit Melody ihr die wichtigsten Dinge erklären konnte. Kayleigh musste sich zwar zusammenreißen, um beim Thema zu bleiben, weil ihre Gedanken immer wieder zu Collin schweiften, doch es war ja nicht das erste Café, in dem sie arbeitete.

Brandon saß derweil mitten im Raum und beschäftigte sich mit Bausteinen und Memory-Karten. Hier musste Kayleigh wenigstens nicht befürchten, dass jemand irgendetwas, was Brandon tun könnte, seltsam finden würde. Oder sogar einen Exorzisten rufen könnte.

„Meinst du, du kommst klar?", fragte Melody nach der ersten Einweisung.

„Sicher, ich habe früher lange in einem kleinen Café gejobbt, um neben der Schule ein bisschen Taschengeld zu haben."

„Bestens." Melody strahlte. „Deswegen hast du das alles so schnell kapiert. Wir hatten mal einen von den jungen Magiern aus dem nächsten Ort hier, der wäre imstande gewesen, beim Kaffeekochen einzuschlafen. Als Hilfe nicht zu gebrauchen und Robert und Noah haben den Tag über zu viel zu tun, um immer hier zu sein."

„Also machst du das alles die meiste Zeit allein?"

„Ist nicht so kompliziert mit den richtigen Zaubersprüchen. Aber ich bin verd... äh, ich meine, *sehr* froh über die Hilfe."

Kayleigh grinste. „Keine Bange, Jillian sagt am Tag ungefähr hundertmal verdammt."

Melody grinste zurück. „Ich hab selbst einen Neffen in Brandons Alter und seine Mutter ist da ..." Sie verdrehte die Augen und schüttelte den Kopf.

„Dann solltest du dich vielleicht mal mit Jillian unterhalten", meinte Kay.

Melody lehnte sich gegen den Tresen und warf einen Blick auf ihre Armbanduhr. „Ja, Jilly ... Da lassen wir uns was einfallen. Sie passt doch auch manchmal auf Brandon auf, oder?"

„Sicher, hin und wieder."

„Dann erzählen wir diesen Zauberern schon mal, dass sie ein elementarer Bestandteil seiner Welt ist. Irgendjemand muss dem Kind ja auch beibringen, verdammt zu sagen", stellte Melody fest. „Was haben wir noch? Robert hat diesen Paragrafen-Zauberern schon einen ganzen Roman über sie erzählt, aber er kann denen natürlich viel erzählen, sie sehen ihn da als zu voreingenommen."

„Und dich nicht?", platzte es aus Kay heraus.

„Ich? Ich bin nur die Kaffee-Hexe in der Teestube." Melodys Lächeln wurde fast ein wenig hinterhältig. „Ich kenne Jillian ja kaum. So gesehen bin ich sogar glaubwürdiger, als wenn man George und Matilda fragen würde. Robert bezahlt mich, schön, aber er wird mich nicht rauswerfen. Schon alleine, weil ich hier für ein bisschen Ordnung sorge, wenn er nicht da ist. Abgesehen von Tassen und Tellern."

Kurz war Kayleigh in Versuchung, nachzufragen, was Melody meinte, doch dann ließ sie es bleiben. Wahrscheinlich war das wieder eins dieser Dinge, worüber niemand mit ihr reden würde. Nur die Kaffee-Hexe? Mitnichten ...

„Jillian war nie länger als ein paar Minuten hier, seit wir hier wohnen, oder?"

„Nein. Es ist aber auch nicht gerade ihre Art, sich über neue Menschen zu freuen, nicht wahr?"

Seufzend schüttelte Kay den Kopf. Nein, Jillian hatte einen sehr kleinen, auserwählten Kreis von Freunden und auch dieses eingeschworene Grüppchen neigte nicht dazu, einander ständig auf dem Schoß zu sitzen.

„Aber das ist gut!", meinte Melody und stieß sich vom Tresen ab. „Das sind die besten Voraussetzungen, dass sie nicht quatscht. Wem soll sie denn was erzählen? Wäre sie jetzt so eine wahnsinnig beliebte Barbie mit einer riesigen Clique, dann hätte sie doch schneller ihren Freundinnen, dem Friseur, allen Leuten im Nagelstudio und wahrscheinlich auch noch in sämtlichen Klamottenläden und Cafés der Stadt von der Lodge erzählt", schloss Melody mit einem finsteren Blick.

„Man könnte meinen, Jillian wäre bei dir eigentlich genau richtig", mutmaßte Kay. Schließlich passte es auch vom Alter her halbwegs, Melody war ein paar Jahre jünger als Kayleigh.

„Ja, nicht wahr? Aber sag ihr das bloß nicht, sonst setzt sie nie einen Fuß hier rein", warnte Melody mit verschwörerischer Stimme.

„Ich finde es so absurd, dass wir uns um diese Ausnahmegenehmigung überhaupt kümmern müssen. Was ist mit solchen Menschen wie George und Matilda? Ich meine, er ist der Dorfpfarrer! Es ist noch gar nicht so lange her, da hätte er der Erste sein müssen, der gefordert hätte, die Hexen zu verbrennen."

„Hat Bob es dir nicht erzählt?", fragte Melody.

„Nein. Was denn?"

„Tja, dann ... tut es mir leid, aber da komme ich Bob nicht zuvor." Da war es wieder, dieses geheimnisvolle Lächeln, wenn Melody nicht mit etwas herausrücken wollte. Mit geübter Präzession schnappte sie sich einen Schlüssel von einem Haken und ging auf die Eingangstür zu. Jedes Mal, wenn sie unter einer Lampe vorbeikam, leuchteten ihre roten Haare auf. Ob da Magie im Spiel war?

Melody bewegte sich nicht nur mit traumwandlerischer Sicherheit zwischen den Tischen und Stühlen hindurch, nein, da war auch eine Effizienz in den Bewegungen und aus der Nähe hatte Kay erkannt, dass die junge Magierin ziemlich durchtrainiert war. Was hatte sie damit gemeint, dass sie hier für Ordnung sorgte? Und was hatte Robert damit sagen wollen, dass die Magier nach Leistung urteilten?

Obwohl sie sich langsam eingewöhnte, fühlte sich Kay noch immer fremd in dieser Welt. Aber wenn dagegen überhaupt etwas half, dann nur Geduld.

Diese Geduld wurde von den ersten Gästen der Teestube auf eine harte Probe gestellt. Während Melody die Ankommenden, die anscheinend fast alle Stammkunden waren, wie alte Freunde begrüßte, erntete Kay misstrauische Blicke.

Brandon dagegen wurde mit offenen Armen aufgenommen. Viele Gäste blieben zumindest einen Moment stehen, um ihn forschend anzusehen. Testeten sie ihn etwa im Vorbeigehen auf Magie? Jedenfalls sah Kayleigh auf mehreren Gesichtern einen ähnlich versonnenen Blick wie bei Onkel Robert.

Klein, niedlich, magisch – war ja klar, dass das Kind zur neuen Attraktion der Teestube werden würde. Zumindest brauchte sich Kay hier keine Gedanken zu machen, dass ihm langweilig werden könnte oder dass er verloren gehen würde. Mehr als einer der Gäste beschäftigte sich eine Weile mit ihm und, Tatsache, andere Magier konnten beim Memory durchaus mit ihm mithalten.

Bei einem Mann um die vierzig in Anzug und Krawatte, der Zeitung las, während er seinen Kaffee trank, hätte Kayleigh nie darauf getippt, dass er ein Magier sein könnte. Anwalt oder Börsenmakler vielleicht. Melody blieb länger bei ihm stehen, dann bedeutete sie ihm, ihr zu folgen, und beide verschwanden durch die Tür, die in den Keller führte. Kayleighs erster Besuch in der Teestube kam ihr in den Sinn, als Robert ebenfalls mit jemandem durch diese Tür gekommen war. Nun, der Handel mit magischen Zutaten musste ja irgendwo stattfinden.

Melody blieb nicht lange weg. Der Mann hatte einen zufriedenen Ausdruck auf dem Gesicht, trank seinen Kaffee aus und verabschiedete sich kurz darauf.

„Hat er Zutaten gekauft?", fragte Kayleigh, nachdem sie eine Weile hin und her überlegt hatte, ob sie überhaupt etwas sagen sollte.

„Gut geraten." Melody zwinkerte ihr zu. „Das machen wir nicht offen an der Theke, dafür haben wir den Raum, den du wahrscheinlich nicht sehen kannst." Gegen Ende hatte ihre Stimme einen leicht resignierten Tonfall angenommen.

Kay erinnerte sich an die Tür, die vor ihren Augen zu verschwimmen schien, wenn sie daran vorbeiging. Also war dort nicht nur tatsächlich eine Tür, es befand sich auch ein wichtiger Raum dahinter. Einer, aus dem Nichtmagische natürlich ausgeschlossen waren.

Als Kayleigh aufschaute, begegnete sie dem Blick eines Neuankömmlings, der gerade eintrat und sie betrachtete, als wäre sie ein Käfer, der sich zwischen die Kekse geschlichen hatte. Wieder war er ein Beispiel dafür, wie normal Magier herumliefen: Der Mann mochte um die fünfzig sein, trug eine Stoffhose in einem ähnlichen Grau wie seine Haare und einen schlichten, schwarzen Mantel, unter dem ein weißes Hemd hervorblitzte. Seine Frisur saß nicht mehr ganz akkurat, als hätte er bereits einen langen Tag gehabt. Er erinnerte Kayleigh mit seinem Auftreten an jemanden, der in einer Behörde Anträge prüfte. Die Sorte Sachbearbeiter, die jedem Menschen vor ihrem Schreibtisch dieses Gefühl von „Allein deine Anwesenheit strapaziert meine Geduld schon über Gebühr" vermittelte.

Einen Moment war Kay versucht „Was denn? Ja, ich bin ein nichtmagischer Mensch, aber ich wohne hier. Alle Klarheiten beseitigt?" zu sagen, aber ihr Blick wanderte zu Brandon und sie würde ihm garantiert kein unprofessionelles Ausflippen in unpassenden Momenten beibringen.

Der Neuankömmling folgte ihrem Blick, machte dann zwei schnelle Schritte auf Brandon zu und betrachtete ihn prüfend. Kayleigh war schon fast hinter der Theke hervor. Dieser Fremde gefiel ihr absolut nicht. Melody griff jedoch nach ihrem Arm und formte mit den Lippen ein stummes „Bloß nicht!", bevor sie sich ihm zuwandte.

„Mister Ashby! Robert ist gerade nicht hier, soll ich ihn holen?"

„Miss Brook. Wie immer eine Freude." Sein Gesicht veränderte sich, strahlte eine regelrechte Wärme aus. „Nicht nötig, ich gehe außen herum. Haben Sie das Problem mit den ..." Er sah, dass Kay ihnen zuhörte und unterbrach sich. „Draußen ... Haben Sie das Problem auf dem Außengelände in den Griff bekommen?"

„Aber selbstverständlich. Wie immer."

„Sehr gut. Dann halte ich Sie mal nicht länger auf." Mit einem letzten Seitenblick auf Kay und einem längeren auf Brandon verließ er die Teestube und schien einen Hauch der Gemütlichkeit mitgenommen zu haben.

„Wer war das denn?", wollte Kay augenblicklich wissen.

„Ronald Ashby. Egal, was du tust, tritt ihm nicht auf die Füße. Das ist einer von denen, die über Jillians Verbleiben in der Lodge entscheiden. Die Vorschriften der magischen Welt sind ihm heiliger als George seine Bibel."

„Wow. Dann sind die Aussichten ja wirklich glänzend. Hoffentlich lernt der Jillian nicht kennen", murmelte Kay und brachte Melody damit zum Lachen.

„Er ist nicht so schlimm, wie er wirkt, glaub mir."

Das fiel Kayleigh nach diesem ersten Eindruck schwer. Ein wenig später schaute Noah herein und Kay fragte auch ihn nach Ashby.

„An sich macht er gute Arbeit. Wenn er auch ein ziemlicher Spießer ist. Ich bin auch nicht sein bester Freund, glaub mir", verriet er Kayleigh. Damit war sie also wenigstens nicht alleine.

Ab Mittag brummte die Teestube regelrecht und bis in den Nachmittag hinein hielt sich der Betrieb. Für ein paar Stunden hatte Kayleigh kaum Zeit, um durchzuatmen. Als es schließlich wieder etwas ruhiger geworden war, tauchte ein Gast auf, den Kay schon einmal gesehen hatte. Es war der blasse Mann, der bei ihrem allerersten Besuch im Schatten gesessen hatte. Dieses Mal suchte er sich keinen Platz, sondern kam zielstrebig auf die Theke zu und Melody winkte ihn mit einer knappen Handbewegung nach hinten.

„Entschuldige uns, Kay. Das könnte ein paar Minuten dauern."

„Ja, ist ja nicht mehr so viel los." Zu Anfang ihrer Schicht hatte Kay fast erwartet, dass die Zauberer sich von ihr keine Lebensmittel servieren lassen würden oder sie womöglich auf Gift untersuchten. Glücklicherweise war das trotz aller Vorbehalte nicht der Fall gewesen und sie hatte einige arbeitsreiche Stunden hinter sich. Es fühlte sich gut an, wieder einen Job zu haben. Gerade bot es sich an, also befüllte Kay in Ruhe die Kaffeemaschine mit Wasser und Bohnen und räumte einige Tassen und Gläser weg, die sie vorhin aus der Spülmaschine geholt hatte.

Es hätte eigentlich ein Traumjob sein können, kürzer konnte der Weg kaum sein, Brandon war versorgt. Wenn sie sich hier nur nicht so fehl am Platz fühlen würde.

Ein erschrockener Ausruf und Kay hätte fast eine Tasse fallen lassen, als sie zusammenzuckte. Sie drehte sich um und sah die Magierin mit der leicht zerzausten Dauerwelle beruhigend auf das junge Mädchen einreden, das mit ihr hergekommen war. Melody hatte ihr gesagt, dass Harriet

Lockwood eine Art Lehrerin oder Ausbilderin war und sich um viele junge Magier und Magierinnen kümmerte, die nichtmagische Eltern hatten oder die sich durch Visionen besonders hervortaten.

Kay eilte an den Tisch und musste schlucken. Die Augen des Mädchens waren vor Schreck geweitet, sie sah aus, als würde jemand ihr Leben bedrohen – dabei hatte sie nur eine Teetasse vor sich, auf deren Grund ein paar schlaffe Blätter klebten.

„Daisy? Es ist nicht echt, komm einfach hierher zurück ...", redete die ältere Dame auf sie ein.

Das Mädchen verkrampfte die Hände nur noch mehr um die Tasse.

„Was hat sie?", fragte Kay.

„Sie steckt in ...", setzte Mrs Lockwood an, ehe sie erkannte, dass es nicht Melody war, die gefragt hatte.

Daisy begann, nach Luft zu schnappen. Wenn das so weiterging, würde sie ihnen wahrscheinlich gleich vom Stuhl kippen. Die Augen waren nicht mehr weit aufgerissen, sondern blinzelten hektisch und blieben immer länger geschlossen.

In Kays Kopf überschlugen sich die Gedanken. Andere Magier waren herübergekommen, aber allem Anschein nach hatte keiner von ihnen eine Lösung. Kay fielen Melodys Worte wieder ein. Sie meinte sich zu erinnern, dass eine Blume hilfreich wäre. Nein, Blüte! Hiobsblüte würde helfen, wenn man in Visionen feststeckte, davon hatte Melody gesprochen. Doch wo bewahrte Melody die auf? Sicher nicht hier vorn in der Teestube. Kay war schon drauf und dran, Melody zu holen, doch sie konnte ja nicht einmal die verdammte Tür sehen, so nichtmagisch, wie sie war! Vielleicht ...

„Brandon, komm mal her." Sie trat ein Stück von der kleinen Versammlung am Tisch weg. Brandons Blick wanderte natürlich neugierig dorthin, aber sie legte eine Hand an seine Wange. „Guck mich an. Und jetzt hör gut zu. Kannst du Tante Mel holen? Sag Tante Mel, wir brauchen Hiobsblüte. Sofort. Kannst du das?"

„Tante Mel. Hiobsblüte. Sofort. Klar."

„Lauf, mein Schatz."

Kay konnte nur die Daumen drücken, während Brandon davonsauste. Wenn sie richtiglag, wusste er, wo die Tür war, wenn nicht ...

Hoffentlich hatten sie das Zeug überhaupt vorrätig!

Daisy kippte nun tatsächlich vom Stuhl, zwei Magier fingen sie auf und ließen sie sanft auf den Boden gleiten. Eins musste Kay ihnen lassen: Es brach kein Chaos aus und offenbar wusste jeder, was zu tun war.

Ausgerechnet jetzt kam Ashby wieder herein. Kay verbiss sich einen Fluch und war kurz davor zu beten.

„Was ist hier los? Steckt sie fest? Hier muss es doch irgendwo Hiobsblüte geben!"

Die anderen Magier machten ihm bereitwillig Platz. Er kniete sich neben Daisy, war aber offenbar genauso machtlos wie alle anderen.

„Das ist unterwegs", sagte Kay, doch niemand achtete auf sie.

Im nächsten Moment hörte Kay schnelle, leichte Schritte und dann stand Brandon auch schon neben ihr, eine Plastikdose in der Hand.

„Ich hab Hiobsblüte, wie du gesagt hast!", verkündete er und hielt ihr die Dose hin.

Ashby fuhr herum. „Du hast Hiobsblüte? Gib es mir bitte."

Im Inneren schwor sich Kay, dass sie den Mann aus der Teestube geworfen hätte, wenn er Brandon angeschnauzt hätte. Er sprach jedoch in erstaunlich ruhigem Tonfall mit ihm. Brandon umklammerte die Dose fester und wich einen Schritt zurück. Dann tat er etwas, was Kay fast ein triumphierendes Grinsen entlockt hätte. Er schaute sie mit großen Augen an. „Mama?"

„Gib ihm die Dose. Schon gut."

Lammfromm gab Brandon die Hiobsblüte ab und Kay griff nach ihm und zog ihn ein Stück von dem Aufruhr weg. Nur eine Minute später kam auch schon Melody herbeigeeilt. Als sie sah, dass die Hiobsblüte angekommen war, entspannte sie sich und setzte sich neben Kay auf einen freien Stuhl.

„Magie hat ihre Schattenseiten, weißt du", raunte sie ihr zu.

„Ja, sehe ich klar und deutlich", erwiderte Kayleigh.

Da sie sich darum gekümmert hatte, Brandon abzulenken, hatte sie nicht genau mitbekommen, wie die Magier Daisy geholfen hatten. Einer der jüngeren Magier half ihr gerade wieder auf die Beine, die Gäste kehrten zu ihren Plätzen zurück. Daisy, offenbar noch nicht ganz sicher auf den Beinen, plumpste auf ihren Stuhl. Mrs Lockwood und Ashby nahmen links und rechts von ihr Platz und redeten auf sie ein. Brandon schien zum Glück nicht sonderlich beeindruckt von dem Vorfall zu sein, Ashby und die ältere Magierin dafür umso mehr. Ashby drehte die Dose mit der

Hiobsblüte hin und her, beide schauten immer wieder zu Brandon herüber, dann wieder fragend zu Kayleigh. Kay traute ihren Augen nicht, als die Frau ihr kurz zulächelte.

„Sie hatte Glück, dass du mir von der Sache mit der Hiobsblüte erzählt hast. Wenn du dich daran gehalten hättest, dass wir Nichtmagischen überhaupt nichts wissen dürfen ...“ Kayleigh schoss ein Gedanke durch den Kopf, der eigentlich völlig absurd war, aber sie musste dennoch fragen: „Hast du geahnt, was passiert?“

Melody lächelte nur vielsagend und legte einen Finger an die Lippen. Dann deutete sie mit dem Kopf auf Ashby, der zu ihnen herüberkam.

„Daisy geht es gut“, sagte er und zog sich ebenfalls einen Stuhl heran. „Diese Vision war heftig. Es scheinen sich ein paar Dinge anzubahnen, die uns nicht gefallen werden.“

Er seufzte und setzte eine strenge Miene auf. Ashby war eher schlank, sein Gesicht hatte jedoch eine runde Form und Kay hatte das Gefühl, als würde ein aufgebrachter Vollmond auf sie herunterschauen. Vielleicht auch eine verärgerte Vogelscheuche, doch dafür war Ashby nicht zerfleddert genug.

„Sie haben den Jungen also losgeschickt, um Hiobsblüte zu holen?“, vergewisserte er sich.

Sollte das hier ein Verhör werden? Sie nickte.

„Woher haben Sie gewusst, dass es hilft?“

Kayleigh zuckte mit den Schultern. „Ich muss es irgendwo gehört haben. Wahrscheinlich hat es einer der Gäste erwähnt, so wie Sie auch danach gefragt haben.“

„Soso.“ Er warf Melody einen Seitenblick zu, die betont gleichgültig zurückschaute. „Dann wissen Sie doch sicher auch, wie die richtige Zusammensetzung von Hiobsblüte und Mohn in diesem Pulver ist?"

Einen Moment starrte Kay ihn nur verständnislos an und dachte, er hätte Melody gefragt. „Äh, bitte was?", stellte sie dann mit einiger Verspätung die Gegenfrage. War diese seltsame Geste, die er da mit den Fingern machte, ein Zauber?

Er wiederholte die Frage.

Kay hatte keine Ahnung und sagte ihm das auch.

Er nickte und betrachtete sie noch einen Moment prüfend. „Es verstößt gegen einige Vorschriften, die wir sehr ernst nehmen, Nichtmagischen Rezepte für magische Mittel zu verraten. Wissen Sie, wenn Ihnen jemand verbotenerweise erklärt hätte, was man mit Hiobsblüte alles mischen kann, wären zwei Dinge todsicher Teil ihrer Schulstunden gewesen: Dass man in Kombination mit zwei anderen Wirkstoffen die Pillen daraus machen kann, die wir eben Daisy gegeben haben. Und dass es in der Kombination, die ich gerade erwähnt habe, zu einem Pulver gemischt wird, das absolut tödlich ist. Beides muss man wissen und auseinanderhalten können, sonst endet man schnell unter der Erde. Ich nehme das als Beweis, dass Sie wirklich, glücklicherweise, keine Ahnung haben."

War das ernsthaft ein Lächeln auf seinem Gesicht? Womit hatte sie das denn nun verdient? Mit Unwissenheit?

„Miss Brook, behalten Sie besser die Schlüssel gut im Auge. Sagen Sie Robert auch Bescheid. Vielleicht sagt Daisy ja noch etwas dazu, wenn sie sich erholt hat."

Mit diesen Worten erhob er sich, verabschiedete sich und ging.

Tatsächlich schien es Daisy besser zu gehen. Die magischen Wunderpillen halfen also zuverlässig, wenn man sie nicht mit ... wie war das noch gewesen? Kay griff sich an den Kopf.

„Morgen wirst du vergessen haben, dass er überhaupt mit dir über Rezepte gesprochen hat", erklärte Melody.

Frustriert schüttelte Kayleigh den Kopf. Wunderbar, diese Magier.

„Was für Schlüssel?", fragte sie müde.

„Nun, Schlüssel eben. Sie passen in Türen, Türen führen irgendwohin, deshalb sind Schlüssel wichtig und einige wichtiger als andere", antwortete Melody und wirkte dabei trotz des lockeren Tonfalls ein wenig, als hätte sie Zahnschmerzen.

„Hör mal, das war schon ein seltsamer Tag bis jetzt. Jilly kommt jeden Moment nach Hause und ich wäre dir dankbar, wenn du Robert schon mal wegen der Schlüssel Bescheid geben könntest. Vielleicht solltest du dich auch ein bisschen hinlegen, man kann Kopfschmerzen bekommen von Gedächtniszaubern", fuhr die junge Magierin fort.

Lautlos huschte Chleo von wusste der Teufel wo heran. Zum ersten Mal, seit Kayleigh im Haus wohnte, lief die Katze an ihr vorbei und rieb ihren Kopf für einen ganz kurzen Moment an Kays Bein.

„Da ist sie ja, unser Spion auf leisen Pfoten", flüsterte Melody kaum hörbar.

Ihr Kopf war zwar mitgenommen, aber dennoch kombinierte Kay, schon allein durch das Getuschel der Anwesenden, dass die Magier es kaum erwarten konnten, Daisys Vision zu diskutieren. Ohne nichtmagische Anwesenheit natürlich, wobei sie die Anwesenheit der Katze und deren Schwatzhaftigkeit allem Anschein nach vergaßen.

Chleo war die Ausnahme von jeder Regel. Das Katzending wurde hier geduldet und schien dennoch außerhalb der meisten Vorschriften zu stehen. Schließlich kam die Katze damit davon, dass sie munter alles ausplauderte, was ihr gerade in den Sinn kam.

Kay lächelte Melody noch einmal zu, dann forderte sie Brandon auf, sein Spielzeug zusammenzuräumen. Wenn sie ehrlich war, machte es ihr nicht so viel aus, für heute Feierabend zu haben.

MAGISCHE METAPHYSIK

Kay tat wie geheißen und wies Robert darauf hin, dass er auf Schlüssel aufpassen sollte. Er ließ sie kaum ausreden, sondern sprang auf und eilte schneller in Richtung Teestube, als sie das Wort buchstabieren konnte. Jillian, die gerade nach Hause gekommen war, warf er nur ein flüchtiges Hallo zu.

„Was sind denn das hier für Sitten?", fragte sie verblüfft.

„Gar keine", erwiderte Kay genervt. „Diese Magier vergessen die simpelsten Regeln."

Brandon war plötzlich furchtbar müde und Kay brachte ihn zu einem verspäteten, *sehr* verspäteten Mittagsschlaf in sein Zimmer. Danach kehrte sie zu Jillian in die Küche zurück und war ganz froh, dass Brandon nicht mehr da war. Wenigstens konnte sie so ihrem Ärger Luft machen, ohne gleich ihre Vorbildfunktion zu gefährden.

„Als wäre man Ungeziefer! Echt, diese Magier sind eine Katastrophe!" Kay berichtete ausführlich von ihrem ersten Tag in der Teestube. Jillian hörte geduldig zu, hob lediglich leicht die Augenbrauen, als sie ihre Schwester so viele Schimpfwörter benutzen hörte wie schon ewig nicht mehr. Als Kay geendet hatte, schaute sich Jillian prüfend um. Niemand war da, selbst Chleo war noch in der Teestube und Frosty lag vor Brandons Bett.

„Komm mal mit", forderte sie Kay auf und huschte durch den Flur und in Richtung ihres Turms. Die Art und Weise, wie sie sich dabei immer wieder umsah, kannte Kay noch von früher. Es war Jillians Art, sich durch die Wohnung zu bewegen, wenn sie auf dem besten Weg war, etwas anzustellen.

Bis jetzt war Kay noch nicht im Turm-Heiligtum ihrer Schwester gewesen und sie musste zugeben, dass Jillian es hübsch eingerichtet hatte. Über dem Sofa und dem Sessel lagen Überwürfe, die Regale waren voller Bücher und an einer Wand stand auf einer niedrigen Kommode sogar ein Wasserkocher mit ein paar Tassen. Kay betrachtete den Raum genauer. An einen Teil der Einrichtung konnte sie sich beim allerbesten Willen nicht erinnern.

„Ein paar von den Sachen habe ich im Haus gefunden", klärte Jillian sie auf. „Es bringt mir manchmal Dinge. So wie ..." Sie verstummte, warf einen letzten Blick zur Tür und senkte dann die Stimme: „Ich kann leider keine Gedankenmanipulation, aber ich schwöre dir, solltest du hiervon was erzählen, werde ich es lernen!" Dann rückte sie zu Kays grenzenloser Überraschung ein gerahmtes Poster zur Seite und hantierte mit etwas dahinter. Kurz darauf kam sie mit einem alten Buch unter dem Arm an, hüpfte auf das Sofa, schlug ihre Lektüre auf und klopfte einladend neben sich.

„Was ist das?", wollte Kay wissen. Das Buch war klein, geradezu unscheinbar, die Schrift nicht gedruckt, sondern von Hand eingetragen. „Ein Zauberer-Notizbuch?" Ihr Herz klopfte schneller und fast hätte sie die Hand danach ausgestreckt.

„Das Haus hat es mir gebracht. Ich kam durch die Bilder darauf. Egal, welches Bild ich davor gehängt habe, das Haus hat es immer wieder durch dieses Bild da ersetzt und ich dachte, möglicherweise ist was dran."

Kay schenkte dem Poster mehr Aufmerksamkeit. Es waren lauter Türen darauf, einige kamen ihr aus Geschichten bekannt vor. Darüber stand: „Welche würdest du öffnen?" Es passte zu Jillian, dass sie die versteckte Botschaft des Hauses gefunden hatte.

„Gelten für das Haus eigentlich keine Vorschriften, wenn es darum geht, Nichtmagischen irgendwelche Dinge zugänglich zu machen?", fragte Kay sarkastisch.

„Nicht, dass ich wüsste."

Beide zuckten zusammen, als sich ein felliger Kopf durch die Tür schob. „Schöne Heimlichtuer seid ihr, wenn ihr nicht merkt, dass euch jemand folgt", kommentierte Chleo mit einem Kichern in der Stimme.

„Die Tür war zu, Kätzchen! Echt jetzt, weißt du nicht, was geschlossene Türen bedeuten?"

Chleo sprang mit einem Satz auf den Sessel. „Dass ich sie erst aufmachen muss, wenn dahinter was Interessantes ist", erwiderte sie, klappte die Vorderpfoten ein und betrachtete Jillian erwartungsvoll. „Na komm, lass hören. Was hast du gefunden, nichtmagischer Nicht-Blindgänger?"

„Du verrätst es doch nur unseren Onkeln!"

„Pah. Nichts und niemand kann mehr Geheimnisse bewahren als eine Katze."

„Sehe ich bei dir jeden Tag", konterte Kay und erntete einen vernichtenden Blick aus zusammengekniffenen grünen Augen.

„Wenn wir denn möchten", fügte Chleo hinzu.

„Und, was sagen deine Schnurrhaare in dem Fall? Möchtest du?", fragte Jillian todernst.

„Lass mich mal sehen", verlangte Chleo, machte aber keinerlei Anstalten, sich zu bewegen.

„Wie jetzt? Soll ich dir das Buch etwa bringen?"

„Werfen ganz bestimmt nicht."

„Was noch? Pfote aus der Sonne legen?"

„Da gerade keine Sonne scheint, ist das nicht nötig, danke", erwiderte die Katze und Kay hätte schwören können, dass sie grinste.

Mit einem genervten Augenrollen stand Jillian auf und brachte das Buch zum Sessel. Chleo reckte ein wenig den Kopf, schnupperte an dem Gegenstand und ließ den Kopf dann auf die Pfoten sinken. „Ist sauber, Katzentest bestanden. Nein, ich werde Robert nichts davon erzählen, weil es euch möglicherweise umbringen könnte."

„Es könnte uns umbringen?", platzte es aus Kay heraus.

„Was ist los mit dir, hat jemand in deinem Kopf gewühlt? Das Buch ist ungefährlich, ich werde Robert nichts davon erzählen, weil es *nicht* in der Lage ist, euch umzubringen. Das wäre ein Grund gewesen, ihm etwas dazu zu sagen, aber so ... Also, Jill, was sagt das Ding?"

„Du weißt es wirklich nicht?"

Durchdringendes Starren von Chleo.

Ebenso durchdringendes Starren von Jillian.

„Jetzt sag schon, wir haben nicht den ganzen Tag Zeit!", murrte die Katze schließlich und drehte den Kopf zur Seite.

Jillian war schlau genug, nicht „Gewonnen!" oder etwas ähnlich Dummes zu sagen, aber das Funkeln in ihren Augen sprach Bände.

„Also, wir scheinen es hier zum Teil mit einer Art Protokoll über das Haus zu tun zu haben. Wer auch immer das Tagebuch geschrieben hat, ist den Geheimnissen der Lodge auf den Grund gegangen und hat seine Entdeckungen aufgezeichnet", erklärte Jillian mit Triumph in der Stimme.

Wieder musste Kay sich beherrschen, ihr das Buch nicht aus der Hand zu reißen. „Und steht da was von Schlüsseln?", fragte sie atemlos. Endlich hatten sie einen Vorteil oder zumindest einen Joker auf der Hand!

Jillian lächelte und erinnerte einen Moment an eine zufriedene Katze. „Oh ja. Und wie da was von Schlüsseln drinsteht."

Es war fast, wie wenn es einem als Kind gelungen war, unbemerkt unter der Bettdecke zu lesen oder irgendwelche anderen Regeln zu umgehen. Sollten diese Magier sie nur von allem fernhalten wollen, sollten sie es *versuchen*, besser gesagt, ihnen würde schon etwas einfallen.

Im Falle der Schlüssel gab ihnen nicht nur das Buch Auskunft, auch Chleo war gern bereit dazu. Staunend setzten Kay und Jillian das Puzzle zusammen. Es gab also einige Zauberer, die, wenn sie starben, an einen anderen Ort gingen, aber sozusagen erreichbar blieben. Ihr Geist verweilte in einer anderen Dimension, zu der man einen Durchgang öffnen konnte. Mit dem richtigen Schlüssel und vom richtigen Ausgangspunkt aus. Die Magpie Lodge war eines der wenigen magischen Häuser, in denen die Kommunikation mit einem bereits gegangenen Zauberer noch möglich war. Deshalb kam es hin und wieder vor, dass ein Magier oder eine Magierin den Rat eines dieser großen Zauberer suchte. Nach Chleo gewährte die Lodge

Zugang zu den verstorbenen Mitgliedern eines der großen Zirkel, was auch immer das heißen sollte. Sieben Mitglieder, sieben Schlüssel. Und nach Daisys Vision, wie Chleo ihnen bereitwillig erklärte, kam etwas Großes, sehr Gefährliches auf sie zu, das einen locker zu Tode erschrecken konnte.

„Nun gibt es da aber natürlich das Problem, dass Daisy noch sehr jung ist. Bei so jungen Magiern sind die Visionen oft ... wie soll ich sagen ... nicht ganz trennscharf. Hattet ihr schon mal Angst vor einer Klassenarbeit?"

„Wer nicht?", erwiderte Kay.

„Nein", antwortete Jillian.

„Also für diejenigen von uns, die das Gefühl kennen: Wenn junge Magier und Hexen Angst vor einem Mathe-Test haben, kann das auf ihre Visionen abfärben. Wenn sie Liebeskummer haben, kann auch das ihre Visionen beeinflussen. Und so weiter. Es dauert ein paar Jahre, bis das eigene Seelenleben nicht mehr in die Botschaften des Universums einfließt. Deswegen nehmen wir selbstverständlich jede Vision ernst, aber wenn ein Zauberer wie Noah sagt, dass was Gefährliches kommt, dann versetzen wir sofort die Kavallerie in Alarmbereitschaft. Bei einer jungen Hexe wie Daisy sagen wir denen höchstens, dass sie nicht einschlafen sollen. Man hat ein Auge darauf, aber eben eins, nicht alle."

„So weit verständlich", meinte Jillian. „Aber was genau hat sie denn jetzt gesehen? Kann da, wo diese toten Zauberer sind, irgendetwas durchkommen? Herkommen? Oder was genau meint sie?"

„Nun, das wissen wir ja eben nicht." Chleo seufzte. „Tatsache ist, wenn der Zugang zum Magier-Himmel in die falschen Hände fällt, haben wir alle ein Problem. Davon abgesehen, ist es mit diesem Ort, wie es mit solchen Orten eben ist: Was an menschlichem Bewusstsein einmal dort ist, kommt in aller Regel nie wieder zurück."

„Bis jetzt vielleicht nicht", erwiderte Jillian. „Aber wovon genau reden wir? Die Zauberer sind ja noch dort erreichbar und sie sitzen wahrscheinlich nicht im Nirgendwo, im Vakuum, oder? Wenn wir demnach von einer anderen Dimension sprechen, wie können wir dann ausschließen, dass dort irgendetwas lebt? Und möglicherweise herkommen kann?"

„Zugegeben, guter Punkt. Und natürlich sitzen sie nicht im Vakuum. Wenn zum Beispiel ein ..." Die Katze unterbrach sich. „Lassen wir das. Du solltest das mit deinen Onkeln ..." Chleo verzog das Gesicht. „*Ich* sollte das mit eurem Onkel besprechen. Brandon wird er wohl kaum glauben, dass er darauf gekommen ist. Mir genau genommen auch nicht. Kannst du das Melody erklären? Die ist zu allem fähig, der nimmt Bob auch die Gefahr aus den Parallelwelten ab."

„Es gibt also Parallelwelten? Aber wieso kommen die großen Zauberer dann nicht selbst darauf, dass etwas von dort hier herüberkommen könnte?", hakte Jillian nach.

Die Katze seufzte. „Ich kann euch jetzt keinen Unterricht in höherer magischer Metaphysik oder Quantentheorie geben, aber sie denken nicht daran, weil es aus ihrer Sicht vollkommen absurd ist. Ich bin mir selbst nicht sicher, ob es möglich ist. Aber wie das mit euch Menschen ist, für jede Dummheit findet sich auch einer, der sie macht."

Von draußen ertönte der typische Ruf einer Elster. Das Tier saß auf der Regenrinne und schimpfte zu etwas herunter. Schließlich verstummte der Vogel, schüttelte sein Gefieder und flog davon.

„Aber warum sollte ich denn diesen Magiern helfen, die mich mit aller Gewalt loswerden wollen?", fragte Jillian.

„Aus reinem Egoismus. Denn wenn etwas mit diesen Schlüsseln passiert, passiert es genau vor deiner hübschen Nase. Du willst nicht, dass dir die Lodge unterm Hintern abbrennt, oder?"

„Wenn ich dann nicht mehr hier wohne ..."

„An dir ist eine Hexe verloren gegangen. Du willst auch nicht, dass die Lodge deiner Familie unterm Hintern wegbrennt, oder?"

Jillian neigte den Kopf. „Nicht, wenn es sich vermeiden lässt."

Kay versetzte ihr einen Stoß mit dem Ellenbogen. „Ich wäre dir sehr verbunden, wenn wir es vermeiden könnten. Also, rede mit Melody. Du willst doch deinen eigenen Turm behalten, oder etwa nicht?"

„Nun, *das* ist ein Argument."

„Eine *gute* Hexe", schnurrte Chleo und warf Jillian einen Blick zu, bei dem man glatt meinen könnte, die Katze wäre stolz auf sie.

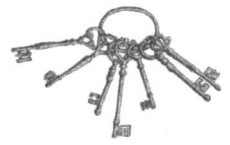

Wuselfunk

Eigentlich hätte es Kay nicht zu überraschen brauchen, dass sie ihre Schwester am nächsten Morgen in der Teestube vorfand. Melody und Jillian saßen an einem Tisch und waren so in ihre Unterhaltung vertieft, dass sie Kay gar nicht kommen hörten. Chleo saß wie eine Statue mitten auf der Tischdecke. Kay verzog das Gesicht.

Gerade wollte sie sich bemerkbar machen, als sie ein so seltenes Geräusch hörte, dass sie einen Moment überlegte, ob sie es sich nur eingebildet hatte: Jillian kicherte. Was auch immer Melody gesagt hatte, es musste einen Nerv getroffen haben.

„Guten Morgen", sagte Kayleigh nun. Die beiden erwiderten den Gruß, Chleo blinzelte.

„Na, heckt ihr Verschwörungen aus?" Sie setzte sich auf den letzten freien Stuhl.

Jillian schaute fragend an ihr vorbei. „Wo ist Brandon?"

„Bob bringt ihn nachher rüber."

„Dann sollten wir uns nicht erwischen lassen", mahnte Melody.

„Richtig. Ich bin dann mal was lernen." Jillian schnappte sich ihren Rucksack und flüchtete zur Tür hinaus.

„Magisch oder nicht, Chleo, Katzen gehören nicht auf den Tisch", mahnte Kayleigh.

„Und Nichtmagische nicht in die Lodge", erwiderte die Katze und streckte tatsächlich die Zunge heraus.

„Musst du eigentlich immer so ein Biest sein?", fragte Melody mit mildem Tadel in der Stimme. „Komm, Chleo, kusch dich."

Demonstrativ langsam drehte sich die Katze einmal um sich selbst und sprang dann vom Tisch.

Melody zog die Tischdecke herunter und knüllte sie zusammen. „Ist ja nicht so, dass ich die heute Morgen erst frisch draufgelegt hätte."

„Ist ja nicht so, dass ich im Gegensatz zu gewöhnlichen Katzen weder Würmer noch Zecken noch sonst was anschleppen würde, was die Tischdecke verunreinigen könnte."

„Haaren tust du trotzdem. Und stell dir vor, es soll Magier mit Katzenhaarallergie geben."

„Ist ja wohl nicht meine Schuld, wenn die sich nicht per Zauber kurieren", hielt das Katzentier dagegen.

„Kann man eigentlich irgendein Problem nicht durch Zauberei lösen?", wollte Kay wissen.

„Kaum", erwiderte Chleo.

„Ziemlich viele", antwortete Melody.

Kayleigh schüttelte den Kopf. Eindeutige Antworten waren hier eindeutig Mangelware. Sie öffnete den Schrank mit den Servietten und Tischdecken und nahm eine neue für den Tisch heraus. Melody folgte ihr hinter die Theke und machte sich daran, die Kuchen in Stücke zu schneiden. Seltsamerweise folgte ihnen die Katze und setzte sich so neben Melodys Beine, dass diese ihr ständig ausweichen musste.

Kopfschüttelnd brachte Kayleigh die saubere Tischdecke zu dem Tisch. Als sie hinter die Theke zurückkehrte, war Chleo immer noch da und schien auch keine Anstalten zu machen, sich wegzubewegen.

„Hab ich was verpasst?", platzte es aus Kay heraus.

„Wir haben einen Plan", erwiderte Melody geheimnisvoll.

„Und der wäre?"

Dieses Mal lächelte Melody nur und legte einen Finger an die Lippen.

„Zum Glück ist es kein Geheimnis, wie die Kaffeemaschine funktioniert", murmelte Kay und drückte auf die entsprechenden Knöpfe.

„Es sollte nicht mehr lange dauern, bis du das ganze Bild siehst", vertröstete Melody sie und warf dabei einen Blick auf die Uhr.

„Was hat Jillian gesagt?", versuchte Kay es anders.

„Oh, ich schätze, das weißt du ganz genau."

Ja, wahrscheinlich wusste sie das. Also abwarten und in Ruhe noch einen Kaffee trinken, bevor die Teestube öffnete und Robert mit Brandon herüberkam. Kay war sich nicht sicher, ob es reine Nächstenliebe gewesen war, dass ihr Onkel ihr den Kleinen eine Weile abgenommen hatte. Sie konnte Brandon schlicht und einfach keinen einzigen Zauber beibringen, Robert dagegen schon. Er hatte nichts in der Richtung gesagt, aber Kay konnte sich kaum vorstellen, dass er nicht früher oder später anfangen würde, Brandons magische Begabung in ihre Bahnen zu lenken. Dass ihr dabei irgendwie mulmig zumute war, konnte sie nicht leugnen. Doch was wäre die Alternative gewesen? Sie konnte die Magie in ihm ja nicht abstellen und ihn ohne Anleitung zu lassen, wäre doch im Grunde so, als würde sie ihn ohne Aufsicht mit Streichhölzern spielen lassen. Das konnte sie nun wirklich nicht verantworten.

Einen Moment sah sie sich in zwanzig Jahren vor sich, wie sie versuchte, sich mit ihrem erwachsenen Sohn über seinen Alltag zu unterhalten und jeder zweite Satz von einem „... aber das kann ich dir nicht erzählen" unterbrochen wurde. Großartige Aussichten, wirklich. Und was sollte passieren, wenn Brandon alt genug war und sie nicht mehr ständig brauchte? Würde sie dann mit manipuliertem Gedächtnis aus der Lodge geworfen werden? Die Vorstellung, Brandons Kindheit vergessen zu müssen, zog allen Sauerstoff aus ihren Lungen.

Tief durchatmen, es wird dir schon niemand alles wegnehmen, versuchte sie sich zu beruhigen. Wenn das nur so einfach wäre in einer Welt, von der sie nicht einmal die einfachsten Grundregeln kannte, außer „Kein Wort zu Nichtmagischen".

„Ah ja", murmelte Melody schließlich und ihr Gesicht hellte sich auf. Bevor Kay fragen konnte, was nun schon wieder los war, hörte sie ihren Onkel und Brandon im Flur. Immerhin hatten sie bei ihren Übungen nicht das Haus abgefackelt oder noch Schlimmeres.

Brandon stürmte freudestrahlend in die Teestube. Robert folgte ihm in gemütlicherem Tempo, aber mit einem Ausdruck von Stolz auf dem Gesicht. Ungefähr so wie damals, als Jillian Fahrradfahren gelernt hatte.

Na, immerhin brachte diese ganze Zauberei auch ein paar positive Aspekte mit sich.

Melody fragte ihn, ob er noch ein paar Minuten Zeit hätte, und als er bejahte, setzten sie sich an denselben

Tisch wie vorhin. Chleo folgte ihnen lautlos. Am Tisch angekommen, warf sie Kay einen kurzen Blick zu und legte sich dann darunter auf den Boden, die Augen geschlossen. Als würde diese Katze nicht jedes Wort aufsaugen.

Erst jetzt bemerkte Kayleigh, dass Brandon sie unverwandt ansah. „Was ist denn?"

„Ich hab tolle Sachen gemacht, aber Onkel Robert sagt, ich darf nicht darüber reden", erwiderte er.

Kay lief es eiskalt über den Rücken. Hatte sie sich nicht eben noch genau davor gefürchtet? Reichte es nicht, dass dieses Kind seinem Alter so weit voraus war und ihr in Rekordzeit zu entwachsen schien?

„Na, dann ... solltest du auch nicht darüber reden, weißt du?"

„Aber das ist schwer."

„Ja, natürlich. Aber weißt du was, du kannst es Tante Mel erzählen, wenn sie damit fertig ist, sich mit Onkel Robert zu unterhalten."

Das Glöckchen über der Tür bimmelte und kündigte Noahs Ankunft an, der etwas auf dem Außengelände erledigt hatte. Er warf einen Blick auf die Uhr und schloss die Tür hinter sich wieder ab.

„Kann ich es auch Onkel Noah erzählen?", wollte Brandon wissen.

„Frag ihn aber erst, ob er gerade Zeit hat."

Brandons Gesicht wurde von einem Lächeln erhellt, das er, was von Tag zu Tag deutlicher wurde, von seinem Vater hatte. Genau wie die Augen – und die Haarfarbe. Einen Moment schoss Kay durch den Kopf, wie schade es war, dass Collin ihn nie gesehen hatte. Diesen Fehler würde sie korrigieren, sobald er wieder auftauchte. Falls er wieder auftauchte ...

Von der Entführung zu erfahren, hatte nicht gerade zu ihrem Seelenfrieden beigetragen und sie musste sich beherrschen, um Robert nicht jeden Tag nach neuen Erkenntnissen zu fragen. Sie wusste, dass die Magierwelt nach Collin suchte, doch ihre Sorge um ihn ließ sich davon nicht abstellen. Die Erkenntnis, dass er nicht vor ihr weggelaufen war, ließ immer mal wieder ein Lächeln über ihr Gesicht huschen. Sie musste einfach fest daran glauben, dass es einen neuen Anlauf für sie geben würde, dass er heil und gesund wieder auftauchen würde! Zu gern hätte sie etwas getan, um ihn zu finden, doch alle möglichen und unmöglichen Hebel waren schon vor langer Zeit in Bewegung gesetzt worden, die Suche nach ihm nach wie vor in vollem Gang. Sie konnte nichts beitragen und war zur Untätigkeit verdammt. Von der Theorie zu seinem Verschwinden durfte sie ja nicht einmal wissen! Da sollte sie nachts noch ruhig schlafen können?

Noah hatte beim Hereinkommen einen Schwall frischer Luft mitgebracht und Kayleigh überlegte, ob sie noch eine Runde über das Außengelände laufen sollte, um den Kopf wieder frei zu bekommen. Doch wer wusste schon, wem sie da in die Arme lief?

Die Feen wären für Kays Geschmack schon mehr als genug gewesen. Der Haus-Feuerdrache war da wiederum ein ganz anderes Kaliber. Schlanker und etwas größer als Frosty, mit dunkelrotem Körper und schwarzen Borsten statt einem Schuppenkamm und ohne Frostys Kulleraugen war er trotzdem auf den ersten Blick noch niedlich.

Bis er nieste und dabei kleine Flämmchen aus seiner Nase kamen. Ignatius lebte draußen und durchstreifte das Grundstück, freute sich jedoch auch sehr über jeden Besuch. Er war deutlich weniger flugfaul als Frosty, der die meiste Zeit zu vergessen schien, dass er Flügel hatte, und hatte tatsächlich versucht, auf Jillians Schulter zu landen.

Der Drache schien sie also zu mögen, aber die wilden Kobolde hatten sich von ihnen ferngehalten.

„Nehmt das nicht persönlich, sie reden die Hälfte der Zeit nicht mal mit mir", meinte Robert dazu.

„Mama, guck mal! Noah hat eine Spiegelfeder mitgebracht!", quietschte Brandon in diesem Moment und Kayleigh ging zu den beiden hinüber.

Auf der Handfläche hielt Noah ein glänzendes Objekt, das auf den ersten Blick wie eine Glasscherbe aussah.

„Was ist das?" Neugierig beugte sie sich darüber.

„Eine Spiegelkauzfeder", erklärte ihr Onkel.

„So sehen die also aus?" In Jillians Notizbuch hatte Kayleigh über den Schwarm gelesen, der irgendwo auf dem Außengelände lebte. Erst hatte Kay die Namensgebung der Vögel ihrem ungewöhnlich silbern glänzenden Gefieder zugeschrieben. Solange die Vögel ihre Federn noch trugen, schimmerten sie hellgrau und weiß. Fiel jedoch eine Feder aus, wurde sie durchscheinend wie Glas. Der Name bezog sich jedoch nicht darauf. Laut dem Notizbuch spiegelten die Augen dieser Vögel – nun ja, Dinge. „Dinge" war natürlich extrem aufschlussreich, aber Kay wusste noch nicht, wie sie nahe genug an einen Spiegelkauz herankommen sollte, um ihm in die Augen zu sehen.

„Die ist toll!" Brandon zupfte aufgeregt an ihrem Ärmel.

„Sehr schön, ja. Was macht man damit?"

„Man verwendet sie für dies und das. Hauptsächlich fortgeschrittene Magie", erwiderte Noah.

Kayleigh seufzte, hakte aber nicht weiter nach. Hinter der Theke sprach Robert noch mit Melody über Dinge, die sie nicht wissen durfte. Wozu diese Federn gut waren, war auch ein Geheimnis – vielleicht sollte sie wirklich vor die Tür gehen. Doch dann würde sie Brandon mitnehmen müssen und noch wollte sie ihm das Außengelände nicht zeigen. Bevor er am Ende noch Ignatius mit ins Haus nahm ...

Robert und Melody beendeten ihre Unterhaltung und Robert verließ die Teestube in Richtung des Hauses. Zu gern hätte Kay gewusst, ob Jillians Genehmigung Fortschritte machte, aber sie war gestern nicht mehr dazu gekommen, zu fragen, und die Teestube würde gleich öffnen. Hoffentlich war später am Tag noch Zeit dafür. Wie die Sache mit dem Zauberer-Himmel, von dem Jillian ja eigentlich nicht wissen durfte, ihrer Schwester helfen sollte, war Kay noch nicht ganz klar, aber vielleicht ...

„Im Grunde war es ihre Idee."

„Was?" Kay schaute Melody verständnislos an.

„Ganz einfach: Jillian hat mich auf die Sache mit den Parallelwelten gebracht. Was im Grunde ja auch stimmt, nur haben wir die Wahrheit ein bisschen den Paragrafen angepasst. Jillian war gestern hier und hat mir noch ein bisschen beim Aufräumen geholfen und dabei kamen wir auf Parallelwelten. Klingt logisch, oder?"

„Vollkommen."

Bei Jillian musste man auf alles gefasst sein, sie beschäftigte sich praktisch mit allem, was ihr unter die Nase kam. Was gerade Thema in einem Förderkurs der Schule war oder worauf sich Jillians Neugier zu Hause oder in der Bibliothek richtete, darüber hatte niemand einen Überblick. Parallelwelten waren da nicht weit hergeholt.

„Offiziell hatte sie eine Freistunde und hat dabei ein Philosophie-Lexikon durchgeblättert, weil ihr langweilig war. Und mich dann gefragt, wie viele dieser Philosophen eigentlich Magier waren, bei den seltsamen Ideen, die sie zum Teil hatten."

„Und ich wette, das mit der Freistunde und dem Lexikon ist nicht mal gelogen."

„Nicht ganz. Es war kein Lexikon, es war was von Hume über Empirismus, aber so genau wollten wir es nicht nehmen."

„Nein, da steigt außer Jillian sowieso keiner durch."

„Euer Onkel war schon immer mehr ein Fan von Psychologie, daher ist das nicht wirklich sein Steckenpferd."

„Aha", konnte Kay darauf nur antworten. Wieder etwas, das ihr neu war. „Und was hat Robert dazu gesagt? Was sagt diese Zauberer-Inquisition dazu?"

Chleo schoss fauchend unter dem Tisch hervor. Das Glöckchen über der Tür bimmelte, obwohl niemand hereingekommen war, die Kaffeemaschine gab außer der Reihe ein unwilliges Zischen von sich. Noah ließ den Blick besorgt durch den Raum schweifen, Brandon verstummte und Melody nahm eine angespannte Haltung an. Es klang, als würde sich im Haus irgendeine große Maschinerie in Bewegung setzen. Eine Sekunde später war sich Kay sicher, dass etwas mit dem Haus passierte: Vor Türen und Fenstern tauchten dicke Gitterstäbe auf. Erschrocken beobachtete Kay das Schauspiel, bis Noah „Lepidoptera!" rief. Als wäre das Wort ein Befehl, hörten das Zischen, das Fauchen und das Gebimmel auf. Die Gitter fuhren zurück. Das Haus hatte anscheinend nicht mehr die Absicht, zu einem Gefängnis zu werden.

„Schön, und jetzt beruhigt euch alle wieder, ja? Sie konnte es ja schließlich nicht wissen!", forderte Melody und betrachtete dabei besonders die Katze, deren Fell noch immer gesträubt war.

„Was nicht wissen?", fragte Kay eingeschüchtert.

„Na, dass jedes magische Wesen auf dieses Wort mit I sehr, sagen wir mal, allergisch reagiert. Alles, was bei Magiern mit Untersuchungen, Verhören oder so zu tun hat, trägt irgendeinen Namen mit ‚investigativ'. Und bei Jillian haben wir es mit einer anderen Art von Verfahren zu tun. Was du da gerade gesagt hast … weißt du, das ist sozusagen die dunkle Seite. Dir würde normalerweise keine Decke auf den Kopf fallen, vielleicht wirft mal ein aufgebrachter Schrank eine Tasse nach dir, aber sonst passiert theoretisch nichts. Allgemein will einfach niemand dieses Wort hören. In anderen magischen Häusern jedenfalls. Für die Lodge ist das praktisch der Panik-Knopf, mit dem man das Haus im Notfall abriegeln kann. Es ist ein bisschen so, als würde man in der Kirche rufen ‚Was zum Teufel?'. Deswegen solltest du es in magischen Häusern und unter Magiern nicht verwenden. Nie. Und die Lodge … wie gesagt, für dieses spezielle Haus ist es nun mal ein Codewort."

„Das hätte mir ja auch mal jemand sagen können." Kay seufzte.

„Ja, das … wird noch öfter ein Problem sein", meinte Melody.

„Ich gehe Robert mal Bescheid sagen, dass wir das Passwort ändern müssen. Lepidoptera hat ja nun ausgedient."

Noah legte Kayleigh im Vorbeigehen eine Hand auf die Schulter. „Glaub mir, auch das ist schon hin und wieder passiert. Magier denken auch nicht immer an alles."

„Gibt es noch etwas, was ich in diesem Haus nicht sagen sollte?", wandte sich Kayleigh an die Katze. Die wusste ja schließlich alles.

„Keine Zeit, jemand hat mir die Frisur ruiniert und ich muss sie retten", murrte diese und startete intensive Putzbemühungen.

„Soweit ich weiß, nein", antwortete Melody. „Jedenfalls findet Robert den Punkt, dass Jilly nun mal mit all ihrer geballten Intelligenz tatsächlich hilfreich ist, nicht schlecht. Und vor ihrem Ausschuss hat noch niemand dieses Argument vorgetragen. Wie auch? Aber das bekommen wir hin. Besser gesagt: Ich bekomme das hin, aber ich kann hier gerade nicht wirklich weg, also werden wir wohl per Wuselfunk eine Nachricht an den Ausschuss schicken und die Sitzung in der Lodge abhalten." Sie strahlte Kay an, die gerade das Gefühl hatte, von kaltem Wasser übergossen worden zu sein.

„Wie viele? Ich meine, wie viele von diesen Magiern kommen hierher?"

„Für den Ausschuss? Vier. So ein Ausschuss hat fünf Mitglieder, vier, die neutral bis abwehrend eingestellt sind, und ein fünftes, meistens jemand, der die Person flüchtig kennt und eher neutral bis positiv eingestellt ist. In dem Fall bin ich das. Glaub mir, die anderen sind eigentlich harmlos, die tun nur so giftig."

Selbst Melodys strahlendes Lächeln konnte Kay nicht überzeugen. Magier, die neutral bis abwehrend eingestellt waren – und davon gleich vier auf einmal! Himmel, sie hätte so ziemlich alles andere lieber gehabt als das! Wenigstens war ihr die Sache mit der unbedachten Wortwahl nicht in deren Anwesenheit passiert.

„Was ist Wusel... Wie heißt das?", wollte Brandon wissen. Da die Magier um ihn herum recht schnell wieder zur Tagesordnung übergegangen waren, maß er dem Vorfall auch keine große Bedeutung bei.

Melody ließ sich neben ihn auf den Boden sinken. „Oh, das ist etwas ganz Wunderbares. Du weißt doch, dass draußen im Boden Mäuse leben. Weißt du, was ein Wiesel ist? Und ein Marder?"

Brandon schüttelte den Kopf.

„Ach, keine Bange, das haben wir gleich." Melody schnippte mit den Fingern. „Einen Moment."

Eine Weile geschah gar nichts. Kayleigh wartete gespannt, ohne zu wissen, worauf. Dann gab es an der Tür ein leises „Tock", als wäre etwas Hartes dagegen gestoßen, und schließlich schwang die Tür auf und ein Buch kam herein geschwebt. Es wirkte, als hätte es einen dringenden Termin, raschelte mit den Seiten und drehte sich hin und her, wie ein Mensch, der den Kopf drehte, um sich umzusehen.

„Das ist ja ..." Kay wollte es aus der Luft pflücken, doch es wich ihr aus und schoss auf Melody und Brandon zu.

„Oh!", hauchte Brandon und schaute mit großen Augen zu dem Buch, zu Melody und wieder zurück.

„Praktisch, wenn die Bibliothek zu dir kommt, nicht wahr?", fragte die junge Magierin mit einem verschwörerischen Lächeln. „Also, hier haben wir sozusagen die magische Safari. Oder auch den Zoo."

Brandon klatschte begeistert in die Hände. „Sind da Drachen drin?"

„Hausdrachen", berichtigte Melody. „Es gibt da draußen ein paar Tiere, die gute Freunde von uns Magiern sind. Sie tun Dinge für uns, wenn man sie nett bittet. Und der Wuselfunk ..." Das letzte Wort richtete sie an das Buch, das eine Seite aufschlug und dann auf Melodys Schoß sank.

Kay trat vorsichtig näher. Gerade als sie einen Blick über Melodys Schulter erhaschen konnte, klappte das Buch zu und schwebte ein Stück von ihr weg.

Melody breitete die Arme aus und wirkte dabei leicht verlegen. „Tut mir leid, sie sind manchmal eigenwillig. Mehrere Jahrzehnte alte Bücher, weißt du, denen bringt keiner mehr Benehmen bei."

„Schon klar, ich mache dann mal die Tür auf", brummte Kay und begab sich wieder hinter die Theke, wo der Haken mit dem Schlüssel an der Wand angebracht war.

Auf dem Weg zur Tür machte sie einen großen Bogen um Melody und Brandon mit ihrem Buch. Ein Wunder, dass sich Jillians Buch nicht an die Vorschriften gehalten hatte. Ob das Haus ihm ins papierne Gewissen geredet hatte?

Vor der Tür wartete die nächste Überraschung auf Kayleigh. Ein kleines Pelztier lief dort hin und her, als würde es nur darauf warten, dass ihm jemand aufmachte.

„Melody? Hier ist ein ... Okay, ich habe keine Ahnung, was es ist, aber es ist klein und hat Fell und ist keine Katze."

„Wahrscheinlich Archibald. Lass ihn rein."

„Rein?"

„Ja, rein, das Gegenteil von raus", meinte Chleo und kam auf die Tür zu. „Wobei du mich bei der Gelegenheit auch gleich raus lassen kannst."

„Aber ... das ist ..."

„Archibald. Ein Frettchen. Seit Jahren treues Mitglied des Wuselfunk-Netzes. Also, machst du jetzt auf oder muss ich?"

Kay drehte den Schlüssel, öffnete die Tür und das kleine Tier huschte an ihr vorbei zielstrebig auf Melody zu.

Brandon streckte begeistert beide Hände aus und das Frettchen schnupperte an seinen Fingern.

„Mach dich ruhig schon mal mit ihm bekannt, früher oder später wirst du ihn bestimmt brauchen", riet Melody ihm.

Kay stand immer noch mit dem Türgriff in der Hand da, während die Katze auf der Schwelle saß und sich offenbar weder für raus noch für rein entscheiden konnte.

„Was jetzt, Chleo? Raus ist das Gegenteil von rein, soweit ich weiß", murrte Kay, die in ihrer Bluse leicht fröstelte.

„Und zwischen Schwarz und Weiß gibt es eine Menge Grau, ganz besonders für Katzen", erwiderte Chleo mit leicht zuckender Schwanzspitze.

„Bist du überhaupt ... eine richtige Katze? So streng genommen?"

„Bist du ein richtiger Mensch? So streng genommen?"

„Ich sehe wie einer aus, rede wie einer, atme, esse ... ich schätze schon."

„Und?"

„Und was?"

„Nun, ich sehe wie eine Katze aus, rede wie eine ..."

„Halt, halt, halt!", unterbrach Kay sie. „Du redest nicht wie eine Katze. Katzen können nicht sprechen, das passt nicht, das ist total unkatzig!"

„Miau?", machte Chleo.

Kay strich sich mit einer Hand durch die Haare, dem Wahnsinn mal wieder ein Stück näher.

„Es ist sogar erwiesen, dass Katzen eine eigene Art der Kommunikation mit ihren Menschen entwickeln. Wildkatzen miauen nicht, das ist also schon eine eigene Sprache. Wir können ja nichts dafür, dass ihr zu beschränkt seid, um uns zu verstehen. Also habe ich mir lediglich die Mühe gemacht, mich für euch verständlich auszudrücken, was, da magst du recht haben, nun vielleicht wirklich nicht sehr katzig ist. Mau?"

Bevor Kayleigh noch etwas erwidern konnte, kam das Frettchen – Archibald – wieder angewuselt und zusammen mit ihm verdrückte sich Chleo nun endgültig nach draußen. Hatte Kay das richtig gesehen, dass auf Archibalds Rücken so etwas wie ein winziger Rucksack gewesen war?

„So funktioniert der Wuselfunk", erklärte Melody. „Man gibt einem Wuselwesen die Nachricht mit und das bringt sie an Ort und Stelle. Manchmal mit einem oder zwei Zwischenstopps und es ist mehr so eine Kurzstreckensache, aber es funktioniert ganz wunderbar."

„Wuselwesen? Ich dachte, Frettchen?"

„Frettchen, Marder … wir diskriminieren doch niemanden, hast du mal einen Marder als Frettchen bezeichnet? Lass es besser. Nicht clever. Aber wuseln tun sie alle, deswegen können sie alle mit Wuselwesen leben."

„Okay, eine Frage noch: Wieso schickt ihr nicht einfach SMS?"

Melody grinste. „Hast du jemals versucht, mit einem Handy zu kuscheln? Außerdem kann zu viel Magie das Handynetz stören, da sind die Wuselwesen zuverlässiger."

Wuselfunk statt Handy-Empfang, na herrlich.

Langsam konnte Kay dieses Notizbuch in Jillians Zimmer verstehen. Vielleicht brauchte sie ein eigenes. „Kays kleines Lexikon für die magische Welt" oder auch „Kays Reiseführer zur Vermeidung magischer Fettnäpfchen".

Brandon blätterte begeistert weiter in seinem Buch. „Mama, kannst du mir das vorlesen?"

„Ich fürchte, das erlaubt das Buch nicht."

„Warte, das kriegen wir hin." Melody flüsterte dem Buch ein Wort zu und kurz darauf ertönte eine neue Stimme, von der Kay eine Weile brauchte, um sie zuordnen zu können.

„Das Ding kann vorlesen?", fragte sie dann verwirrt.

„Psst, du kannst doch nicht Eusebia Higgins' ‚Magische Zoologie für kleine Magier' als ‚Ding' bezeichnen, womöglich kommt Eusebia noch persönlich zurück und dann haben wir den Salat. Aber klar, was eure Technik gerade lernt, können wir schon lange. Zumindest für Notfälle. Glaub mir, Magier lassen schon mal alles stehen und liegen, um pünktlich zu Hause zu sein, damit sie ihren Kindern die Gutenachtgeschichte selbst vorlesen können."

„Ja, das … kommt mir bekannt vor." Besser gesagt, dass Kayleigh Wert darauf gelegt hatte, sich selbst um ihr Kind zu kümmern und Brandon nicht zu oft abzugeben, war zum großen Hindernis ihrer Jobsuche geworden. Kay hatte ja versucht, wieder Arbeit zu finden, als Brandon zwei Jahre alt gewesen war, aber entweder wollte man ihr erst gar keine Chance geben, weil sie ja schließlich das Kind zu hüten hatte, wenn es mal krank wurde, oder sie hätte sich mit Zeiten abfinden müssen, mit denen sich Brandon garantiert nicht abgefunden hätte. Da war die Teestube eindeutig besser. Zumindest für ihn.

GRUFTSTAUBALLERGIE

Kurz nachdem die ersten Gäste eingetroffen waren, kam Robert wieder herein. Er ging zu Mrs Lockwood und Daisy hinüber, die bei ihrer zweiten Tasse Tee saßen, und unterhielt sich eine Weile mit ihnen.

Beide machten einen sehr beruhigten Eindruck, auch wenn bei Daisy unter der Erleichterung noch etwas anderes durchzuschimmern schien. Robert zwinkerte Kayleigh und Melody fröhlich zu, als er die Teestube verließ, er schien ganz zufrieden mit der Welt zu sein.

„Er hat gestern direkt nachgesehen und sie sind alle noch da", flüsterte Melody Kay schnell zu. Es war also kein Schlüssel weggekommen, wahrscheinlich hätte Kay deshalb erleichtert sein müssen. Wie eben auch Daisy und ihre Lehrerin. Aber warum dann dieser missmutige Zug um Daisys Lippen?

Eine ganze Gruppe von Magiern kam herein und Kay musste Melody bei der Bestellung helfen. Sie war immer wieder dankbar dafür, dass in der Teestube wenigstens diese Dinge in bekannten Bahnen verliefen und die Handgriffe, die sie seit Jahren beherrschte, halfen ihr, an der Normalität festzuhalten. Oder zumindest ein Stück davon aufzuheben, wie ein Andenken an einen Urlaub.

Je weiter der Tag voranschritt, umso nervöser wurde Kay. Waren die Magier schon da? War schon eine Entscheidung wegen Jillian getroffen worden? Mussten sie sie dafür kennenlernen? Kay wusste nicht, was der bessere Weg war. War es nicht ziemlich anmaßend, über jemanden zu entscheiden, ohne ihn zu kennen? Andererseits, Jillian stand gewissen Aspekten der magischen Welt so abwehrend gegenüber, wäre es da wirklich ein Segen oder doch eher Fluch, wenn sie selbst etwas zu ihrer Verteidigung sagen könnte?

Robert ließ sich bis zum Schließen der Teestube nicht mehr blicken, Chleo ebenso wenig, aber die Katze machte ja sowieso, was sie wollte. Möglicherweise saß sie gerade bei diesem Palaver ... andererseits war Melody noch da, also konnte die Sitzung noch gar nicht begonnen haben.

Was würde Kay tun, wenn sie Jillian aus der Lodge warfen? Sie würde sich doch jetzt nicht ernsthaft entscheiden müssen, ob sie bei ihrer kleinen Schwester oder bei ihrem Sohn blieb! Jill war kein kleines Mädchen mehr, aber es ging hier ums Prinzip. Darum, dass es eine bodenlose Unverschämtheit war, Familien auseinanderreißen zu dürfen, nur weil die einen Bausteine schweben lassen konnten und die anderen nicht, verdammt noch mal!

Kay war beim Abwischen der Tische und dem Durchsaugen des Raumes so energisch, als würde sie gleich mit Staubsauger und Schwammtuch auf die versammelten Zauberer losgehen. Melody machte einmal Anstalten, das abendliche Putzen per Zauber erledigen zu wollen, doch bei dem Ausdruck grimmiger Entschlossenheit auf Kayleighs Gesicht hatte die Magierin sie machen lassen.

Schließlich war es Chleo, die die Glocke zur entscheidenden Runde läutete. Die Katze war auf einmal wieder da und sagte Melody, dass sie mitkommen sollte, weil es Zeit für die Sitzung wäre. „Und bring Brandon mit", schloss sie.

„Brandon geht nirgendwo hin", widersprach Kay.

„Sie wollen ihn nur kennenlernen, nicht sezieren", meinte Chleo.

„Keine Chance." Zur Bekräftigung ihrer Worte schob Kay ihn hinter sich. „Was glauben die eigentlich, wer sie sind? Magier oder nicht, ich lasse mich von denen nicht rumschubsen und Brandon wie ein Ausstellungsstück behandeln, selbst wenn ich noch heute packen muss."

Eine Weile herrschte spannungsgeladenes Schweigen in der Teestube.

„Melody, kannst du sie zur Vernunft bringen?", fragte Chleo.

„Wozu? Klingt für mich sehr vernünftig, was sie sagt. Komm, Kätzchen, lassen wir die Paragrafen-Zauberer nicht warten."

Melody zwinkerte Kay noch einmal zu und klemmte sich, als Chleo keine Anstalten machte, mit ihr mitzukommen, die Katze kurzerhand unter den Arm. Im ersten Moment erstarrte sie und Kay musste lachen. Als die Tür hinter den beiden ins Schloss fiel, hörte sie die Katze schimpfen: „Lass mich runter, du impertinentes Menschending! Was glaubst du denn ..."

Noch immer grinsend ließ sich Kay auf den nächstbesten Stuhl fallen. Sie fühlte sich erschöpft und das kam nicht vom Arbeitstag. Mehr, als hätte sie eine Schlacht geschlagen. Und sie war sich noch nicht sicher, ob sie gewonnen hatte.

Für nichtmagische Menschen waren Sitzungen von Magiern vor allem eines: absolut verboten. Jillian prangerte die Ungerechtigkeit der Abstimmung an und fand ungefähr eine Million Gründe, warum es weder ethisch noch moralisch noch formal in Ordnung war, sie nicht wenigstens einmal selbst anzuhören.

„Wirklich, die müssten dringend mal ihre Statuten überholen, das ist doch kein Vorgehen! Echt jetzt, es müsste eine Anhörung von uns allen geben und vorher dürften die gar nicht entscheiden! Wenn Onkel Bob jetzt etwas von meinen cleveren Ideen erzählt und in Wahrheit habe ich ein Spatzenhirn, was dann?"

„Vögel sind teilweise ziemlich intelligente Tiere", meinte Kay.

„Weiß ich doch. Wir sind da auch nicht frei von Diskriminierung, aber es geht jetzt nicht um Vögel, sondern ums Prinzip!"

„Mir ist klar, was du meinst, aber was sollen wir machen?"

Sie saßen in Jillians Zimmer und hatten sich das Notizbuch vorgenommen, während Brandon schon im Bett war. Dort stand nur leider nichts über die Beeinflussung magischer Ausschüsse drin.

„Die kaufen eigentlich eine Katze im Sack und finden das auch noch gut!", murrte Jillian.

„Zugegeben, schön blöd. Aber wahrscheinlich gibt es dafür Wahrheitszauber oder so was. Reden wir mal von was anderem. Wie war es in der Schule?"

„Echt jetzt?" Jillian betrachtete sie skeptisch.

„Schön, keine Schule. Also, was willst du machen?"

„Am liebsten diesen Magiern in ihre magischen Ärsche treten. Wenn mir nur einfallen würde, wie!"

Das Notizbuch raschelte mit den Seiten und Kay stellte fest, dass es sich umgeblättert hatte. Ebenso stellte sie fest, dass es kein Englisch war, was dort stand. Sie sah nur Kauderwelsch.

Jillian nahm es ihr begeistert aus der Hand. „Was bist du denn?", hauchte sie.

„Das ist immer noch ein Buch, oder etwa nicht?"

„Das sehe ich selbst. Aber ich kenne dieses Buch und diese Seiten sehe ich zum ersten Mal! Das ist neu, das muss etwas bedeuten, das ist ... ein Code!" Jillian war von Enthusiasmus zu Konzentration gewechselt.

„Und das siehst du woran?"

„Daran, dass ich kein Wort verstehe und es keine Sprache ist, die ich schon mal gesehen hätte. Was soll das sonst sein, außer einem Code?"

„Ja, sicher. Sonnenklar", seufzte Kay. Vielleicht hätten sie ihre Schwester damals doch auf so eine Schule für Hochbegabte schicken sollen, aber Jill hatte lieber die Zeit, die sie beim Lernen einsparte, für alle möglichen und unmöglichen anderen Dinge genutzt.

„Ich glaube, die Buchstaben sind einfach nur anders. Man nimmt das Alphabet und schreibt es einmal in der richtigen Reihenfolge auf. Und dann schreibt man unter jeden Buchstaben zufällig einen anderen. Das ist an sich relativ einfach, also ..." Jill ging mit dem Buch zu ihrem Schreibtisch hinüber und griff nach einem Bleistift.

Immerhin war sie jetzt beschäftigt. Dafür war Kay mit dem Gedanken an den Ausschuss allein, was nicht unbedingt zu ihrer Beruhigung beitrug. Würde man ihnen heute überhaupt schon ein Ergebnis mitteilen? Sie ließ den Kopf in das Polster des Sofas zurücksinken. Vielleicht konnte sie wenigstens für fünf Minuten die Augen schließen ...

„Kayleigh! Das musst du dir ansehen, das ist der absolute Wahnsinn!" Jillian rüttelte sie an der Schulter, dass sie fast zur Seite gekippt wäre.

„Was? Was ist denn ...", murmelte sie benommen.

„Ich hab den Code geknackt!"

„In zwei Minuten?"

„Schlafmütze! In einer halben Stunde. Okay, es waren dreiunddreißig Minuten, aber so genau wollen wir es jetzt mal nicht nehmen."

Kayleigh schreckte hoch. Sie hatte doch gar nicht schlafen wollen, verdammt!

„Und? Was war so wichtig, dass dieser Mensch es verschlüsseln musste?"

„Dass wir ein Problem haben, das war so wichtig. Zieh dir was an, wir müssen raus."

„Raus? Ich kann Brandon nicht einfach ..."

„Das Haus ist voller Leute, Kay. Komm schon, das da ist wichtig, wenn wir das nicht sofort überprüfen, haben wir alle ein sehr großes Problem."

Kayleigh hatte ihre Schwester selten so aufgebracht erlebt. „Hast du eine Bombe gefunden oder was?"

„So ähnlich."

Sie schlichen durch das Haus wie Diebe und Kay sah davon ab, ihre Schwester energisch aufzufordern, endlich mit der Sprache herauszurücken. Stattdessen folgte sie ihr nach draußen und zu den beiden großen Garagen des Grundstücks.

„Moment, Jill. Wir fahren jetzt nirgends mehr hin, klar?"

„Nein, wir fahren nirgends hin. Sag mal, du ... hast keine Angst vor Knochen, oder?"

„Was?" Kay packte ihre Schwester am Arm. „Jetzt mal ganz langsam. Was steht da? Raus damit oder ich mache keinen Schritt mehr!"

Jillian schaute sich zum Haus um, rammte dann den Schlüssel in eine der Garagentüren und drehte ihn ungeduldig um. Hinter ihnen schloss sie gründlich ab und lehnte sich dann gegen Kays Auto.

„Also, das klingt jetzt nach einer verrückten Geschichte ..."

„Geschenkt. Wir stecken schon längst in einer verrückten Geschichte."

„Deshalb glaube ich ihm ja auch."

„Ihm? Würdest du jetzt bitte zum Punkt kommen, statt weiter um den heißen Brei zu reden?"

„Ich gehe davon aus, dass der Besitzer des Buches ein Mann war. Er hat im Buch etwas codiert aufgeschrieben und hier eine Sache versteckt, die ihn vor Gericht gebracht hätte. Der Code hätte einen Zauberer vielleicht nicht lange aufgehalten, aber möglicherweise hat er sich so besser gefühlt. Vielleicht hat es die Hemmschwelle beim Schreiben gesenkt." In Jillians Augen glomm ein Unheil verkündendes Funkeln auf.

Alarmiert starrte Kayleigh ihre kleine Schwester an.

Noch einmal holte Jill Luft, dann verkündete sie: „Er hat jemanden umgebracht und praktisch unter unseren Füßen vergraben."

Kay dachte ernsthaft darüber nach, ob ihr jetzt schlecht werden müsste. „Und er war so dumm, das aufzuschreiben?", fragte sie.

„Er hat es aufgeschrieben und gehofft, dass es lange genug verborgen bleibt, um ihn nicht mehr zu betreffen, aber früh genug ans Licht kommt, um eine Katastrophe zu verhindern. Deswegen hat das Buch wohl auch ausgerechnet jetzt ein Eigenleben entwickelt: Es war darauf programmiert, Hilfe zu suchen, sobald die Zeit knapp wird."

„Erklär mir jetzt mal bitte eines: Unter diesem Grundstück ist irgendwo eine Leiche vergraben, was ziemlich eklig ist. Aber grundsätzlich kein Grund zur Eile, denn allgemein laufen Leichen nicht mehr weg."

„Das ist ja das Problem. Manchmal kommen sie wieder."

Kayleigh starrte ihre Schwester entsetzt an. „Wie ein Zombie?"

„Zurückkommen, mehr stand da nicht. Weil der Bann, den er benutzt hat, nur eine gewisse Zeit hält. Mit Details hat er sich nicht groß aufgehalten, warum auch? Er wusste ja, was er meint, und ich schätze, die meisten Magier würden es auch wissen. Wahrscheinlich gibt es einen Standard-Bann beim Verstecken von eigenwilligen Leichen."

„Ein Bann? Damit der Tote tot bleibt?"

„Bin ich eine Hexe? Was weiß ich! Jedenfalls muss jemand etwas unternehmen. Sonst kommt diese Leiche heute Nacht noch zurück."

Kay lief es kalt über den Rücken. „Das ist eine ernste Sache, Jill. Wir sollten zumindest Melody ..."

Jillian schüttelte ungeduldig den Kopf. „Alles hier oben durchgerechnet", sagte sie und tippte sich an die Schläfe. „Wenn wir die Zauberer da drinnen rebellisch machen und die rausbekommen, dass ich einen Code geknackt habe, um an magische Informationen zu kommen, was meinst du, was die dann machen? Einmal Hirn formatieren und wahrscheinlich ziehe ich morgen schon nach Oxford oder so."

Kay öffnete den Mund, um zu widersprechen, doch dann musste sie zugeben, dass Jillian nicht unrecht hatte. „Also schön. Und jetzt?"

„Jetzt ...", Jillian lächelte siegesgewiss, „gehen wir da runter."

Sie deutete auf die Wartungsgrube hinter Kayleigh. Es gab zwei Parkplätze in jeder Garage und Kay parkte nicht gerne über der Grube, sie mochte beim Aussteigen aus dem Auto einfach kein Metallgitter unter den Füßen haben. Die Treppe, die hinunter führte, war schmal und schmutzig und Kay hätte so ziemlich alles auf der Welt lieber getan, als sie hinabzusteigen.

„Weißt du, wenn wir einfach sagen, du wolltest noch mal kurz zum Auto, weil da irgendwas drin liegt, was du brauchst und dann hast du was da unten aus der Grube gehört und wolltest nicht alleine runter ..."

„Schon verstanden. Igitt. Wehe, da unten wartet kein Zombie auf uns."

Jillian ging jedoch nicht direkt zu den Stufen, sondern zu der schmalen Werkbank an der Wand. Nach einem prüfenden Blick griff sie nach zwei Gegenständen und hielt

Kay beide hin. „Was ist dir lieber, Rohrzange oder ein großer Maulschlüssel? Ich nehme an, in beiden Fällen solltest du auf den Kopf zielen …"

Kay griff nach dem Maulschlüssel. „Ich will da unten auf gar nichts zielen müssen. Bringen wir es hinter uns."

Vorsichtig tasteten sie sich die Stufen hinunter. Das Innere der Wartungsgrube war mit Kacheln ausgekleidet, deren ursprüngliche Farbe Kay nur raten konnte. Jetzt dominierten Schmutz und Öl.

„Und was jetzt?" Vielleicht war ihre Zombie-Jagd ja schneller vorbei, als sie angefangen hatte …

„Jetzt müssten wir irgendwo das Versteck finden. Er schreibt, im alten Eiskeller, aber er hat wahrscheinlich nicht mit der Garage gerechnet."

Langsam und methodisch schritt Jill die Wände ab, klopfte mit der Zange vorsichtig dagegen.

„Und woher wusstest *du*, wo das sein soll?"

„Na hör mal, es gibt Pläne von dem Haus, damals und heute. Ich hab direkt angefangen, nach Geheimgängen zu suchen, als wir eingezogen sind!", erwiderte Jillian, als wäre es eine Selbstverständlichkeit.

Wie sie bei all den Umbauten die Orientierung behalten hatte, war Kayleigh ein weiteres Rätsel.

Egal, wo sie gegen die Wand klopfte, es klang überall gleich.

Um nicht untätig herumstehen zu müssen, begann Kay an der gegenüberliegenden Wand.

„Nicht da!", zischte Jill.

„Wieso nicht?"

„Weil auf der Seite die andere Garage ist, du Nuss", erwiderte Jillian mit einem vielsagenden Zwinkern.

Klar, also kein geheimer Friedhof hinter dieser Wand, nur Garagenfundament. Schränkte die Suche schon mal ein.

Die Suche nach einer Leiche.

Einem *Mordopfer.* Einem möglicherweise magischen Mordopfer. *Himmel, steh mir bei,* dachte Kay, doch der Himmel hatte das noch nie getan, warum sollte er jetzt damit anfangen? Wenn sie wirklich diese Knochen ausgruben, dann war doch garantiert der Ofen aus für Jillian und sie. Gegen wie viele Paragrafen verstieß das wohl? Ganz zu schweigen von weltlichen Dingen wie Störung der Totenruhe oder so.

Fast hätte Kay erschrocken gequietscht, als sie am oberen Ende der Wand Spinnweben berührte. Sie würde aussehen wie ein alter Staubwedel, wenn sie hier fertig waren!

Wieder klopfte sie gegen die Wand und dieses Mal – klang es hohl.

„Jill!", rief sie halblaut, doch ihre Schwester kam schon zu ihr herüber.

„Also muss es da sein. Aber wie ..." Jillian klopfte ihrerseits gegen die Kacheln, als wollte sie den Umfang der Öffnung dahinter abschätzen. Sie war voll und ganz auf den aktuellen Punkt an der Wand konzentriert und sah auf die Art nicht, was Kay mit Schrecken beobachtete: In den oberen Kacheln bildeten sich Risse. Erst nur ganz feine, als wären sie unter dem Dreck schon immer dort gewesen. Doch noch während Kay sie betrachtete, wurden sie breiter ... Ein leises Schaben und Knirschen begann, den Unheil verkündenden Anblick zu untermalen.

„Jillian, weg da! Sofort weg!" Ungeduldig zog Kay ihre Schwester am Arm. Sie wichen zurück, doch nicht schnell genug. Die ersten Kacheln lösten sich von der Wand.

„Siehst du, da!" Kay deutete auf das obere Ende der Wand. Ein Stück Putz folgte den Kacheln und sie blätterten jetzt immer schneller ab, fast als würde sie etwas von innen absprengen ...

Einen Augenblick starrten sie wie gebannt die Wand an, dann kam Jillian wieder zu sich.

„Raus hier!", rief sie und zerrte Kayleigh hinter sich her. Das Rumpeln hinter ihnen jagte sie die Treppe hoch, gerade so gelang es ihnen, nicht über ihre eigenen Füße zu stolpern. Staubwolken stiegen aus der Grube auf und nahmen ihnen die Luft zum Atmen.

Beide mussten husten. Der Staub drang durch das Gitter nach oben, hüllte die Garage in eine zunehmend undurchsichtige Wolke. Die vertrauten Umrisse von Kays Wagen wurden verzerrt und wirkten wie ein geducktes Raubtier, das gleich auf sie losgehen würde. Der Geruch nach Metall und Baustaub erfüllte die Luft, zusammen mit irgendetwas Chemischem. Die Mischung machte Kay das Atmen schwer und dass aus der Grube noch immer Geräusche klangen, als würde etwas kaputtgehen, trug nicht zu ihrer Beruhigung bei.

Jillian zerrte an der Tür und Kay spürte Panik in sich aufsteigen, als sie nicht aufging. „Ach, der Schlüssel", murmelte Jillian dann und fummelte ihn aus der Hosentasche. Sie schloss die Tür auf und sie stolperten in einer Wolke aus Dreck, Staub und modriger Luft hustend und spuckend nach draußen.

Vor ihnen erhellte ein rötlicher Schein die Luft. Kay wollte gerade zurückweichen, da erkannte sie Ignatius.

„Hol Robert", keuchte sie. „So schnell es geht."

Jillian stand vorgebeugt da, die Hände auf die Knie gestützt, und schnappte nach Luft. „Nix für Leute mit Hausstauballergie."

„In dem Fall wohl eher Gruftstauballergie. Hast du eigentlich irgendwas gesehen?"

„Nein. Nur die Kacheln und dann ist die Wand zusammengebrochen."

Kayleigh musterte sie von oben bis unten. Jillian bot ein furchtbares Bild für jede auf Sauberkeit bedachte Person. Spinnweben in den Haaren, von oben bis unten staubig. Statt ihrer kleinen Schwester stand eine Kreatur vor Kay, die selbst aus einer Gruft hätte stammen können. Unwillkürlich begann Kayleigh zu kichern.

„Warum lachst du?", fragte Jillian. „Hysterische Anfälle können unter diesen Umständen wahrscheinlich vorkommen, helfen uns jetzt aber nicht weiter."

„Ich bin nicht hysterisch. Es ist nur ... du siehst ja selbst aus wie ein Zombie. Pass auf, dass dich nicht gleich jemand exorziert oder was auch immer die machen."

„Pah. Hast du dich mal angeguckt, Madame? Wahrscheinlich würde nicht mal Brandon dich so erkennen."

Ein kratzendes Geräusch ließ sie beide herumwirbeln und reflexartig die Werkzeuge ein Stück heben. Einen oder zwei Herzschläge blieb es still, dann folgten weitere schabende und klirrende Geräusche.

„Hoffentlich sind das nur die Kacheln, die von dem Schuttberg rutschen", flüsterte Kay. „Was meinst du, wie lange braucht so ein Zombie, bis er richtig wach ist und aus seinem Grab steigt?"

Jill zuckte mit den Schultern, ohne die Garage aus den Augen zu lassen. „Wenn wir Glück haben, hat er ein Schienbein verloren und kommt die Treppe nicht mehr hoch oder so ... Oder er braucht eine Weile, um seine Knochen richtig zusammenzusetzen."

„Man wird doch wohl wissen, wo seine eigenen Knochen hingehören!", hielt Kayleigh dagegen.

„Sicher? Jetzt ist das ja alles fest verbunden, aber stell dir mal vor, du müsstest im Halbschlaf den ganzen Kram sortieren und die Bedienungsanleitung ist schon längst zu Staub zerfallen."

Wieder klapperte es in der Garage. War da jemand auf die Stufen der Wartungsgrube getreten? Die Schwestern wichen einen Schritt zurück. Kay packte ihr Werkzeug fester.

„Sag mal, Jillian, was genau tut man eigentlich gegen solche ... magischen Wiedergänger?", wollte Kayleigh wissen.

„Normalerweise verbrennen. Doch er hat geschrieben, auf gar keinen Fall verbrennen, also bleiben noch zwei Möglichkeiten: Man kann einen neuen Bann aussprechen oder ..."

„Oder?" Kayleigh ahnte zwar, dass ihr nicht gefallen würde, was Jillian zu sagen hatte, aber schon wieder polterte es laut in der Garage. Sollte gleich ein wütendes Skelett herauskommen, musste sie vorbereitet sein.

„Oder man haut oft genug auf die Überreste drauf. Bis sie so klein sind ..."

„Danke, reicht", unterbrach Kayleigh sie.

Jillian zuckte mit den Schultern, als wollte sie sagen: „Du hast gefragt."

Vom Haus her näherten sich Stimmen und Kayleigh wusste nicht, ob sie erleichtert sein oder erst recht Angst bekommen sollte.

„Vergiss nicht, was im Auto vergessen, Geräusche aus der Grube ...", mahnte Jillian.

„Schon klar. Hoffen wir nur, dass die das auch brav alle schlucken."

Jillian verzog unter all dem Staub das Gesicht. Inklusive Melody und Robert kamen insgesamt acht Zauberer auf sie zu und keiner von denen wirkte sonderlich erfreut. Vorneweg, kaum mehr als ein beweglicher Schatten auf dem Gartenweg, trippelte die allgegenwärtige Katze.

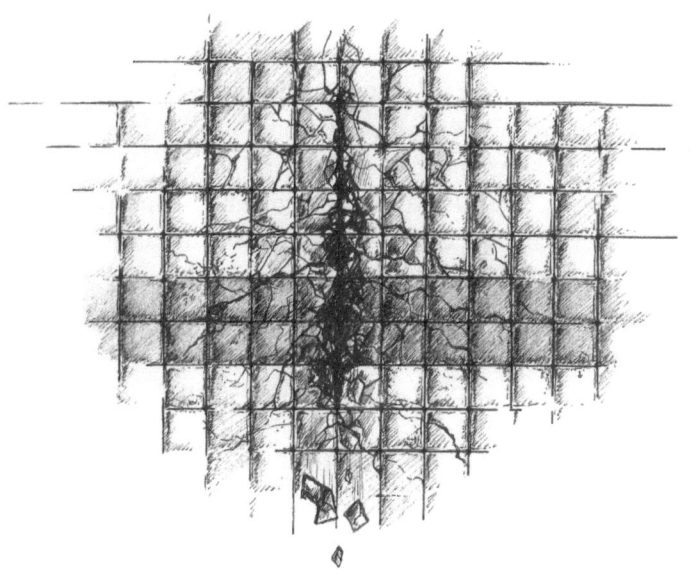

NICHT FÜR NICHTMAGISCHE

OHREN

Schmutz und Spinnweben verschwinden zu lassen, kostete Melody nur eine lässige Handbewegung. Alle anderen bestürmten Jill und Kay mit Fragen, oft mehrmals mit denselben, statt ihnen zu helfen, wieder sauber zu werden.

Irgendwie schafften sie es, das Wort „Zombie" oder auch „Leiche" zu vermeiden, aber auch nur, weil Jill einmal einen Hustenanfall vortäuschte, als Kay kurz davor war, sich zu verplappern. Letzten Endes blieben sie bei „... und dann ist die Wand eingestürzt und wir sind rausgerannt, aber da muss irgendetwas sein ..."

Wie um ihre Worte zu unterstreichen, ertönten erneut Geräusche aus der Garage. Kayleigh zuckte zusammen.

„Ich gehe runter", beschloss Melody und obwohl sie augenscheinlich die Jüngste in der Truppe war, erhob niemand Einwände.

„Ich komme mit", war alles, was ein Magier in Kayleighs Alter dazu sagte.

Melody nickte und die beiden betraten die Garage, als hätten sie so etwas schon unzählige Male zusammen gemacht.

„Und ihr, zurück mit euch", sagte Robert und führte sie und Jillian von der Garage weg.

Sie hielten den Atem an, bis auf einmal Melodys Stimme ertönte. „Wir brauchen einen Nekromanten hier unten, wenn möglich vorgestern! Alle anderen verschwinden bitte."

Kay traute ihren Augen kaum, als sich eine Magierin, die vielleicht um die vierzig sein mochte und ihre weißblonden Haare zu einem langen Zopf geflochten hatte, entschlossen dem Ruf folgte, während sich alle anderen Magier gehorsam umdrehten und zu ihnen aufschlossen.

„Im Haus sind wir sicher, denke ich", sagte Ronald Ashby. Sein Blick lag auf eine forschende Art auf Kay und Jillian, die Kay nicht gefiel.

Trotzdem gingen sie widerstandslos mit ins Wohnzimmer und nahmen dankbar den Tee an, den Noah ihnen wenig später brachte.

„Nächstes Mal, wenn da draußen solche spektakulären Dinge passieren, passt du auf Brandon auf und ich gehe mit raus", beschloss er mit einer Hand auf Roberts Rücken.

„Du hättest mitkommen können, Brandon war absolut sicher mit Frosty vorm Bett und Ignatius vor dem Fenster", erwiderte Robert.

„Ich bin trotzdem froh, dass ihr ihn nicht ganz alleine im Haus gelassen habt", warf Kay ein und lächelte Noah dankbar zu.

„Er schläft jedenfalls friedlich, also kein Grund, dir Sorgen zu machen", meinte Noah.

Kay unterdrückte den Impuls, trotzdem nach ihm zu sehen. Sie hörte keinen Ton von oben und wozu sollte sie ihn jetzt dadurch wecken, dass sie Licht in seinem Zimmer machte?

„Also, Sie hatten etwas in Ihrem Auto vergessen? Und man muss zu zweit nachsehen?", begann Ashby das Gespräch. Vielleicht lag es an der durchdringenden Art, wie er sie musterte, vielleicht war es nur ihr generelles Misstrauen ihm gegenüber, jedenfalls fühlte sich Kayleigh schon wieder, als wollte er sie verhören. Endlich fand sie einen Weg, ihrem wachsenden Ärger Luft zu machen.

„Was weiß ich denn, was mich da draußen möglicherweise anspringt?", erwiderte sie. „Da sind diese verrückten Feen, Ignatius ist ja wenigstens auf meiner Seite, aber ich habe keine Ahnung, ob die niedlichen Käuze da draußen nachts riesengroß werden und zufällig nichtmagische Menschen fressen! Stellen Sie sich mal vor, sie wären auf einem fremden Kontinent, haben keine Ahnung von Flora und Fauna und das Beste ist: Niemand klärt Sie darüber auf! Ist da draußen möglicherweise etwas giftig oder sonst wie tödlich? Wissen Sie ja nicht! Wahrscheinlich widerspricht es irgendeiner Vorschrift, Nichtmagische vor lebensgefährlichen Dingen zu warnen, so wird man sie ja auch viel schneller wieder los. Also, Sie sind auf diesem fremden Kontinent, können sich nicht verteidigen und sind sich auch nicht sicher, ob man besonders unglücklich wäre, wenn einmal mehr ein dummer Tourist den ansässigen Raubtieren in die Hände fällt. Also, gehen Sie dann alleine raus?"

Einen Moment war das Schweigen im Raum so dick, dass man es hätte greifen und zu Kugeln formen können.

„Nun, sie hat da ein paar gute Argumente vorgebracht", befand schließlich ein älterer Zauberer mit scharfen Gesichtszügen.

„Durchaus", stimmte ihm eine Frau zu, die ihm ziemlich ähnlich sah.

„Nun, und deswegen haben Sie wahrscheinlich auch diese Werkzeuge mit in die Grube genommen?" Dabei wanderte Ashbys Blick von Kay zu Jillian. Jill holte tief Luft und Kay befürchtete das Schlimmste. Ihre Befürchtung wurde bestätigt, als Jillian todernst „Nein", sagte.

„Bitte?"

„Nein. Ich war der Meinung, wir nehmen das Werkzeug mit da runter, weil wir gleich mal nachsehen können, ob mit Kays Auspuff noch alles in Ordnung ist. Oder waren es die Reifen, die wir wechseln wollten?" Sie tat einen Moment, als müsste sie nachdenken.

Aus den Augenwinkeln sah Kay, wie Robert die Augen schloss und Noah eine Hand vor den Mund hob.

„Ich glaube, tatsächlich war es die Scheibenwaschanlage und es hätte ja sein können, dass jemand noch einen Ölkanister mit Wintermischung in der Grube vergessen hat."

Kay hielt den Atem an. Noah legte Robert beruhigend die Hand auf die Schulter. Wenn das überhaupt möglich war, dann wurde das Schweigen noch angespannter – und dann begann der jüngste Magier im Raum zu lachen.

Gedanklich zählte Kayleigh nach. Waren nicht fünf Zauberer angekündigt gewesen? Hier im Raum befanden sich mit Ashby, dem jungen Magier und den beiden, die Kayleigh für Geschwister hielt, schon vier fremde Zauberer. Dazu Melody und die beiden Magier, die mit ihr in die Garage vorgedrungen waren. Ergab nach Kayleighs Rechnung sieben, nicht fünf. Was war hier los?

„Ich sehe, du hast entweder eine gewisse Ahnung von Autos oder absolut keinen Schimmer." Der junge Zauberer grinste.

Kay konnte unmöglich sagen, wie alt er war. Gerade durch dieses Grinsen wirkte er noch recht jungenhaft, doch sobald er ernst wurde, schien er nicht viel jünger zu sein als sie selbst.

„Zumindest genug Ahnung, um kein Öl in die Scheibenwischanlage zu füllen und die Reifen nicht mit einer Rohrzange wechseln zu wollen", erwiderte Jillian und ihre Stimme klang plötzlich deutlich weicher.

„Ich weiß, ich habe keine Stimme in diesem Ausschuss", erklärte der junge Mann, „aber im Ernst: Es war nur vernünftig, kurz vor Halloween nicht alleine im Dunkeln rauszugehen. Wenn ich Geräusche aus meiner Garage höre, gehe ich auch nachsehen. Bevor noch die Kobolde mein Auto in Einzelteile zerlegen." Er zwinkerte Jillian zu.

„Oh, können sie das?", wollte sie mit großen Augen wissen.

„Soll schon vorgekommen sein", erwiderte Robert, als wollte er damit zeigen, dass er auch noch anwesend war.

„Na, dann haben wir doch im Endeffekt alles richtig gemacht, oder nicht?", meinte Kay mit einem fragenden Blick in die Runde. Täuschte sie sich, oder zuckte es um die Mundwinkel der beiden Magier, die sich so ähnlich sahen, ganz leicht?

„Ich kann kein Fehlverhalten feststellen. Weder von Ihnen noch von jemand anderem", musste Ashby dann auch tatsächlich zugeben. „Wir könnten jetzt einen Wahrheitszauber einsetzen ...“

„Wozu? Es sieht ja schließlich so aus, als hätten sie uns mit ihren Geräuschen aus der Grube auf eine wichtige Spur gebracht“, unterbrach ihn die Frau.

„Ja, wozu ...“, murmelte er nachdenklich, ohne Jill und Kay aus den Augen zu lassen.

„Was ist da unten jetzt eigentlich passiert?“, wollte Jillian mit dem unschuldigsten Gesichtsausdruck der Welt wissen.

Der junge Mann, der keine Stimme im Ausschuss hatte, lächelte still vor sich hin.

„Das wird uns Miss Brook schon sagen, wenn sie zurück ist“, wich Ashby aus.

„Und vermutlich ist das dann wieder nicht für nichtmagische Ohren gedacht, oder?“, folgerte Kay. „Ich würde nämlich gerne noch unter die Dusche, bevor ich ins Bett gehe. Nichts gegen Melodys Sauberkeits-Zauber, aber wir Nichtmagischen sind das nicht so gewöhnt und ziehen Wasser und Seife vor.“

Ein knappes Nicken von Ashby und sie waren entlassen. Ihre Onkel sahen aus, als wären sie entweder kurz vor einem Lachanfall oder einem Herzinfarkt oder irgendwo dazwischen. Noah schien mehr zu dem Lachanfall zu tendieren, hatte aber eine Hand nach wie vor auf Roberts Schulter liegen.

Jillian rauschte wortlos hinaus, Kay sagte noch im Vorbeigehen „Gute Nacht“ zu den beiden. Während es Robert für den Moment anscheinend die Sprache verschlagen hatte, antwortete Noah mit „Schlaft gut“ und diesem Zwinkern, das so typisch für ihn war.

Bis zum ersten Stockwerk gingen die Schwestern nebeneinander her. Auf dem oberen Flur hob Jillian nur die Hand und schaute Kay vielsagend an. Kayleigh öffnete den Mund, um zu einer Rede darüber auszuholen, dass Jill ihre Ausnahmegenehmigung nicht auf diese Art gefährden sollte. Doch dann gab sie ihrer Schwester doch ein High Five und erwiderte Jills Grinsen.

„Na, war der Tritt in die magischen Hintern jetzt fest genug?", fragte Kay.

„Wir werden sehen", erwiderte Jillian schulterzuckend, dann wandte sie sich ihrem Turm zu.

Kopfschüttelnd ging Kay nun doch zuerst zu Brandons Zimmer. Vorsichtig öffnete sie die Tür ... und stolperte sofort wieder zurück, als ihr ein wütendes Zischen und eiskalte Luft entgegenschlugen. Vor ihrem Gesicht schwebte Frosty und erinnerte an eine sehr große Hummel. Als er sie erkannte, riss er die Augen schuldbewusst noch weiter auf und gab einen leisen Ton von sich, der verdächtig nach einer Entschuldigung klang.

Nach dem ersten Schreck musste Kay zugeben, dass er für ihren Geschmack lieber zu gut auf Brandon aufpassen sollte, als dabei nachlässig zu sein.

„Schon gut", sagte sie daher. „Schläft er?"

Frosty flatterte etwas unbeholfen zur Seite. Im Licht der Flurlampe zeichnete sich ein ruhig atmendes Bündel unter der Bettdecke ab.

„Gute Nacht, ihr zwei", flüsterte Kay und schloss leise die Tür.

Zu erledigt, um noch groß über die Ereignisse der Nacht nachdenken zu können, war Kay nach ihrer Dusche erst ins

Bett und dann fast augenblicklich in Tiefschlaf gefallen. Dafür war sie nun viel zu früh wach. Augenblicklich nahm das Gedankenkarusell wieder Fahrt auf. Hoffentlich war bei dem spontanen Einsatz in der Garage niemand verletzt worden, vor allem Melody nicht.

Zu unruhig, um liegen zu bleiben, schwang sie schließlich die Beine aus dem Bett und machte sich auf den Weg in die Küche. Als sie an Jills Turm vorbeikam, fiel sie aus allen Wolken: In dem ansonsten stillen Haus war von dort schon leises Rumoren zu hören. Seltsam, Jillian war nicht unbedingt eine Frühaufsteherin, ganz im Gegenteil.

Im Laufe des Tages versuchte Kay, aus Melody und ihren Onkeln herauszubekommen, was in der Garage passiert war, doch sie biss auf Granit. Wenigstens schienen alle unversehrt geblieben zu sein. Das beruhigte Kayleigh, stillte aber ihre Neugier nicht. Auch an den folgenden Tagen verloren Melody, Bob und Noah kein Wort über die Zombie-Jagd oder über Jillians Genehmigung und Kayleigh wurde immer ungeduldiger. Jillian selbst war voll und ganz auf das magische Notizbuch fixiert und Kay ertappte sie dabei, wie sie durch das Haus lief, die Nase in dem Buch, und murmelte: „Ja, das ist schön, aber wer bist du?"

Ob sie Bob nach früheren Bewohnern der Lodge fragen sollte? Oder wäre das zu auffällig? Ephraim war einer ihrer Vorfahren gewesen, doch Kayleigh wusste sonst nichts über die Geschichte des Hauses. Hatte seit Urgroßvater Ephraim immer nur ihre Familie in der Lodge gelebt? War dann einer ihrer toten Verwandten ein kaltblütiger Mörder?

Eine angespannte Ruhe machte sich in den Tagen nach der Zombie-Jagd in der Lodge breit. Die Katze war launischer als sonst, Melody, Bob und Noah steckten hin und wieder verschwörerisch die Köpfe zusammen, aber es ergab sich nichts Neues. Umso spektakulärer wirkte es, dass eines Abends der junge Magier ohne Stimme im Ausschuss, David Miller, wie Kayleigh inzwischen wusste, vor der Tür stand.

Kay fragte ihn, ob er zu Robert wollte, doch er schüttelte nur den Kopf. „Ich wollte ...", begann er, doch da kam Jillian auch schon herangeeilt.

Sie stürzte nicht gerade auf die Haustür zu, das wäre ihr auch im Traum nie eingefallen, aber sie wirkte zielstrebiger als sonst.

„Hi, David. Von mir aus können wir", begrüßte sie ihn. Sie war schon halb zur Tür hinaus, als Kay sich räusperte.

„Zehn?", fragte Jill nur.

„Viel Spaß", erwiderte Kay und entließ ihre gar nicht mehr so kleine Schwester. Ja, zehn Uhr war da wirklich noch ein ziviler Wunsch. Mal sehen, wie lange es dauern würde, bis sie erst im Morgengrauen nach Hause kam oder gar nicht mehr.

„Wer war das denn?", fragte Robert, der aus dem Arbeitszimmer kam.

„David."

„Und ... wo ist er?"

„Na ja", erwiderte Kay grinsend, „er war nicht wegen dir hier, sondern um Jillian abzuholen." Dass sie selbst total überrascht gewesen war, ließ sie großzügig unter den Tisch fallen.

„Bitte was? Und wann sind sie zurück? Spätestens neun?"

„Zehn", erwiderte Kay.

Einen Moment lang wirkte er, als würde er zur Tür laufen und die beiden aufhalten wollen.

„Ist das nicht etwas spät?"

„Nein!", erwiderte Kay, zu ihrer Überraschung gleichzeitig mit Chleo und Noah, die gerade aus dem Keller auftauchten.

„Junghexen, Robert. Bloß nicht zu viele Verbote", meinte die Katze fröhlich.

„Aber ... sie ist nicht mal eine Hexe!"

„Ach ja. Na ja, das erspart uns die Peinlichkeit, dass sie den Kerl aus Versehen in eine Kröte oder Schlimmeres verwandelt und wir ihn retten müssen. So bleibt es maximal bei Ohrfeigen, wenn er sich nicht benimmt."

„Wenn er *was?*"

„Meine Güte, Onkelchen, du warst doch auch mal jung! Und ich lebe schließlich auch noch!", lachte Kay.

„Oh ja, wir waren definitiv mal jünger", bestätigte Noah und als Robert ihn ansah, trat einen Moment lang ein regelrecht versonnener Ausdruck in sein Gesicht, der aber gleich wieder von Sorge abgelöst wurde.

„Das ist es ja! Ich war auch mal jung. Ich weiß, wie Jungs in dem Alter ticken", bemerkte er in einem Tonfall, als würde er den Weltuntergang prophezeien.

Noah versuchte sich das Lachen zu verbeißen, doch es wollte ihm nicht gelingen.

„Das ist eine ernste Angelegenheit, wie kannst du dich jetzt über mich lustig machen!", schimpfte Robert scherzhaft. „Na komm, stehen wir nicht länger hier rum, sondern erinnern wir uns lieber an alte Zeiten." Damit legte er einen Arm um seinen langjährigen Gefährten und wandte sich von der Haustür ab. „Meinst du nicht, wir sollten vielleicht doch die anderen Sessel in die Garderobe stellen? Kay, schau mal ..."

Kayleigh lächelte in sich hinein. Wenn man nach Jahren noch so verliebt war, war doch im Leben einiges richtig gelaufen ... Sie sah das bei ihren Onkeln und auch jedes Mal, wenn sie George und Matilda besuchte. Als Matilda im letzten Jahr auf einer gefrorenen Pfütze ausgerutscht war und sich den Arm gebrochen hatte, hatte George sie kaum eine Minute allein gelassen und sein Bestes getan, ihr den Haushalt abzunehmen, obwohl sie noch erstaunlich gut zurechtgekommen war. Da es Robert durch die magischen Statuten verboten gewesen war, sie zu heilen, waren Kayleigh und Brandon in der Zeit öfter dort gewesen, um zu helfen oder einkaufen zu gehen. Kayleigh erinnerte sich noch an den liebevollen Spott, der ständig zwischen dem Paar in der Luft lag. Unweigerlich schweiften ihre Gedanken zu der Frage, ob es bei ihr und Collin vielleicht auch so gewesen wäre. Ob es vielleicht das Richtige hätte sein können.

Kayleigh ging auf, dass sie absolut nichts von dem mitbekommen hatte, was ihre Onkel zur Einrichtung der Garderobe gesagt hatten.

Brandon streckte den Kopf aus der Arbeitszimmertür. „Onkel Robert, guck mal, ich glaube, ich kann das jetzt mit ...", begann er, aber dann fiel der Blick auf sie und er brach ab.

„Schlimm, wenn die Kleinen groß werden und man sie allmählich loslassen muss, nicht wahr?", konnte sich Kayleigh nicht verkneifen und wandte sich wieder der Küche zu. „Da müsst ihr den Anflug von Nostalgie jetzt wohl zugunsten der Ausbildung der nächsten Generation verschieben. Ich kann zwar nicht zaubern, aber kochen. Und das werde ich jetzt tun, ich hab nämlich Hunger."

„Ich koche dann morgen ...", hörte sie Robert noch sagen, bevor die Tür hinter ihr zufiel.

Sollte er sich nicht beschweren, sie musste Brandon viel früher aus der Hand geben, als es ihm mit Jill und ihr passiert war. Gute Güte, in dem Alter, in dem Jillian jetzt tatsächlich mal mit jemandem wegging, waren andere Mädchen schon ungewollt schwanger! Oder schwänzten die Schule oder wusste der Geier. Wahrscheinlich war es genau deswegen so seltsam zu sehen, wenn sich Jillian wie ein gewöhnlicher Teenager benahm. Zumindest ansatzweise. Die meisten Teenager versuchten, längere Ausgehzeiten auszuhandeln. Entweder, Jillians übliche Vernunft drängte sie dazu, vor der Schule genug Schlaf zu bekommen, oder dieser Zauberer war nicht so spannend, wie Kay jetzt dachte ...

Sie erstarrte mit der Hand vor der Schranktür und bemerkte kaum, dass der Schrank von selbst aufging. Magier. Spannend. Jillian und ihre Logik. „Oh, du kleines Biest", murmelte Kay.

„Hast du gerufen?", fragte Chleo von der Tür.

Kay zog nun endgültig Töpfe aus dem Schrank. „Nicht direkt, aber wenn du dich angesprochen fühlst: Hast du mitbekommen, wann sich Jillian mit David verabredet hat?"

„Sicher."

„Und wann?"

„Geht dich das was an?"

„Geht es *dich* was an? Also, raus damit!"

So erfuhr Kay, dass Jillian am Morgen nach dem Garagenzwischenfall in aller Frühe schon auf der Veranda gesessen hatte, als die Magier nach der durchpalaverten Nacht allmählich den Heimweg angetreten hatten.

„Und seitdem läuft das."

„Läuft *was*?", fragte Kay und drehte sich zu der Katze um.

„Na, was wohl? Telefonate, dieses Internet ... jetzt sei doch nicht blöd. Warst du auch mal so alt oder warst du auch mal so alt?"

„Ja, irgendwann mal", seufzte Kay. Die Katze hatte tatsächlich recht, warum fragte sie eigentlich so ahnungslos?

„Also, du redest wieder mit mir?", fragte sie. Die Katze hatte sie seit Kays Aufstand vor der Sitzung eisig angeschwiegen.

„Mau?", machte Chleo und wandte sich ihrem Futternapf zu.

„Du *bist* ein Biest", stellte Kay fest.

Aus Richtung des Napfs kam ein halb vom Zerbrechen des Trockenfutters übertöntes „Danke sehr" und Kay verdrehte die Augen. Katzen!

Kinder des Mars

Zwar kehrte Jillian pünktlich von ihrem Date zurück, hüllte sich danach jedoch in Schweigen. Es war natürlich absolut unauffällig, dass Robert sie am nächsten Morgen persönlich zur Schule fuhr. Kay grinste in sich hinein, über den Frühstückstisch hinweg tauschte sie vielsagende Blicke mit Noah. Ihre gute Laune färbte auf Brandon ab, der inzwischen eine Reihe neuer Bücher für Magier-Kinder gefunden hatte, die sich selbst vorlasen.

Als sie die Teestube betraten, zog Melody gerade hastig den Ärmel ihres Pullovers bis fast zu den Fingerspitzen herunter. Sie lächelte wie immer, doch Kay hatte zu viel Zeit damit verbracht, Brandons Unschuldsmiene zu durchschauen, wenn er irgendetwas getan hatte, was er nicht sollte, um sich täuschen zu lassen.

„Geht's dir gut?", fragte sie.

Mit der anderen Hand winkte Melody ab. „Sicher, alles bestens, wie immer."

Kays Blick fiel auf die beiden benutzten Tassen auf der Theke. Die Teestube hatte noch nicht geöffnet und von der Familie war noch keiner hier gewesen, also wessen Tasse war das?

Ging es Kay überhaupt etwas an, wenn Melody Besuch in der Teestube empfing? Jillian hätte wahrscheinlich gesagt, dass der Besuch an sich Kay nichts anging, aber der Aspekt „in der Teestube" sehr wohl, schließlich kamen damit fremde Leute in ihr Zuhause.

„War schon jemand hier heute Morgen?", fragte sie daher möglichst beiläufig.

„Nur ein alter Freund", erwiderte Melody, wich ihrem Blick aber aus und strich sich eine Haarsträhne aus dem Gesicht.

Alter Freund, soso. Und Jillian ging mit Sicherheit auch nur mit diesem David aus, weil sie sich Informationen erhoffte. Deswegen hatte sie auch heute Morgen noch nichts erzählt, war sogar gegen alle Gewohnheiten schon wach gewesen, als Kay in die Küche gekommen war und hatte mit seltsam abwesendem Blick am Tisch gesessen.

„Du kennst ihn sogar flüchtig", fuhr Melody zu Kays Überraschung fort.

„Wie das? Ein Gast der Teestube?"

„Nicht ganz. Erinnerst du dich an diesen Garagenvorfall?"

„Wie könnte ich den vergessen."

„Der Magier, der mit mir zusammen da rein ist. Sein Name ist Aaron Blackmoore und er ist … bei derselben Truppe wie ich."

„Welche Truppe?"

Daraufhin legte Melody wieder mit vielsagendem Blick einen Finger an die Lippen.

„Also schön, dann ist es wahrscheinlich auch ein riesen Geheimnis, wieso mehr als fünf Magier hier waren, oder?"

„Natürlich ist es das", erwiderte Melody. „Aber du weißt es tatsächlich schon."

Verwirrt schaute Kay ihr zu, wie sie Teelichter in Windlichter stellte. Sie wusste es schon .... Nun, sie wusste ja nicht allzu viel ...

„Wir ändern die Deko?", fragte sie und hoffte auf den Effekt, dass es ihr schneller einfallen würde, wenn sie über etwas anderes nachdachte.

„Oh ja!" Melody strahlte über das ganze Gesicht wie ein Kind vor Weihnachten. „Es ist Ende September. Kurz vor Halloween! Glaub mir, Kay, was du bis jetzt in der Lodge erlebt hast, ist nichts gegen Halloween. Es ist für Magier wie eine Mischung aus Weihnachten und Fasching. Die meisten schmücken ihre Häuser mit magischer Dekoration, die so aussieht, als wäre sie aus dem Supermarkt um die Ecke, damit sie nicht auffällt. Das wird ganz wunderbar! Und es gibt Kürbiskuchen und erst die Halloween-Feier in der Lodge!"

Melodys Augen leuchteten so strahlend auf, dass Kay den Eindruck bekam, es würde in der Teestube heller werden. Wenn sie so darüber nachdachte, war es logisch. Wann sollten Magier sonst ausflippen, wenn nicht an Halloween? Wobei die Betonung wahrscheinlich auf „Magier" lag, sie konnte sich nicht vorstellen, dass Nichtmagische zur Party zugelassen waren.

„Nun, dann wünsche ich euch schon mal viel Spaß", meinte Kay mit einem müden Lächeln.

Melody machte eine scheuchende Bewegung mit der Hand, die sie nicht im Ärmel ihres Pullis verbarg, und die Windlichter, schwarz mit Aussparungen in Form eines Kürbisgesichts, wanderten zu den Tischen.

Sie wandte sich wieder Kay zu und stemmte die Hände in die Hüften. „Oh nein, so schnell kommst du mir da nicht davon! Natürlich kommt ihr zu Halloween rüber! Alles andere lasse ich nicht gelten. Was willst du sonst machen, mit Jillian drüben rumsitzen und *Addams Family* gucken? Nichts gegen das Fernseh-Programm, aber es ist Halloween! Da werdet ihr nicht alleine im Haus sitzen, während hier die Post abgeht. Sogar die Katze kommt!"

„Die Katze hat ihre Nase überall drin."

„Na und?"

„Aber Brandon ..."

Melody winkte ab. „Ich wette um alles, was du willst, dass Brandon irgendwann auf irgendeiner Bank oder, wenn er ein bisschen was mit mir gemeinsam hat, sogar unter einem Tisch einschläft. Brandon ist ein Magier-Kind und kein Magier-Kind auf dieser Welt geht früh ins Bett, wenn die ganze magische Welt außer Rand und Band ist."

„Das ist ja alles gut und schön, aber *dürfen* wir überhaupt da sein?"

Melody zwinkerte ihr verschwörerisch zu. „Glaub mir, wenn sie euch nicht vor Halloween aus der Lodge werfen, kann man gar nicht vor euch verheimlichen, was hier in Wahrheit alles los ist. Halloween ist ... sehr aufschlussreich." Ein weiteres Zwinkern und Melody bückte sich, um eine Packung Servietten aus dem Schrank unter der Arbeitsfläche zu nehmen. In Knall-Orange natürlich.

Brandon hatte gespürt, dass etwas im Gang war, sein Buch liegen lassen und war näher gekommen. „Oh. Was ist das denn?", wollte er mit einem Blick auf die Servietten wissen.

„Das ist Halloween", erwiderte Melody. „Jetzt pass mal gut auf und behalt die Teestube genau im Auge. Fertig?"

Brandon nickte begeistert.

Eine weitere Handbewegung, ein paar mit den Lippen geformte Worte und Brandon jauchzte begeistert. Kay musste sich vor Staunen die Augen reiben. Innerhalb von Sekunden waren schwarze und orangene Girlanden an den Wänden und der Decke erschienen, die Windlichter flackerten fröhlich, das Deckenlicht war heruntergedimmt und auf den Tischen lag Streudeko in orange, schwarz und grün. Auf der Theke standen in regelmäßigen Abständen Papierlampions mit Kürbisfratzen darauf. Einen Moment fühlte sich Kay wie auf einen Kindergeburtstag versetzt, nur dass hier noch etwas in der Luft lag. Es war schwer zu greifen, vielleicht konnten es die Magier besser erfassen als sie, aber *dass* da etwas war, eine gespannte Erwartung, geballte Vorfreude, etwas in der Art, entging selbst ihr nicht.

„Wir sollten dir einen Halloween-Crashkurs geben, damit du nicht von dem ganzen Zirkus überrascht wirst", meinte Melody und rückte einen der Lampions ein Stück zur Seite.

„Ich glaube auch", erwiderte Kay. Und dann, aus heiterem Himmel, fiel ihr ein, worüber sie nicht hatte nachdenken wollen. Natürlich kannte sie einen möglichen Grund dafür, dass während der Sitzung des Ausschusses noch weitere Magier in der Lodge gewesen waren! Die Sache mit den Schlüsseln, das musste es sein!

Was hatte Chleo gesagt? Man informierte die Kavallerie? Gehörten David und dieser Aaron demnach dazu? Melody hatte von derselben Truppe gesprochen, also musste sie ebenfalls ein Teil davon sein. Bei der Sache in der Garage hatte sich Melody nicht verletzt. Der Grund, warum sie ihren Arm verbarg, musste ein anderer sein. Was trieb sie, wenn sie nicht in der Teestube war?

Kayleigh dachte an die Dinge zurück, die sie über Collin erfahren hatte. Dass er zu einer besonderen Gruppe von Magiern gehört hatte. Wie viele solcher besonderen Gruppen von Magiern gab es? Handelte es sich bei Melodys ominöser *Truppe* vielleicht um dieselben Leute?

Zu gern hätte Kayleigh jetzt die Spionage-Qualitäten von Chleo oder Jillian gehabt. Doch sie konnte weder Codes knacken noch stand sie außerhalb aller Regeln. Dafür musste sie auch nicht mehr befürchten, die Lodge noch einmal verlassen zu müssen.

Ihre Bleibe-Versicherung drehte sich gerade mit großen Augen mitten in der Teestube im Kreis und landete schließlich kichernd auf dem Hosenboden. Zumindest Brandon hatte mit diesem Halloween-Irrsinn jetzt schon einen Heidenspaß. Kayleigh ertappte sich bei einem Lächeln. Nun, da konnte sie jetzt wirklich nicht den Spielverderber geben. Blieb noch die Frage, ob sie sich um ein Halloween-Kostüm kümmern musste, oder ob das eines der Dinge war, die in der Lodge durch Zauberei geregelt wurden.

***

Noch hatte sich Kay nicht an die Halloween-Deko in der Teestube gewöhnt, da veränderte sie sich schon. Erst kaum sichtbar, dann wechselte ein Teil der Girlanden die Farbe von Orange zu Grün.

Ebenso offensichtlich war, dass David plötzlich recht regelmäßig in der Teestube auftauchte, obwohl Kay ihn vor der Sache in der Garage noch nie dort gesehen hatte. Dass Jillian seit Neuestem ebenfalls hereinschneite, sobald sie zu Hause war, und dass meistens nur wenige Minuten zwischen Jillians und Davids Auftauchen lagen, nahm Kayleigh mit einer Mischung aus stummer Billigung und Erstaunen zur Kenntnis.

Ihre kleine Schwester war niemand, der lauthals singend durch das Haus lief, wenn die gute Laune mit voller Wucht zuschlug, aber Kay ertappte sie tatsächlich dabei, dass sie summte. Fast wäre sie rückwärts aus der Küche gestolpert, so ungewöhnlich war dieses Verhalten, doch Brandon stürmte bereits herein und tat so, als wäre er am Verhungern, also war ein unauffälliger Rückzug unmöglich.

„Guten Morgen", sagte Jillian fröhlich.

„Ähm ... Morgen?", erwiderte Kayleigh und schluckte gerade noch die Frage herunter, ob es Jillian gut ging. Dieses Verhalten passte nicht zu ihr. Nach all ihrer Verärgerung in den letzten Wochen war es doppelt ungewohnt.

„Alles in Ordnung?", fragte Jillian.

Kayleigh konnte sich lebhaft vorstellen, wie verwirrt sie dreinschauen musste. „Ich denke schon. Und bei dir?"

„Sicher, alles bestens." Jill grinste von einem Ohr zum anderen und steigerte damit Kayleighs Verwirrung noch, falls das überhaupt möglich war.

Kay war so zerstreut, dass sie Brandon nicht einmal davon abhielt, Frosty auffällig unauffällig Kekse aus der Dose auf dem Tisch zuzuwerfen. Der Drache zog eine Krümelspur durch die ganze Küche und da ein Teil der Krümel eingefroren war, hätte man meinen können, es hätte gehagelt.

Jill, ganz in ihrem Kopfkino gefangen, verlor kein Wort über das Chaos in der Küche. Sie machte sich lediglich mit einem „Muss los, bis später!", nach wie vor summend, davon.

Einen Moment lang konnte Kayleigh nicht anders, als die Küchentür anzustarren. Noch einmal zermarterte sie sich das Hirn darüber, ob sie ihre Schwester jemals so erlebt hatte, doch erfolglos. Nicht einmal, wenn Jill einen Wettbewerb in der Schule gewonnen oder ein Zeugnis voller Einsen nach Hause gebracht hatte.

Als Robert hereinkam, beseitigte er das Chaos ganz beiläufig. Dafür achtete er umso mehr auf Kay.

„Was ist denn mit dir los?", wollte er wissen.

„Jillian hat gesummt", erwiderte sie düster und brachte ihren Onkel dazu, mit dem Wasserkocher unter dem Wasser zu erstarren.

„Unsere Jillian? Hummelchen? Deine Schwester?", fragte er.

„Meine Schwester. Zumindest war sie das noch, als ich sie gestern zum letzten Mal gesehen habe. Ich schwöre bei allem, was mir heilig ist, dass sie hier am Tisch gesessen und gesummt hat. Weißt du, wirklich ein Lied gesummt."

Der Wasserkocher war voll und lief über. Robert beeilte sich, das Wasser zuzudrehen und trocknete die Kanne und seinen Ärmel mit einem weiteren Zauber.

„Das ... ist höchst merkwürdig", befand er dann. „Meinst du ..." Er setzte sich mit nachdenklicher Miene an den Tisch.

Kay stand auf, um den Wasserkocher einzuschalten.

„Danke. Weißt du, das ist jetzt schon weitaus seltsamer als schwebende Bausteine."

„Ja, ich weiß."

„Die letzten Wochen lief sie hier rum, als würde sie jeden Moment ein Schwert ziehen und zu einem heiligen Rachefeldzug aufbrechen, und jetzt so was", fuhr Robert mit seinen Überlegungen fort. „Wenn es nicht Jillian wäre, müsste ich mich ernsthaft fragen, ob sie irgendwas genommen hat."

„Vielleicht eine neue Sorte Schokolade?", vermutete Kay.

Eine Weile sahen sie einfach zu, wie Brandon mit einer Hand sein Frühstück verputzte und dabei weiterhin die Keksdose an Frostys Adresse leerte. Der Drache sprang einem Keks hinterher, den Brandon ein Stück über dem Boden schweben ließ, und der Junge grinste glücklich.

Als Noah hereinkam, betrachtete er den Drachen, das Kind und die Kekse mit einem prüfenden Blick, musterte dann Robert und Kayleigh und entschied sich dafür, sich der Runde am Tisch anzuschließen.

„Jill hat heute Morgen gesummt", klärte Robert ihn nach einem leichten Anstupsen auf.

„Na so was", sagte Noah dazu nur.

Das Bild hatte inzwischen wirklich etwas Absurdes, wie sie da so versammelt waren. Kayleigh öffnete gerade den Mund, um Brandon zur Ordnung zu rufen, als Robert ihr zuvorkam: „Meinst du, es hat mit David zu tun?"

„Ich habe nicht die geringste Ahnung", erwiderte Kay. Sie konnte gerade noch die anderen Vermutungen herunterschlucken, über die sie nachdachte: Hatte Jillian im Haus wieder etwas gefunden, was nicht für ihre Augen bestimmt war? Einen weiteren Code geknackt? *Bitte, nur keine Leichen mehr in unmittelbarer Nähe meines Parkplatzes*, sandte sie ein stummes Stoßgebet aus.

Offiziell wusste sie natürlich noch immer nicht, was in der Garage versteckt gewesen war.

Der Wasserkocher blubberte und zischte und Robert schnippte abwesend mit den Fingern.

Brandon vergaß seine Keksjagd mit Frosty, als sich Schränke öffneten, Teebeutel in die Kanne wanderten, das Stövchen das alte verbrauchte Teelicht ausspuckte und sich das neue selbst entzündete.

Frosty war so darauf fixiert gewesen, dass er gefüttert wurde, dass er das alte Teelicht, das in hohem Bogen durch die Luft flog, mit ungewöhnlicher Schnelligkeit auffing und mit einem Happs vollständig im Maul hatte.

„Frosty, nicht!", rief Kay die berühmte Sekunde zu spät.

Der Drache verzog das Gesicht, schüttelte sich und spuckte einen unförmigen Klumpen aus.

Robert schaute das Stövchen missbilligend an. „Wie oft hab ich dir schon gesagt, du sollst kein Teelicht-Weitspucken hier drin veranstalten, hm?"

Irrte Kayleigh sich, oder wich das Ding ein Stückchen zurück?

Mit einem leisen Klappern sank die Teekanne darauf und vor Robert und Kay landeten zwei Tassen.

Brandon warf einen hoffnungsvollen Blick auf die Tassen und fragte: „Kakao?"

„Lieber Himmel!" Kayleigh sprang auf. Vor lauter Gesumme ihrer Schwester hatte sie glatt Brandons Frühstücks-Kakao vergessen. „Sag doch was!"

„Hab ich doch", erwiderte er mit seiner eigenen unerschütterlichen Logik.

Während Kay die Zutaten für den Kakao zusammensuchte, machte sich Noah an der Kaffeemaschine zu schaffen.

„Ich hätte dir auch einen Kaffee machen können", meinte sie.

„Ach was, ich bin froh, wenn ich was zu tun habe." Er winkte ab.

„Ich weiß nicht, was mir lieber ist: Wenn Jillian Leichen ausgräbt oder wenn sie summt", murmelte Kayleigh, während sie Milch in Brandons Tasse goss.

„Jill gräbt Leichen aus?" Plötzlich hatte sie Bobs ungeteilte Aufmerksamkeit.

„Ich bin ja nicht völlig blöd. Was soll hinter der Wand in der Garage sonst gewesen sein, wenn Melody nach einem Nekromanten gerufen hat? Fliegende Fische vielleicht?"

„Ich weiß ehrlich gesagt nicht, was die sich denken", polterte Robert zu ihrer grenzenlosen Überraschung los. „Du wirst sowieso in der Lodge wohnen bleiben, mindestens die nächsten fünfzehn Jahre! Und Jillian mag vielleicht ausziehen, wenn sie aus der Schule raus ist, aber sie ist eben noch nicht aus der Schule raus! Hier passieren alle naselang Dinge, die man euch nicht verheimlichen kann, also was soll der Unfug?"

Die Mikrowelle gab mit einem „Pling" zu verstehen, dass die Milch warm war, und Kay verbarg ihre Überraschung hinter dem Vorgang, Kakaopulver einzurühren.

„Nun, ich denke, das brauchst du nicht mir zu sagen. Was ist mit dem Ausschuss, was sagen sie zu Jillian?"

„Oh, eine Menge, aber ich bin mir sicher, das hast du dir schon gedacht. Dass sie jetzt mit David ausgeht, macht die Sache nicht besser und nicht einfacher! Der Junge ist einer der begabtesten jungen Magier, die wir haben."

„Natürlich, darunter wäre Jill wohl auch nicht mal mit ihm zur Bushaltestelle gegangen", seufzte Kayleigh und brachte damit Noah zum Lachen.

„Sagt die Richtige", erwiderte Robert plötzlich schmunzelnd. „Setz dich mal hin und trink deinen Tee. Ich bin in der Stimmung, ein paar Vorschriften zu brechen", verkündete er.

So schnell hatte Kayleigh selten auf einem Stuhl Platz genommen.

„Du bist auch nie sonderlich den Männern hinterhergelaufen, Käuzchen. Aber Collin, bei dem hast du alle Vernunft über Bord geworfen und dir damit eine ganz schöne Rosine aus dem Kuchen gepickt. Wäre er nicht verschwunden, wäre er wahrscheinlich mittlerweile in den Rängen der Marsianer so weit aufgestiegen, dass er sich aussuchen könnte, ob er überhaupt noch Außeneinsätze übernehmen wollte."

„Moment, was war das gerade? Marsianer? Er ist doch bitte kein Alien?" Besorgt musterte sie ihren Sohn.

Ihre Onkel schüttelten lächelnd die Köpfe. „Nein, nein, keine Angst", beeilte sich Noah zu versichern.

„Mittlerweile halte ich wohl alles für möglich", murmelte Kay.

„Du hast ja gesehen, dass es in der magischen Welt auch mal ruppig zugehen kann", erklärte Robert. „Man bekommt nicht alle Wesen da draußen so leicht unter Kontrolle wie einen Hausdrachen." Er betonte das letzte Wort besonders stark und Frosty zog sich unauffällig von Chleos Schale mit Katzenmilch zurück.

Keinen Moment zu früh, denn die Katze kam gerade zur Tür herein.

„Also, es gibt Wesen da draußen, die erfordern besondere Maßnahmen. Und dafür haben wir in der magischen Welt diverse Trüppchen, die das Ganze in den Griff bekommen, wenn es brenzlig wird. Die Spezialtruppe für gefährliche Fälle nennt sich ‚Kinder des Mars' und du solltest dir besser den offiziellen Namen merken."

Ein durchdringendes Fauchen unterbrach sie. Chleo sträubte das Fell und schaute sich suchend um. Frosty flatterte auf Brandons Schoß und die Katze postierte sich vor dem Stuhl und knurrte.

„Hey! Schnauze, Kätzchen!", fuhr Kay sie an. Alle Blicke im Raum richteten sich auf sie. Sogar Chleo war zu verblüfft, um etwas zu sagen. „Echt jetzt, Mieze, hat der böse große Eisdrache deine Milch eingefroren? Hättest du uns fünf Minuten früher mit deiner unheiligen Anwesenheit beehrt, wäre das nicht passiert. Und du, Frosty", wandte sie sich an den Drachen, der sich hoffnungsvoll in ihre Richtung bewegte, „wie oft haben wir dir schon gesagt, lass die Katze in Ruhe? Du hast die ganze verdammte Kekspackung gefressen, du kleiner Müllschlucker! Keine Katzenmilch! Das ist sowieso nur billiger Ersatz, weil Katzen richtige Milch gar nicht trinken können, also was willst du mit dem Kram? Zum letzten Mal: Lass. Die. Katze. In. Ruhe."

Besagte Katze starrte noch immer stumm zu Kayleigh auf.

„Sag ihm nächstes Mal einfach, er soll das lassen! Gefrorene Milch ist kein Grund, seine Manieren zu vergessen!", ermahnte Kay sie.

„Ich dachte, heute wäre Tag der vergessenen Manieren?", erwiderte Chleo vielsagend mit einem Blick auf all die Krümel, die Frosty verteilt hatte. Ohne ein weiteres Wort wandte sie sich um, trabte zu ihrem Futter zurück und murmelte dabei etwas, was nach „zurück in die Truhe" klang. In ihrem Umfeld verschwanden die Überreste des Keks-Massakers auf wundersame Weise.

„Ist ja nicht so, als könnte sie ihre Milch zum Kochen bringen, wenn sie wollte", seufzte Robert, hob dann seine Teetasse und prostete Kay damit zu. „Glückwunsch, langsam bekommst du den Dreh raus."

Brandon probierte die Worte „unheilig" und „verdammte Kekspackung" aus und Kay erwiderte trocken: „Ja, und er auch", bevor sie sich ein kurzes triumphierendes Lächeln erlaubte. Vielleicht war mit dem Terz zum Thema Drache vs. Katze jetzt endlich Schluss.

„Du wolltest mir gerade etwas erzählen", erinnerte sie Robert und befürchtete schon, er hätte es sich anders überlegt.

„Richtig. Also, Collin war bei den Kindern des Mars und er war verdammt gut in seinem Job. Wenn er hier wäre, würde er wahrscheinlich Melodys Einsätze koordinieren und oft die Köpfe mit ihr und Aaron zusammenstecken."

„Also Melody auch?"

„Melody, Aaron und die Nekromantin, die du gesehen hast. Kathy Hopkins ist bei den Geistern hier in der Gegend sogar recht beliebt. Und David ... ist auch bald so weit. Deswegen waren Aaron und David hier. Mit Jills Ausschuss hatte nur Melody zu tun, aber da Ashby eben auch gerade da war ..." Robert zuckte mit den Schultern. „Wobei David wohl nicht in die Einsatzabteilung gehen wird. Er ist das, was wir früher einen Bibliotheks-Zauberer genannt hätten."

Noah räusperte sich vielsagend.

„Das war doch gar nicht negativ gemeint, du alter Wichtigtuer!", zog Robert ihn auf, bevor er fortfuhr. „Wenn es in irgendeinem Archiv noch eine Information gibt, die wir dringend brauchen, aber nicht haben – ein Bibliotheks-Zauberer findet sie. Was nicht heißt, dass er dieses Archiv nicht zur Not im Alleingang gegen eine Invasion verteidigen könnte."

Bei diesen Worten nickte Noah zufrieden. Robert verdrehte die Augen und schüttelte den Kopf, bevor er ihm kurz zulächelte.

„Was ich damit eigentlich sagen will, ist –"

„– dass er theoretisch zu Jill passt, wie die Faust aufs Auge", beendete Kay den Satz. So viele neue Informationen und das ganz ohne Geheimcodes und Hilfe des Hauses. Das musste sie auch erst einmal verarbeiten.

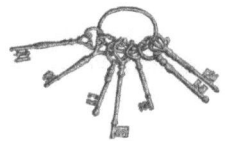

Abteilung Enigma

Sie schaffte es gerade noch kurz vor dem Öffnen in die Teestube. Melody sagte nichts, trotzdem fühlte sich Kay zu einer Erklärung genötigt und sagte daher: „Jillian hat gesummt."

„Oh", erwiderte Melody, als würde das alles erklären.

„Und da war eine unheilige Kekspackung!", fügte Brandon begeistert hinzu.

„Eine was?", erwiderte Melody belustigt und Kay berichtete von dem morgendlichen Chaos in der Küche.

„Also der ganz normale Magier-Wahnsinn. Mein Bruder hat mal Fische und Pflanzen in die Badewanne gezaubert, als er noch recht klein war, meine Mutter war kurz vorm Nervenzusammenbruch. Bis die Sauerei wieder ganz beseitigt war, hat es gedauert. Dabei konnten wir noch froh sein, dass er keine Chimären im Garten losgelassen hat oder so was."

„Bestimmt", erwiderte Kayleigh und hoffte inständig, dass Brandon das mit den Fischen in der Badewanne entweder nicht gehört hatte oder Fische einfach nicht so spannend fand wie Melodys Bruder. Vielleicht sollte sie froh sein, dass sie nur dieses eine magische Kind hatte. Wie das sein mochte, auf einmal zwei Mini-Magier im Haus zu haben, wenn man Zauberei bisher für ein Märchen gehalten hatte, wollte sie sich gar nicht vorstellen.

Die ersten Gäste waren dieses Mal ein Quartett junger Mädchen, von denen Kay nur Daisy erkannte. Wahrscheinlich hatten sie Freistunden in der Schule. Tuschelnd und kichernd saßen sie um einen Tisch, stecken immer wieder die Köpfe über etwas zusammen, was dort lag. Eines ihrer Handys vielleicht? Zu sehr in ihre Unterhaltung vertieft, um Kay zur Kenntnis zu nehmen, verstummten sie auch nicht, wenn sie in ihre Nähe kam. Es konnte aber auch daran liegen, dass sich das Gespräch offenbar um Jungs drehte. Junge Hexen hatten also auch ganz normale Teenager-Probleme, es war ja kaum zu glauben.

Kays eigener Teenager kam an diesem Tag direkt vom Schulbus in die Teestube, ohne auch nur die Tasche ins Haus zu bringen. Kay schaute sie so offensichtlich fragend an, dass Jillian immerhin den Anstand besaß, ein klein wenig verlegen auszusehen.

„Ist David noch nicht da?", fragte sie jedoch nicht Kay, sondern Melody.

„Bis jetzt noch nicht, er versteckt sich nicht bei den Kräutern", erwiderte die.

„Kann ich dir meine Schwester kurz entwenden?"

„Sicher, ist ja gerade nicht die Hölle los. Ich bringe Brandon in der Zeit einen Aufräumzauber bei, was meinst du, Kay?"

„Guter Plan", erwiderte Kayleigh, bevor sie durch die Tür huschte, die Jill ihr ungeduldig aufhielt. Als würde schon wieder eine Katastrophe drohen, eilte Jillian die Treppe hinauf und ohne Zwischenstopps in den Turm.

In ihrem Wohnzimmer stellte sie ihre Schultasche am üblichen Platz ab und kramte einen Block heraus, bevor sie auch nur die Jacke ausgezogen hatte.

„Sieh dir das an", forderte sie Kay auf und schälte sich dann aus ihrem Übergangsmantel.

„Ist das wieder ein Code?"

„Hundert Punkte."

„Aber es ist deine Handschrift. Hinterlässt du geheime Botschaften, die das Haus in hundert Jahren ausspucken soll?"

„Oh nein, ganz und gar nicht", erwiderte Jillian. „Ich habe es abgeschrieben. Ich sollte das gar nicht haben und wahrscheinlich helfen mir die Zauberer persönlich beim Kofferpacken, wenn sie das finden, aber es ist ursprünglich in derselben Handschrift geschrieben wie mein Notizbuch!"

Zuerst der Hinweis auf die Schwierigkeiten, in die Jill sich gerade brachte, oder doch die Frage, was da stand, oder lieber erst, woher sie diese Aufzeichnungen hatte und das Original kannte? Kay konnte sich nicht entscheiden, welche Frage wichtiger war.

„Raus damit. Mit allem, Jill. Vollständig und von vorne", forderte sie ihre Schwester daher auf.

Immerhin tat Jillian genau das. Kayleigh wurde bei der Geschichte abwechselnd heiß und kalt.

Natürlich hatte es mit David zu tun. Er hatte Jillian vor Kurzem eine kopierte Seite gezeigt und sie gefragt, ob sie so etwas schon einmal gesehen hätte. Jillian war nicht so dumm, mit der Wahrheit herauszurücken, sondern hatte schlicht und einfach Nein gesagt, obwohl jede einzelne Faser ihres Körpers darauf gebrannt hatte, diese Seite an sich zu reißen und den Ursprung ausfindig zu machen.

„Verstehst du, Kay, das ist der Weg zur Identität unseres Notizbuch-Schreibers! Aber wenn David glaubt, er kann mich um den Finger wickeln und mich dann überführen, muss er früher aufstehen."

„Ach, also, wenn er dasselbe mit dir versucht wie du mit ihm, dann …"

„Mir blieb ja nichts anderes übrig. Und jetzt bleib bei den Fakten. Ich lasse mich nicht von einem Magier an der Nase rumführen, das ist eine Tatsache."

Also hatte Jillian schön alles für sich behalten und – wissentlich oder nicht – David in eine ungemütliche Situation gebracht. Er hatte ihr den Code aus freien Stücken gezeigt und damit mindestens eine der Vorschriften gebrochen. Jill war zwar der Meinung, dass er das nur getan hatte, weil jemand hinter ihm stand, der ihm die Erlaubnis gegeben hatte, aber Kay hätte dafür nicht die Hand ins Feuer gelegt.

Jillian hatte sich in einem Schreibwarenladen gutes altes Durchschlagpapier besorgt und es irgendwie geschafft, es in den Block zu schmuggeln, den sie und David benutzt hatten, um den Code zu knacken. Wobei Jillian ihn dabei ganz schön an der Nase herumgeführt hatte.

„Wenn ich das Zeugs innerhalb einer halben Stunde in korrektem Englisch aufgeschrieben hätte, hätte sich der Verdacht ja nur erhärtet!", erklärte sie.

„Mag sein, aber wieso sollte er diesen Code nicht selbst knacken können? Was, wenn er einfach nach einem Vorwand gesucht hat, Zeit mit dir zu verbringen?"

Jillian schnaubte missbilligend. „Pff, gräbst du gerade deine romantische Ader wieder aus? Sicher, das ist eine total hübsche Idee: Er entwendet diese Kopie still und heimlich aus einer streng geheimen Magier-Bibliothek, um damit das nichtmagische Mädchen zu ködern, in das er sich unsterblich verliebt hat, nachdem sie den Ausschuss aufgemischt hat, der übrigens immer noch nicht über ihren Verbleib in dieser magischen Welt entschieden hat. Echt jetzt, Kay: Klingt das absurd oder klingt das absurd?"

„Und dass er versucht, dich reinzureiten, ist weniger absurd?", erwiderte sie.

„Nachdem dieser Ashby ständig Fangfragen stellt? Kay, die wollen uns am liebsten aus ihrer fein sortierten Welt raushalten, das ist doch offensichtlich! Und wenn sie uns nicht raushalten können, dann wollen sie uns möglichst genau überprüfen und testen. Ebenso offensichtlich ist, dass ich noch nie erlebt habe, dass sich ein männliches Exemplar der Spezies Mensch so extrem zurückhaltend verhält, wenn es tatsächlich hinter einer Frau her ist! Wenn es das wäre."

„Zu viel Information", erwiderte Kay. „Sei doch froh, dass er nicht so ein hormongesteuerter Idiot ist wie die Jungs in deiner Klasse!"

„Eine gewisse Abweichung hatte ich da einkalkuliert."

„Schön, du willst also auf keinen Fall in Betracht ziehen, dass er sich vielleicht doch für dich interessieren könnte. Bleiben wir bei der Geheimagenten-Nummer. Wieso knackst du den Code dann überhaupt?"

Jill bedachte sie nur mit einem vielsagenden Blick und Kay hob die Hand. „Okay, vergessen wir das, Beleidigung deiner Intelligenz und so, schon klar. Und du wolltest es natürlich wissen. Und, was Brauchbares dabei?"

„Könnte man so sagen. Erstens das, zweitens ein moralisches Dilemma. Zwei."

„Und welches Dilemma genau meinst du?"

Jillian schaute sie durchdringend an, dann sagte sie sehr langsam und sehr deutlich: „Kayleigh. Wir vertuschen hier einen Mord. Verstehst du, Mord, direkte Beförderung ins Jenseits, in aller Regel mit viel Gewalt verbunden. Wir wissen, dass auf diesem Grundstück, vielleicht sogar in deinem Zimmer, jemand umgebracht worden ist. Und wir haben eine heiße Spur, wer es war. Aber wir halten beide dicht, damit man uns nicht aus der Lodge wirft. Das ist sicher mindestens Vertuschung aus niederen Beweggründen oder so."

So wie Jillian das ausdrückte, konnte Kay ihr schwer widersprechen. „Und das andere Dilemma?"

„Das heißt David. Ich bin mir nicht ganz sicher, ob dieser Weg, an Informationen zu kommen, korrekt ist, und ob ich mich überhaupt mit ihm abgeben sollte, wenn ich sozusagen seine Mission bin. Und mache ich mich jetzt irgendeiner Beihilfe zum Brechen von Vorschriften schuldig, wenn ich nicht melde, dass er mir diese Sachen gezeigt hat? Andererseits ..." Jill setzte ein Unheil verkündendes Lächeln auf. „Drehen wir den Spieß doch einfach um. Wenn er glaubt, er könnte mich mit ein paar Dates in eine Falle locken ..."

„Lass ihn am Leben, okay?"

„Na, im Notfall wüsste ich zumindest, wo jetzt wieder Platz wäre", entgegnete Jillian trocken.

„Pack die morbide Ader bitte wenigstens bis Halloween weg, ja? Du bist manchmal wirklich gruselig."

„Buh!", machte Jillian und Kay ertappte sich dabei, wie sie zusammenzuckte, was ihre Schwester zum Lachen brachte.

„Na komm, gehen wir wieder rüber. Vielleicht wartet man ja schon auf uns."

Etwas ratlos folgte Kay ihr zurück in die Teestube. Sollten sie ihren Onkeln vom Fund des Tagebuchs erzählen, weil es ein Geständnis enthielt? Was bezweckte David bei Jillian?

Immerhin hatte Kay jetzt eine Erklärung für Jills Summen: Sie schaffte es, den Magier mit seinen eigenen Waffen zu schlagen. Wenn das kein Grund für Jill war, auf Wolken zu schweben, dann wusste sie auch nicht mehr weiter.

**

Die nächsten Tage bot sich Kay immer wieder das Bild, dass Jillian mit David an einem der Tische in der Ecke der Teestube saß und sie sich angeregt unterhielten. Jillian äußerte sich nicht mehr zu der ganzen Sache und wenn sie nicht von selbst zu ihr kam, würde Kay sie auch nicht drängen.

Ein weiteres Bild, das allmählich alltäglich wurde, waren die vier Teenager: Daisy und ihre Freundinnen. Anscheinend gab es Neuigkeiten, die sie nun besprachen. Sie waren zwischenzeitlich so ausgelassen, dass der eine oder andere ältere Zauberer ungehalten zu ihnen herüberschaute. Ihre Begleiterinnen schienen an Daisys Lippen zu hängen und Kay dachte darüber nach, worum es in ihren Gesprächen wohl ging. Hatte eine von ihnen den ersten Freund? Das könnte hinkommen, aber sosehr Kay darauf achtete, es tauchte nie eines der Mädchen ohne seine Freundinnen, aber dafür in männlicher Begleitung auf. Nun gut, das war nicht Kays Problem.

Genau genommen war fast nichts hier ihr Problem und auch nach den ersten Wochen in der Lodge fühlte sie sich außen vor. Sie konnte ja nicht einmal jetzt, nachdem ihr Onkel zugegeben hatte, dass man hinter der Garage einen Toten gefunden hatte, ihrerseits zugeben, woher sie ihre Informationen wirklich gehabt hatten! Und damit konnte sie auch das moralische Dilemma nicht lösen, das Jill ganz gut auf den Punkt gebracht hatte. Vielleicht wäre es der richtige Weg gewesen, trotz aller drohenden Konsequenzen etwas zu sagen, aber ihr war klar, dass ihr niemand abnehmen würde, dass sie selbst den Code geknackt hatte. Damit wäre wieder Jill in der Schusslinie.

Ebenso, wie sie es sein würde, wenn sie bei diesem Duell mit David nicht aufpasste. Kay kam immer wieder zu dem Schluss, dass es für Jillian genau das war: eine Art Kräftemessen, bei dem es letzten Endes darum ging, wer von ihnen in der Lage war, den anderen reinzulegen.

Das Bimmeln des Glöckchens hörte Kayleigh kaum, es war zu sehr Alltag geworden. Der seltsam stille Gast, der oft herkam und allein im Schatten saß, war auch heute wieder da. Mit ihm huschte jedoch ein flinkes, pelziges Etwas herein und Kay hatte darin gerade Archibald erkannt, als er auch schon zielstrebig auf Jillian zulief. Jillian, die eine Nachricht per Wuselfunk bekam. Kay merkte erst, dass sie die Finger in die Kante der Arbeitsplatte gekrallt hatte, als Melody ihr eine Hand auf den Arm legte. Jillian saß mit dem Rücken zu ihnen und Kay konnte keine Regung erkennen, als sie die Nachricht auspackte und las.

Der eine oder andere neugierige Blick erreichte ihre Schwester, der Geräuschpegel in der Teestube regelte sich auffallend herunter, bis auf die vier Teenager, die zu sehr mit sich selbst beschäftigt waren, um auf irgendjemand anderen zu achten. Jill ließ sich nicht aus der Ruhe bringen. Stolz auf ihre kleine Schwester formte sich in Kays Innerem. Sie würde nicht zulassen, dass man Jillian hier rausholte, und wenn sie um die Lodge herum eigenhändig Palisaden errichten müsste!

David legte Jillian eine Hand auf die Schulter und beugte sich zu ihr vor. Es versetzte Kay einen kurzen Stich, dass er vor ihr erfahren sollte, was in diesem verhängnisvollen Brief stand. Den Briefen? Es sah aus, als hätte Jillian mindestens zwei Blätter in der Hand. Fast hätte Kay übersehen, dass auch David eine Nachricht erhalten hatte, zu fixiert war sie auf ihre Schwester gewesen. Sie fragte Melody, ob man den Wuselfunk öfter gleich mit mehreren Nachrichten losschickte. Die Antwort war eindeutig: Nur, wenn man davon ausgehen konnte, dass sich die Personen am gleichen Ort oder zumindest in einem sehr kleinen Umkreis befanden.

„Das ist nicht gut", murmelte Kay und unterdrückte den Ärger, der in ihr aufwallte. Wenn sie einen Hinweis darauf gebraucht hatte, dass jemand genau wusste, dass David mit Jill herumhing und das auch noch guthieß, dann hatte sie diesen jetzt bekommen.

„Ich wusste es!", stellte David in diesem Moment siegessicher und laut genug fest, dass es in der verdächtig stillen Teestube jeder hören konnte.

Wie lange konnte Jillian denn brauchen, um diesen verdammten Brief zu lesen? Mit aller Gewalt riss sich Kay zusammen, um nicht loszustürmen und ihrer Schwester das Papier zu entreißen.

Die Gäste der Teestube bemühten sich inzwischen nicht einmal mehr, ihr Interesse zu verbergen. Dass Jillian so ruhig blieb, schien jeden aus dem Konzept zu bringen. Archibald wuselte währenddessen zu Brandon hinüber und warf den Turm um, den der Junge gerade gebaut hatte.

Endlich kam Bewegung in Jillian. Zuerst drehte sie nur den Kopf, dann hoben sich ihre Schultern und fielen kurz darauf wieder herunter. Kayleigh kannte dieses spezielle Schulterzucken, Jill machte das dann, wenn sie irgendetwas bewusst abzuschütteln versuchte, um sich besser konzentrieren zu können.

„Was hast du getan?", fragte sie David, nicht laut, aber man hätte eine Nadel fallen hören können, sogar Daisys Kleeblatt war verstummt.

„Ich dachte, du freust dich. Das ist doch ein Grund zum Feiern!"

Sollte Kay jetzt erleichtert sein oder nicht?

Jillian stand auf, wandte sich vom Tisch ab, den Blick starr auf ihre Schwester gerichtet. „Der Tritt war wohl fest genug", sagte sie nur und es zuckte kurz um ihre Mundwinkel, als sie Kay ein Blatt Papier hinhielt. Ein weiteres hatte sie noch immer in der Hand.

Ohne ein weiteres Wort lief sie auf die Tür zu, die ins Haus führte, und verschwand.

„Lass mal sehen", Melody spähte über Kays Schulter. Kay konnte gerade so den Inhalt verarbeiten, dann eilte sie ihrer Schwester hinterher. Jillian mochte sich öfter etwas eigenwillig verhalten, aber das hier war bis jetzt der Gipfel der Merkwürdigkeit.

Bereits im Flur hörte Kay sie nach ihrem Onkel rufen. Nur, dass sie dieses Mal nicht „Onkel Bob" oder überhaupt „Bob" rief, nein, dieses Mal blieb es bei einem energischen „Robert?" und das hatte noch nie etwas Gutes zu bedeuten gehabt.

„Herrgott, Jillian, was ist denn in dich gefahren?", wollte Kay wissen, als sie die Kellertür hinter sich geschlossen hatte.

„Ich habe es doch geahnt! Ich wusste, dass es ein blöder Test ist!", ereiferte sie sich und wenn sie gekonnt hätte, hätte sie wahrscheinlich Blitze geschleudert.

„Jill, was hast du denn?" Robert wurde blass, als er das Papier in ihrer Hand sah.

„Ja, ganz genau, das habe ich", erklärte sie und ließ ihn lesen. Kay schob sich dichter an ihren Onkel heran, um den Grund des Aufruhrs zu verstehen.

„Sag mal, tickst du richtig? Das ist doch perfekt!", platzte es aus ihr heraus.

„Das ist ... das grenzt an ein Wunder! Glückwunsch, Hummelchen!" Robert lachte erleichtert und drückte sie an sich.

„Wer sagt, dass ich das mache?"

„Dass du was machst? Jill, du hast es ernsthaft geschafft, einen ganzen Raum voller Magier mit offenen Mündern sitzen zu lassen, was hast du getan?", ließ sich Chleo vernehmen.

„Das war unverschämt!", beschwerte sich Jillian.

Robert legte die Hände auf ihre Schultern, schob sie ein Stück von sich weg und musterte sie von oben bis unten, als könnte Jills Verhalten eine sichtbare Ursache haben. „Aber ... was hast du denn?"

Kay, Robert und tatsächlich auch die Katze tauschten ratlose Blicke. Chleo richtete sich auf die Hinterpfoten auf und grub die vorderen Krallen in Kays Hosenbein, bis Kay in die Hocke ging und ihr den Brief überließ, den ihre Schwester ihr gegeben hatte.

Man hatte Jillian nicht nur die Erlaubnis erteilt, in der Lodge zu bleiben und damit ein ganzes Gebirge von Kays Schultern rollen lassen, nein, man hatte ihr darüber hinaus auch noch einen Job angeboten. Um nichts anderes handelte es sich bei dem zweiten Schreiben, das Robert seiner Nichte gerade aus der Hand zupfte und das mit „Abteilung Enigma" unterzeichnet war. Die treibende Kraft hinter diesem Angebot war sicherlich David gewesen, der Jillian offenbar als eine der ganz wenigen Nichtmagischen in Diensten der magischen Gemeinschaft empfohlen hatte.

In Kays Kopf fielen die Puzzleteile an ihre Plätze. Ja, es war ein Test gewesen, aber nicht, um Jillian zu überführen. David hatte herausfinden wollen, ob sie für die Aufgabe geeignet war, die Jillian so dermaßen gut liegen musste, dass Kay Luftsprünge erwartet hätte und noch ein wenig mehr Gesumme: Jill sollte dabei helfen, alte Verschlüsselungen zu knacken.

„Das ist der Jackpot, du dummes Gör", rief Chleo, nachdem Robert den Brief laut vorgelesen hatte, und dieses Mal achtete niemand auf ihren Umgangston. Im tiefsten Inneren konnte Kay nicht einmal behaupten, dass sie der Katze nicht zustimmte.

„Jillian, das ist wirklich eine große Ehre. Was meinst du, zu welchen Geheimnissen du da Zugang haben wirst? Als eine von ganz wenigen Nichtmagischen auf der ganzen Welt? Normalerweise sind die paar Mitglieder der nichtmagischen Vertretung die einzigen Nichtmagischen, die überhaupt von der Magiergemeinschaft erfahren! Was meinst du, warum die bei Enigma so ein Geheimnis darum machen, wer dazugehört? Das ist etwas ganz Besonderes!"

Jillian hob beide Hände und holte tief Luft. „Erstens: Dieser ach so vielversprechende Nachwuchsmagier sollte mal an seinem Verständnis von Anstand arbeiten. Hätte er mich einfach gefragt, ob ich versuchen will, ein paar Codes zu knacken, um zu sehen, ob ich möglicherweise für *Abteilung Enigma* geeignet bin, hätte ich ihn dann rausgeworfen? Ganz sicher nicht. Sehr wahrscheinlich hätte ich Ja gesagt. Es gab nicht den geringsten Grund für diese Heimlichtuerei. Wieso musste er mich denn glauben lassen, dass er selbst nicht ganz im Rahmen des Erlaubten handelt? Ist das eine magische Art, Mädchen zu beeindrucken?

Zweitens: Vielen Dank, aber ich brauche absolut niemanden, der Zeit mit mir totschlägt, obwohl er mich einfach eines schönen Herbsttages gegen Nachmittag für zwei oder drei Stunden ins Archiv hätte einladen können, wo ich diesen Test ja, wie ich betonen möchte, ganz freiwillig und liebend gerne gemacht hätte. Ich interessiere mich höchstens platonisch für David, aber was wäre denn gewesen, wenn ich mich in ihn verliebt hätte? Hätte ich seine Aufmerksamkeit ein wenig anders verstanden, hätte das viel emotionaler enden können. Nimmt mich mit zu seinen Freunden, nur ..."

Kurz flackerte etwas über ihr Gesicht, was nichts mit ihrer geballten Wut zu tun hatte, doch bevor jemand etwas einwerfen konnte, schimpfte sie schon wieder weiter:

„Und drittens: Noch vor ein paar Stunden hätte es passieren können, dass sie mich ans Ende der Welt verschiffen, weil ich nicht magisch bin, und jetzt soll ich für sie arbeiten, weil ich eine einzige Fähigkeit habe, die diesen Magiern wohl abgeht? Ist das euer verdammter Ernst?" Sie funkelte ihren Onkel aufgebracht an.

„Echt jetzt? Dafür ist so ein nichtmagisches junges Ding dann gut, dass man es erst in der Luft hängen lässt, was seine Zukunft angeht, dann auf eine fast schon niederträchtige Art an der Nase herumführt und dann feststellt, dass es ja doch was auf dem Kasten hat, was man gebrauchen könnte, also behält man es doch? Nein. Einfach nein. So nicht. Ich wiederhole das gerne vor diesem gesamten arroganten Ausschuss, es sei denn, du willst es ihnen ausrichten, Onkel Robert: Ich bin nicht deren Playmobil-Figur. Verstanden? Und wenn dieses Angebot und diese magische Greencard nur zusammen funktionieren, sollen sie mir Bescheid sagen, dann packe ich freiwillig. Aber ich lasse mich weder von normalen Menschen verarschen, noch von magischen."

Bevor einer von ihnen antworten konnte, hatte sie sich umgedreht und war die Treppe hinauf gerauscht. Das Jobangebot hatte sie achtlos der Katze überlassen.

„Also, das …", setzte Robert an, doch Kayleigh ließ ihn nicht ausreden.

„Das war mal wieder ein eindrucksvolles Beispiel dafür, dass Jillian für ihr Alter viel zu viel Hirn in ihrem hübschen Kopf hat, um nicht zu merken, wenn jemand sie an der Nase rumführen will. Und nein, ich werde ihr nicht ins Gewissen reden. Eher helfe ich ihr packen und fahre sie persönlich bis zum besten Internat, das wir für sie finden können. David mag aus guten Motiven heraus gehandelt haben, aber sie hat schon recht: Er war nicht ehrlich zu ihr und das braucht sich niemand gefallen zu lassen. Schon gar nicht in Kombination mit magischem Herumschubsen. Ich will mir den Liebeskummer nicht vorstellen, wenn Jillian so auf Davids Flirterei reagiert hätte, wie es eine Menge anderer Teenager wahrscheinlich getan hätten. Wie diese Magier meinen, dass sie uns Nichtmagische herumkommandieren können, geht auf keine Kuhhaut. Also nein, ich werde Jillian ganz sicher nicht zu irgendetwas überreden." Kay verschränkte die Arme vor der Brust und bemühte sich, zumindest halb so entschlossen auszusehen wie ihre kleine Schwester.

„Kayleigh, euer heiliger Zorn in allen Ehren, aber du wirst *selbstverständlich* kein Wort zu Jillian sagen. Soll David sich die Zähne an ihr ausbeißen, mit dem wird sie schon fertig. Ich wusste ja nicht, was zwischen den beiden läuft. Es ist ihre Sache, ob sie ihm verzeihen will oder nicht."

Kay blinzelte. „Also gibt es auch keine bescheuerte Vorschrift, dass sie von dem Test nichts wissen durfte? Und du wirst mir jetzt auch nicht erzählen, dass David diesen Zirkus nur veranstaltet hat, um einen guten Grund zu finden, sie bleiben zu lassen?"

Ihr Onkel schüttelte den Kopf. „Nein, absolut nicht. Ich kenne David schon eine Weile und er ist wirklich ein guter Kerl, aber da hat er ganz alleine Mist gebaut. Mag ja sein, dass er dachte, Jill lässt sich von gebrochenen Regeln beeindrucken, das spielt aber keine Rolle. Was den Rest angeht ... wenn sie Jill nur unter der Bedingung in der Lodge lassen, dass sie eine Codebrecherin wird, dann packen wir alle unsere Koffer, keine Sorge."

Er klopfte Kayleigh aufmunternd auf die Schulter. „Na los, zurück in die Teestube. Ich regle das schon mit diesem Ausschuss."

Bei der Solidarität ihrer Familie wurde es Kayleigh warm ums Herz, dennoch machte sie sich auf den Weg zurück zur Arbeit.

Ihr schwirrte der Kopf, doch eine Frage drängte sich in den Vordergrund: Wie war David überhaupt darauf gekommen, dass Jill Codes knacken konnte?

GEHEIMNISVOLLER

NOTIZBUCHSCHREIBER

Zurück in der Teestube schaute David fragend an Kay vorbei und sie spürte die Genugtuung, als er sich enttäuscht abwandte. So knapp wie möglich berichtete sie Melody von der ganzen Sache. Die rothaarige Magierin warf David einen Blick zu, der irgendwo zwischen mildem Tadel und Kriegserklärung lag.

„Schön blöd von ihm", meinte sie schließlich.

„Und was sagst du nun dazu, Miez allwissend?", wandte sich Kayleigh an Chleo, die verdächtig still gewesen war.

Auch jetzt tat die Katze erst so, als hätte sie vor lauter Fellpflege die Frage nicht gehört. Erst nach einer Weile schaute sie geradezu beiläufig zu Melody und Kayleigh auf. „Dieser Ausschuss muss aufpassen, dass seine Mitglieder nicht mit meinen Krallen kollidieren. Und dieses Kerlchen da drüben gleich mit." Sie nickte in Davids Richtung, der mittlerweile recht betroffen aus der Wäsche guckte. „Wobei ich aber trotzdem sagen muss: Jillian sollte das versuchen. Schon alleine, weil sie sich spätestens übermorgen in den Hintern beißen wird, wenn all diese Geheimnisse ohne sie entschlüsselt werden. Und weil sie so den Magiern endlich mal etwas voraus hat, Codes lassen sich nämlich, so ungern ich das zugebe, nicht durch Zauberei entschlüsseln. Und ich denke, das alles sollte ihr jemand sagen. Ich stelle mich dann mal dem Unvermeidlichen."

„Meinst du, wir sehen sie je wieder?", fragte Melody mit übertrieben theatralischer Miene, nachdem die Katze Richtung Haus stolziert war.

„Schwer zu sagen", erwiderte Kay im selben Tonfall. Ihre Blicke trafen sich und sie lachten beide.

Kay hatte keine Ahnung, ob es eine Art Galgenhumor war, der gerade durchkam, aber sie konnte eins nicht leugnen: Dass sich die gesamte Familie und sogar die ewig nörgelnde Katze weigerte, sich von diesem Ausschuss mehr als unbedingt nötig herumkommandieren zu lassen, verlieh diesem eher grauen Oktobertag eindeutig einen silbernen Schimmer.

***

David wiederum bemühte sich hartnäckig, sich mit Jillian zu versöhnen. Er tauchte so unerschütterlich wie ein gut funktionierendes Uhrwerk in der Teestube auf. Wohingegen sich Jillian nicht blicken ließ. Robert hatte Entwarnung gegeben. Jillian hatte alle Freiheiten, das Angebot anzunehmen oder abzulehnen. Aus der Lodge würde man sie nicht werfen.

Seitdem hatte sie mit ihnen nicht mehr darüber gesprochen, auch drei Tage später noch nicht. Tatsächlich kam sie kaum aus ihrem Turm. Kayleigh war kurz davor, Melody zu fragen, ob es am Mond liegen konnte, denn auch das Kleeblatt in der Teestube verhielt sich seltsam. Hatten die Mädchen die ganze Zeit noch aufgekratzt und fast schon euphorisch gewirkt, auf dem besten Weg, die Weltherrschaft zu übernehmen, kamen jetzt nicht immer alle vier und wenn doch, dann wurde der eine oder andere böse Blick gewechselt. Schön, man stritt sich in diesem Alter auch mal, aber es war offensichtlich, dass hier etwas vorgefallen sein musste, was sich nicht so einfach beheben ließ. Der Frieden der Gruppe war nachhaltig gestört und vor allem eins der Mädchen blieb oft bis zum Schließen der Teestube allein an einem der Tische sitzen.

Kay wollte sich dennoch nicht in die Probleme anderer Leute einmischen, das brachte in aller Regel nur Ärger. Trotzdem hatte sie ein wenig Mitleid mit dem verloren wirkenden Teenager.

Dagegen war es ein regelrecht komischer Anblick, wie die Tür zum Haus eines Tages aufging, nur ein ganz kleines Stück, als hätte sie sich in einem Luftzug bewegt. Gerade so, dass Jill vorsichtig hindurchblinzeln und sich überzeugen konnte, dass die Luft rein war. Kurz schaute sie zu den letzten Gästen hinüber, Daisys Freundin und zwei jungen Magiern, von denen aber keiner David war, dann gesellte sie sich zu Melody und Kayleigh. „Ich weiß, wieso er ihn umgebracht hat", flüsterte sie.

„Wer hat wen umgebracht?", fragte Melody.

Kay hob fragend die Augenbrauen. Also wusste sie noch nichts von Jills Fund in dem Tagebuch? Interessant.

Mit wenigen Worten weihte Jillian sie in die wahren Hintergründe des Garagenvorfalls ein. Spätestens jetzt würde sich zeigen, wie vertrauenswürdig die junge Magierin tatsächlich war.

Nachdenklich runzelte Melody die Stirn. „Dieses Notizbuch hat vor der Rückkehr des Toten gewarnt?"

„Nicht nur das. Es sieht aus, als hätte der Mörder, wer auch immer er ist, die Lodge tatsächlich verteidigt. Der Tote kam allem Anschein nach her, weil er Rat bei einem der Zauberer des Zirkels gesucht hat, in diesem Zauberer-Himmel. Und als er gegangen ist, wollte er den Schlüssel mitnehmen."

„Ich beschuldige dein Notizbuch ja nicht gern der Lüge, aber wenn das dort drinsteht, kann es nicht stimmen", erwiderte Melody. „Bist du sicher, dass dein geheimnisvoller Notizbuchschreiber das nicht erfunden hat?"

„Das kann ich natürlich nicht sagen, schließlich kann ich ihn nicht mehr fragen", antwortete Jillian. „Was macht dich so sicher, dass es nicht wahr ist?"

„Wir wissen, wer der Tote war. Er hätte der Lodge niemals geschadet. Tatsächlich hat er sogar in der Lodge gewohnt. Er hätte sie eher mit seinem Leben verteidigt, als einen Schlüssel zu stehlen."

Jillian tippte sich mit dem Finger ans Kinn. „Halten wir also fest, dass etwas an den Informationen im Tagebuch nicht passt. Ich muss unbedingt herausfinden, wer es geschrieben hat. Nichtsdestotrotz ... bleiben wir aus aktuellem Anlass mal bei den Schlüsseln: Möglicherweise ist das erfunden, aber grundsätzlich steht in dem Buch, dass einer der Schlüssel fast unbemerkt weggekommen wäre. Womöglich ist das Unfug und hat zumindest nichts mit dem Mord zu tun. Würde heißen, das Buch lügt, und wir wissen nach wie vor nicht, was wirklich passiert ist. Oder aber, die Lüge erfüllt einen Zweck."

„Welchen Zweck, außer einer unsinnigen Ausrede für einen Mord?", warf Kayleigh ein. „Wenn das Notizbuch von einem Mörder geschrieben wurde, was will der wohl, das wir glauben?"

„Ja, darum geht es, nicht wahr?"

Das faszinierte Funkeln in Jills Augen behagte Kayleigh gerade gar nicht.

„Wenn der Notizbuchschreiber der Mörder war und einen Bewohner der Lodge auf dem Gewissen hat, wie sollte sein Notizbuch in mein Zimmer kommen? Da stimmt so einiges nicht, und das, was nicht stimmt, lenkt unsere Aufmerksamkeit auf die Schlüssel. Die Frage wäre also: Wie kann man sieben Schlüssel nachzählen und nicht merken, dass es nur sechs sind?"

Melody drehte mit konzentriertem Blick eine Strähne um einen Finger.

„Ich habe absolut keine Ahnung", gab Kayleigh zu. „Wieso genau sind denn diese Schlüssel so wichtig? Wenn einer wegkommt, kann man nicht einfach einen neuen anfertigen lassen?" Sie sah Melody fragend an.

„Nein, kann man nicht. Wisst ihr, diese Schlüssel machen ja nicht einfach Türen auf. Sie sind so viel mehr als nur das. Kein normaler Schlüsseldienst der Welt macht dir so einen Schlüssel nach und selbst für Magier ist es nicht ganz so einfach. Nein, die Schlüssel müssen bleiben, wo sie sind. Aber es wäre einfach absurd, dass der Tote hinter eurer Garage einen davon gestohlen hätte, glaubt mir. Er hat sie ja bewacht und hatte sie täglich im Zugriff, also wieso einen stehlen? Wahrscheinlicher wäre, dass sein Mörder die Lodge angegriffen hat, doch wie Jill schon sagt, wieso sollte das Tagebuch des Mörders in der Lodge liegen? Wenn ich jemanden umgebracht hätte, dann würde ich mir vielleicht auch irgendeine Ausrede ausdenken. Ich brauche zwar zum Glück in aller Regel keine, aber wenn, dann würde ich mein Hirn ein bisschen mehr anstrengen und mir keinen offensichtlichen Blödsinn ausdenken", erklärte Melody.

„Also kommt es hin und wieder mal vor, dass du jemanden töten musst?", fragte Jillian, als würde sie nach Melodys Plänen für nächsten Sonntag fragen.

„Sagen wir, es ist im Bereich des Möglichen."

„Aber wenn es so offensichtlich dämlich ist, was unser Notizbuchschreiber sich da hat einfallen lassen, warum hat er es dann geschrieben? Ich hätte ihn bis jetzt nicht für sonderlich dumm gehalten", warf Kay ein, die gar nicht so genau über Melodys mörderische Seiten Bescheid wissen wollte. „Ist es nicht möglich, dass er den eigentlichen Bewohner der Lodge umgebracht, seinen Platz eingenommen und diesen Kram da aufgeschrieben hat? Dass deswegen sein Buch in der Lodge war?" *Dass meine kleine Schwester deswegen die Worte eines Mörders aufsaugt?*

„Das geht mir auch alles nicht in den Kopf", gab Melody zu. „Den Platz eines anderen Magiers einzunehmen, ist so schon schwierig, in diesem Haus hätte das nie und nimmer geklappt ..."

„Und wenn es wirklich ein Hinweis für uns auf die Schlüssel ist?", überlegte Jillian. „Das war doch kein Zufall, dass dieses Tagebuch ausgerechnet jetzt aufgetaucht ist. Erst Daisys Vision, dann das. Nur, woher hätte jemand damals schon wissen sollen, dass wir irgendwann einen Hinweis auf die Schlüssel brauchen?"

Melodys Gesicht hellte sich auf, als hätte sie gerade eine Idee gehabt. „Das wiederum ist nicht so unmöglich, wie ihr vielleicht meint. Jillian, du steckst uns noch alle in die Tasche."

Jillian schien bei dem Lob ein Stück zu wachsen. „Heißt das, wir haben eine neue Spur?"

Melody nickte. „Haben wir. Sag deinen Onkeln nach dem Abendessen, sie sollen mal die Handschriften vergleichen. Mir kam da gerade eine Idee." Sie setzte ihr übliches geheimnisvolles Lächeln auf, warf einen Blick auf die Uhr und machte sich dann daran, die Gäste freundlich darauf hinzuweisen, dass sie gleich schließen würden. Das Mädchen in der Ecke zuckte daraufhin regelrecht zusammen.

Melody setzte sich zu ihr. Eine Weile schien das Mädchen nicht mit der Sprache herausrücken zu wollen, aber schließlich begann sie, leise zu erzählen, und Melody hörte ihr aufmerksam zu.

„Sie lügt", murmelte Jillian.

„Findest du?", erwiderte Kay. Zugegeben, Daisys Freundin konnte der jungen Magierin kaum in die Augen sehen. Die dunklen Haare des Mädchens waren mit einem dünnen Tuch zusammengebunden, dessen Enden ihr über die linke Schulter fielen, und sie zupfte unruhig an dem Stoff herum.

„Was ist los mit ihr?", fragte Kay, nachdem Melody zu ihnen zurückgekommen war.

„Sie verheimlicht was, das ist los. Und so lange werde ich ihr auch nicht helfen."

„Aber was hat sie gesagt?"

„Dass da ein Junge aus ihrer Schule ist, der ihr ständig auf den Fersen ist. Ich hab ihr gesagt, dass sie ihm sagen soll, er soll verschwinden, aber sie meint, das würde nicht gehen. Also, steht sie doch heimlich auf ihn? Ist ihr die Aufmerksamkeit gar nicht so unrecht?"

„Das könnte aber gefährlich werden, wenn es nicht aufhört", gab Kay zu bedenken. „Hast du sie gefragt, ob er sie ... irgendwie unter Druck setzt?"

„Natürlich habe ich! Sie hat so energisch darauf bestanden, dass er so was nie tun würde, dass ich ihr das sogar glaube. Ich hätte die zwei da", sie nickte zum leeren Tisch der Magier hinüber, „ja gefragt, ob sie sie nach Hause fahren können, aber wenn sie nicht mit der Sprache rausrückt, warum sollte ich dann?"

„Weil wir sie vielleicht in Gefahr bringen, wenn wir ihr nicht helfen?", widersprach Kay.

„Kay, dieses Mädchen ist in der Lage, den Typen in eine Fliege zu verwandeln, auf mikroskopische Größe schrumpfen zu lassen oder seine Kleidung in Brand zu stecken. Was genau sollte ihr für eine Gefahr von ihm drohen?", fragte Melody mit einem Lächeln.

„Aber das könnte er doch mit ihr wahrscheinlich genauso machen, oder nicht?", hielt Kayleigh dagegen.

Melody seufzte und schüttelte den Kopf. „Kann er nicht. Er ist zwar ein Magier, aber nach allem, was ich gehört habe, keiner von den besonders guten. Die Zeit, die er bräuchte, um einen mächtigen Zauber auszusprechen, die reicht Willow dreimal, um was dagegen zu tun."

„Oh. Na ... dann wüsste sie sich wohl tatsächlich zu helfen", lenkte Kay ein und ertappte ihre kleine Schwester dabei, wie sie kurz gluckste.

„Du hast dir garantiert schon ausgerechnet, dass sie eine Hexe ist und nichts zu befürchten hat, oder?"

„Natürlich."

„Ach, und jetzt komm mir noch mal damit, dass du dich ausgeschlossen fühlst", erwiderte Kayleigh.

Jillian zuckte mit den Schultern. „Ist dir mal der Gedanke gekommen, dass mir diese arrogante Hexenbrut egal genug ist, dass ich mir einfach keine Sorgen um sie machen würde? So oder so nicht?"

Kay schaute ihre kleine Schwester entsetzt an. „Jill, das kann doch nicht ..."

Doch Jillian ließ sie nicht ausreden. Sie wandte sich von Kayleigh ab und verließ erstaunlich schnell die Teestube.

Fassungslos blieb Kayleigh zurück und sah ihr hinterher.

„Das nenne ich mal einen dramatischen Abgang", kommentierte Melody und nahm den Schlüssel vom Haken, um die Eingangstür abzuschließen.

„Ich hätte nicht gedacht, dass es so schlimm ist", meinte Kayleigh, als Melody zur Theke zurückgekehrt war.

„Ich glaube nicht mal, dass sie das so gemeint hat", sagte Melody. „Sie ist nicht meine Schwester, aber kann es sein, dass sie einfach nur sehr menschlich reagiert? Dass sie verletzt ist und deshalb bissig wird?"

„Schon, aber das war gerade sehr bissig. Jill ist zu intelligent, um etwas niederzumachen, was sie ausschließt, nur weil es sie ausschließt. Das ist nicht ihre Art."

„Sie macht es wahrscheinlich gar nicht runter, weil es sie ausschließt. Sondern weil sie alle Voraussetzungen hätte, um dazuzugehören. Sie hat gerade eben wieder unter Beweis gestellt, dass sie einen helleren Kopf hat als so mancher Magier. Sie käme in dieser Welt ganz wunderbar zurecht, wenn man sie reinlassen würde. Und ich denke, das tut noch viel mehr weh."

Eine Weile standen sie stumm da und Kay dachte über Melodys Worte nach. Möglich wäre es, doch wie konnte sie Jillian dann helfen?

„Was ist denn mit Tante Jill?", ließ sich Brandon vernehmen.

„Tja, das weiß ich nicht so genau", erwiderte Kayleigh und hatte plötzlich eine Eingebung. „Aber geh doch und frag sie. Vielleicht sagt sie dir ja, was sie uns nicht erzählen mag."

Brandon huschte davon.

„Hast du ihn gerade als Spion eingesetzt oder als Therapeuten?", fragte Melody belustigt.

„Ich schätze, das entscheidet Jillian. Aber die Knirpse relativieren manchmal einfach den ganzen Ärger der Welt, sonst wäre ich vielleicht ähnlich geladen wie Jillian, wenn ich mir diese Hexenbrut jeden Tag so angucke", erwiderte Kay.

„Ich will jetzt nicht unverschämt sein, aber Collin wäre stolz auf ihn", sagte Melody leise. „Und auf dich mit Sicherheit auch."

„Wenn wir nur wüssten, wo er ist."

Melody hob den Arm, der heute zum ersten Mal nicht mehr in einem Verband steckte. „Wir haben da vor Kurzem eine Spur verfolgt, aber außer leichten Blessuren hat sie nichts gebracht. Tut mir leid."

„Ist ja nicht eure Schuld. Tust du mir einen Gefallen und sagst mir, wenn es etwas Neues gibt?"

„Keine Vorschrift der Welt kann mich davon abhalten. Versprochen. Was meinst du, genießen wir mal die Vorzüge der Teestube und die sturmfreie Bude und genehmigen uns noch so einen Wunder-Kaffee?"

Kay nickte. Die nächsten Minuten verbrachten sie damit, sich eine eigene Kaffee-Mischung auszudenken. Anschließend saßen sie im dämmrigen Licht der geschlossenen Teestube, tranken ihre übergroßen Gläser langsam aus und hörten dem Regen zu, der gegen die Fenster trommelte. Kay erlaubte sich, die Zeit einfach mal zu vergessen. Brandon war bei Jill gut aufgehoben, da brauchte sie sich keine Sorgen zu machen.

Die ersten Blitze zuckten über den Himmel und erleuchteten das Außengelände. In ihrem Licht waren kurz ein paar Schemen zu erkennen, die durch die Luft huschten. Kay kramte in ihrem Gedächtnis nach dem Namen der Wesen. Auch darüber hatte etwas in dem Notizbuch gestanden, doch es fiel ihr nicht ein. Sie würde Jillian später fragen, wenn sie Brandon ins Bett brachte.

Als Kay schließlich ihre Schwester und ihren Sohn zum Abendessen rufen wollte, war es in Jills Turm ungewöhnlich leise. Jill hatte zwar Musik aufgelegt, doch Kay hörte keine Stimmen. Der Grund für die Ruhe wurde ihr klar, als sie die Tür vorsichtig öffnete. Jillian saß auf dem Sessel, Brandon auf dem Schoß, und hatte die Arme um ihn gelegt. Beide schienen tief und fest zu schlafen. Auf der Rückenlehne, dicht neben Jillians Kopf, hatte sich Frosty zusammengerollt und atmete hin und wieder ein paar Eiskristalle aus, die Jillian und Brandon für einen Moment in den Haaren hängen blieben. Obwohl Kay das friedliche Bild nicht stören wollte, musste sie die drei wecken. Dennoch wollte sie die Szene festhalten, zog ihr Handy aus der Hosentasche und schoss ein paar Fotos. Jillian würde vermutlich die Augen verdrehen, wenn sie die sah, aber das war ihr egal.

Gerade wollte Kayleigh sie vorsichtig an der Schulter rütteln, als der Hausdrache blinzelte, gähnte und dann mit der Nase gegen Jillians Stirn stupste. Unwillig schob Jill den Störenfried mit einer Hand zur Seite, doch dann fuhr sie hoch, weil ihre Hand mit Eiskristallen überzogen war.

Kay setzte auf ihre imaginäre Liste, ihre Onkel zu fragen, ob Feuerdrachen einen weckten, indem sie gleich den Sessel abfackelten.

Dass Jillian zurückzuckte und einen unterdrückten Fluch ausstieß, weckte nun auch Brandon. Der Junge rutschte vom Sessel und tappte leicht benommen auf Kay zu.

„Mensch, Frostkerlchen, ich hab gesagt, in spätestens einer Stunde wecken, nicht in Stasis versetzen", murrte Jillian und rieb ihre Hand, um sie wieder von der Reifschicht zu befreien.

Der Drache gab ein paar brummende Laute von sich und tat dann etwas, was wie ein Schulterzucken aussah. Wenn Kay hätte raten müssen, hätte sie darauf getippt, dass er etwas wie „Du weißt auch nicht, was du willst" gesagt hatte.

„Ausgeschlafen?", fragte Kay. „Es gäbe dann Abendessen."

Während Brandon an ihrer Hand zog und verkündete, dass er ganz doll Hunger hätte, stand Jillian, noch immer murrend, von ihrem Sessel auf, doch so ganz konnte sie das belustigte Funkeln in ihren Augen nicht unterdrücken.

Während des Essens war Kayleigh gespannt, ob Jillian ihre Onkel wirklich nach dem Vergleich der Handschriften fragen würde, doch Jillians Drang, Licht ins Dunkel zu bringen, besiegte alles andere. Noah und Robert staunten nicht schlecht, als sie von dem Notizbuch erfuhren.

Natürlich verriet Jillian nur das Allernotwendigste. Sie hatte ein altes Notizbuch in ihrem Zimmer gefunden und wollte wissen, wem es gehört hatte. Kein Wort zu dem Hinweis auf die Schlüssel.

Robert schob seinen Stuhl zurück und winkte ihr wortlos, ihm zu folgen. Kay nutzte die Gelegenheit, Noah von Jills Abgang vorhin zu berichten.

„Ich könnte mir vorstellen, dass Melody recht hat, meinst du nicht?", fragte er.

„Durchaus. Ich hatte schon befürchtet, dass es nicht gerade besser wird, wenn sie das Rätsel um das Buch nicht allein knacken kann, aber ..."

„Aber?"

Kayleigh seufzte. „Ich frage mich manchmal, was schlimmer ist. Obwohl man nicht richtig dazugehört noch eine Aufgabe zu bekommen wie Jillian jetzt gerade oder vollkommen außen vor zu sein und zu befürchten ..." Der nächste Gedanke wurde zu einem Kloß in ihrer Kehle.

„Was zu befürchten?", fragte Noah sanft.

Kayleigh schaute stumm zu ihrem Sohn herunter, der auf dem Boden mit Frosty spielte.

„Dass er ein magisches Kind ist und ich eine Nichtmagische, das ist wie eine Mauer, die irgendjemand immer höher baut, je mehr er lernt und nicht mit mir darüber reden darf", flüsterte Kayleigh.

Noah griff über den Tisch und drückte mit einem aufmunternden Lächeln ihre Hand.

„Magier oder nicht Magier, das hat auch nie einen Keil zwischen Bob und mich auf der einen Seite und euch Mädchen auf der anderen Seite getrieben. Trotz aller Heimlichtuerei", sagte er.

Während Kayleigh noch überlegte, ob das nicht irgendwie etwas anderes gewesen war, kam Jill wieder in die Küche und grinste wie eine zufriedene Katze.

„Also?", fragte Kayleigh nur.

„Also: Wir haben den Tagebuchschreiber identifiziert."

„Und?", hakte Kayleigh nach. Da musste doch mehr sein, viel mehr …

„Na ja, es macht das Ganze noch etwas … verwirrender", erwiderte Jillian und verzog das Gesicht. „Ich muss mir das noch mal durch den Kopf gehen lassen."

Sie ging neben Brandon in die Hocke, um ihn zu drücken und war mit einem „Gute Nacht" in die Runde wieder zur Tür hinaus.

„Junghexen", flüsterte Noah mit einem Grinsen und Kayleigh konnte nicht anders, als es zu erwidern.

DIE KATZE HAT IHN MITGEBRACHT

Die Nacht über hatte sich das Geräusch des prasselnden Regens immer wieder in Kayleighs Träume geschlichen. Am Morgen hatte es zwar aufgehört, aber auf den Wegen waren Pfützen und die Pflanzen im Garten tropften noch immer. Kay war den Gästen der Teestube dankbar, dass sie sich so gründlich die Füße säuberten. Es herrschte eine angenehm träge Ruhe und Kay spürte, wie sie davon eingelullt wurde. Brandon war auf einer Bank eingeschlafen, während ihm eins der magischen Bücher etwas vorgelesen hatte, und sie sah keinen Grund, ihn seinen Mittagsschlaf nicht dort halten zu lassen.

Melody war mit einer Magierin im Vorratsraum. Anscheinend handelte es sich um eine größere Bestellung, denn die beiden waren schon eine Weile verschwunden. Kay stellte gerade Gläser und Tassen auf ein Tablett, um das Geschirr in die Küche zu tragen, als die Tür aufgerissen wurde. Ohne sich die Füße abzutreten, kam das Mädchen hereingestürmt, das von einem hartnäckigen Verehrer verfolgt wurde. Ihre Augen huschten gehetzt durch den Raum. Als hätte das Wetter nur gewartet, bis sie im Trockenen war, begann der nächste Guss und prasselte laut gegen die Fenster.

Kay ließ das Geschirr sein und ging dem aufgewühlten Teenager entgegen.

„Alles in Ordnung?", fragte sie.

„Ist Melody da?", erwiderte das Mädchen mit einem Zittern in der Stimme.

„Melody ist gleich zurück. Willst du mir vielleicht sagen, was passiert ist?"

Das Mädchen biss sich auf die Lippen, schüttelte den Kopf, sagte aber schließlich: „Ich habe richtig Mist gebaut."

„Setz dich erst mal. Na komm, so schlimm kann es nicht sein." *Lass sie niemanden verletzt haben*, dachte Kay bei sich.

„Es ist schlimm. Ich weiß nicht, was ich tun soll ..."

„Ganz langsam. Dein Name ist Willow, richtig?"

„Ja, stimmt. Ich konnte wirklich nichts dafür!"

Ratlos holte Kay tief Luft. Es sahen zwar einige Gäste zu ihnen herüber, aber sie hätte jetzt niemanden um Hilfe bitten wollen, dem sie nicht vertraute. Brandon wecken und ihm sagen, er sollte Melody holen, wäre eine Möglichkeit gewesen. Dann fiel ihr Blick auf die Katze, die zu Brandons Füßen zusammengerollt auf der Bank lag.

„Warte, Willow, ich kenne jemanden, der weiß fast alles."

Vorsichtig stupste sie Chleo in die Seite. Schlafende Löwen sollte man zwar nicht wecken und das galt für dieses Katzending garantiert erst recht, aber es schien eine kritische Sache zu sein.

„Hey, Katzenbiest. Wir brauchen dich", sagte sie halblaut und stupste sie noch einmal.

„Wenn nicht gerade die Lodge brennt, bin ich ernsthaft sauer", murrte die Katze, ohne die Augen zu öffnen.

„Die Lodge brennt nicht ..."

„Dann lass mich gefälligst schlafen!"

„... aber es scheint ein Notfall zu sein."

Chleo öffnete träge ein Auge. „Brandon ist noch da, alles andere ist kein Notfall", erwiderte sie und wandte den Kopf in die andere Richtung.

„Verdammt, jetzt beweg deinen pelzigen Hintern, du kleines Biest, es ist wichtig!", beharrte Kayleigh und schüttelte die Katze ganz leicht.

Mit einem Fauchen fuhr Chleo herum und zog ihr die Krallen über den Handrücken. Es war nicht tief, aber die Kratzer waren deutlich zu sehen.

„Au, verdammt! Katzenmilch ist gestrichen!", schimpfte Kay und sprang auf.

„Selbst schuld, Menschendings. Also, nachdem ich jetzt wach bin, was ist los?"

„Willow hier hat magische Schwierigkeiten", erklärte Kay.

Chleo schaute zu dem Mädchen hinüber, das wie ein Häufchen Elend auf seinem Stuhl zusammengesunken war. Dann wanderte sie um Brandon herum auf der Bank entlang, bis sie mit der jungen Magierin auf einer Höhe war.

„Also, wie können wir dir helfen?", fragte sie tatsächlich.

Kay schüttelte den Kopf und verzog sich wieder hinter die Theke, wo sie kaltes Wasser über ihre Hand laufen ließ. Diese verdammte magische Mieze!

„Nicht doch, du kannst doch nicht ... du bringst ihn um!" Willow war aufgesprungen und versuchte, Chleo davon abzuhalten, zur Tür zu gehen.

„Ach Quatsch, wir reden hier von meiner Spezialität. Mach Sitz, Menschendings, ich bringe ihn schon an einem Stück her."

Damit war die Katze draußen und Willow stand mit hängendem Kopf mitten in der Teestube. Als ihr bewusst wurde, dass mehrere Gäste sie anschauten, wandte sie sich verlegen ab.

„Die Adams wird mich ganz schön zusammenfalten", murmelte sie und ließ sich wieder auf ihren Stuhl fallen.

Kayleigh runzelte die Stirn. „Ist sie zufällig Lehrerin für Zaubersprüche? Groß, schlank, dunkelblonde Haare?", vergewisserte sie sich.

Willow sprang wieder wie von der Nadel gestochen auf. „Kennen Sie sie?"

„Komm mit", forderte Kay das Mädchen auf. Einen Moment starrte Willow sie nur mit großen Augen an, dann setzte sie sich endlich in Bewegung.

Kay spähte durch die erste Tür nach hinten, vergewisserte sich auch an Tür Nummer zwei, dass die Luft rein war, und winkte Willow dann weiter. Sie dirigierte das Mädchen bis zur Kellertreppe und rief nach ihren Onkeln. Kay befürchtete schon, es wäre niemand da, doch dann antwortete Noah von oben.

„Ich schick dir Besuch hoch. Erklär ich dir später", rief sie und nickte Willow zu.

„Aber wenn ich ihm erzähle, was ich angestellt habe ...", widersprach Willow leise, doch Kay ließ sie nicht ausreden.

„Was ist dir lieber? Bob und Noah, die für so ziemlich alles Verständnis haben, oder Eusebia Adams?", zischte sie ebenso leise. „Keine Angst, hier wird niemand gefressen! Jetzt husch, mach, dass du aus der Schusslinie kommst."

„Danke!", flüsterte Willow noch, dann schlich sie die Treppe hinauf.

„Na, so was. Willow! Du siehst aus, als könntest du eine Tasse Tee gebrauchen ..."

Das schien ja zu funktionieren. Kay stahl sich zurück in die Teestube. Was hatte Chleo gesagt? Ihre Spezialität? Mit gespannter Aufmerksamkeit behielt Kay die Tür im Auge.

Melody kehrte mit Mrs Adams zurück.

„War was?", fragte sie Kay leise, doch die schüttelte nur den Kopf und beschwor Melody mit Blicken, sich normal zu benehmen.

Im Stillen hatte Kay gehofft, dass sich Mrs Adams bald verziehen würde, doch die dachte nicht daran, sondern bestellte noch Kuchen zu ihrem Tee und schlug eine Zeitschrift auf.

Kays innere Anspannung wuchs. Dann sah sie durch die Glastür, wie Chleo näher kam, ein hellbraunes kleines Ding im Maul, das heftig zappelte.

In fieberhafter Eile schaute sich Kay nach etwas um, in das sie die Maus hineintun konnte. Irgendetwas musste es ja damit auf sich haben, sonst hätte Willlow keinen Aufstand gemacht und Chleo wäre nicht losgezogen. In Ermangelung einer Alternative zog Kay ihre Sweatjacke aus und ging der Katze entgegen.

Mrs Adams sah von ihrer Zeitschrift auf und bedachte Kay mit einem fragenden Blick, den Kay darauf schob, dass sie die Jacke ausgezogen hatte, bevor sie nach draußen ging.

„Nicht da rein!", zischte sie der Katze zu.

„Waff denn jeft?", nuschelte Chleo und machte Anstalten, die Maus fallen zu lassen.

„Gib her!" Kay ging in die Hocke und hielt Chleo die Jacke hin, sodass sie die Maus hineinfallen lassen und Kay sie dort einfangen konnte.

„Komm, Katzenbiest, wir müssen in die Lodge."

Zu ihrer fast schon grenzenlosen Überraschung warf Chleo einen flüchtigen Blick in die Teestube und drehte sich dann auf dem Absatz um.

„Hast du Willow in Sicherheit gebracht? Wenn die Adams-Furie sie in die Finger kriegt, ist sie Katzenfutter."

„Willow ist in der Lodge. Ich weiß zwar nicht, wieso sie solche Angst vor der Frau hat, aber ich dachte, es wäre besser, wenn sie ihr dann nicht über den Weg läuft." Die Lehrerin mochte Anfang vierzig sein und war bisher immer freundlich zu Melody und Kay gewesen, eigentlich ein gern gesehener Gast.

„Das war schon ganz richtig so. Privat ist sie in Ordnung, aber sie versteht als Lehrerin keinen Spaß. Gar keinen!", wiederholte Chleo, als würde es in dem Fall nicht reichen, es nur einmal zu sagen.

Sie waren noch nicht die Stufen zur Veranda heraufgestiegen, als das Haus schon die Tür öffnete.

Die Maus in Kays Jacke zappelte und Kay nahm es als gutes Zeichen.

„Na, habt ihr ihn?", fragte Robert, sobald sie die Küche betreten hatten.

„Ihn?", fragte Kay. Sie hatte so eine Vermutung entwickelt, aber noch nicht so richtig daran geglaubt.

„Ihr habt die Maus, nehme ich an? Wartet mal, ich hab hier einen Schuhkarton bereitgelegt ..."

Willow sah schon ein wenig zuversichtlicher aus, anscheinend hatte sie sich selbst davon überzeugen können, dass auch Robert im Zweifelsfall eher zum Helfen als zum Schimpfen neigte. Zumindest in dieser Reihenfolge.

Den Schuhkarton mit der Maus stellten sie auf den Tisch in der Küche. Kay war zwar nicht ganz glücklich mit dem Nager auf dem Esstisch, aber die Küche war der Ort, an dem Chleo ihn im schlimmsten Fall am schnellsten wieder einfangen könnte.

„Chleo, gehst du bitte Melody sagen, dass du uns Lavendel, Süßholz und eine Dosis Klarseher bringen sollst?"

Die Katze betrachtete ihn skeptisch. „Seit wann braucht man das für eine Rückverwandlung?"

„Überhaupt nicht, du Besserwisser. Die schaffen wir so. Denk mal auf dem Weg drüber nach, wozu man das noch braucht. Und jetzt ab mit dir."

„Chleo, fang die Maus, Chleo, ab in die Lodge, Chleo, geh Zaubermittel holen …", murrte die Katze vor sich hin, machte sich aber gehorsam auf den Weg. „Brauchen wir Hilfe? Eusebia Adams vielleicht?", fragte sie von der Kellertür aus und Willow und Robert riefen gleichzeitig: „Bloß nicht!"

„Braucht diese … *Maus* vielleicht Futter oder Wasser?", fragte Kayleigh, um sich nützlich zu machen.

„Du weißt doch genau, dass es keine Maus ist", erwiderte ihr Onkel.

„Nun, technisch gesehen ist es momentan eine. Wenn ich jetzt raten müsste, würde ich sagen, Willows Stalker ist ein wenig zu aufdringlich geworden und ihr ist nicht die Hand ausgerutscht, sondern ein Zauberspruch?"

Willow wich ihrem Blick aus.

„Ich widerspreche dir jetzt mal nicht", erwiderte Robert mit einem verschwörerischen Unterton. Von der Tatsache ermutigt, dass noch niemand sie rausgeworfen hatte, kombinierte Kay weiter. Dabei wandte sie sich in erster Linie an Willow: „Und das ist anscheinend nicht erlaubt, Zauberer verstehen da keinen Spaß – und weil deine Lehrerin sowieso ziemlich streng ist, versetzt uns ihre Gegenwart in der Teestube gerade alle in Panik."

Sie suchte im Schrank nach einem kleinen Schälchen, fand auf Anhieb aber nur einen flachen Eierbecher aus Metall. Sie füllte die Vertiefung in der Mitte mit Wasser und stellte ihn vorsichtig in den Schuhkarton.

Willow traute sich langsam näher. „Es tut mir sehr leid", sagte sie zu der Schachtel. „Daisy hat gesagt, es wäre absolut sicher ..."

„Daisy?"

Erschrocken klappte Willow den Mund zu und presste die Lippen aufeinander. Robert musterte sie auf eine Art, die Kay nur zu gut kannte.

„Tut mir leid, Willow, aber da kommst du jetzt nicht mehr raus. Sag ihm besser gleich, was Daisy damit zu tun hat."

Willow schaute sie skeptisch an.

„Glaub mir, ich bin mit diesem Blick groß geworden", fügte Kayleigh hinzu.

Im Karton trippelte die Maus auf und ab und hielt dann inne. Vielleicht traute sie sich ja ans Wasser.

„Na ja, es war doch weil ... Annie in seinen besten Freund verliebt ist. Da meinte Daisy, man könnte mit einem Liebeszauber nachhelfen. Sie sagte, es könnte nichts schiefgehen, aber ich hatte mir mal Annies Haarbürste ausgeliehen und anscheinend hat Daisy ein Haar von mir erwischt ... Und wir brauchten etwas von Frederick, also hat sich Daisy beim Sport in die Umkleide der Jungs geschlichen. Ich hab keine Ahnung, was sie von da mitgenommen hat, sie sagte, Haare wären am besten, aber die beiden haben die gleiche Sporttasche ..." Wieder fiel ihr Blick auf den Karton und sie verstummte.

Roberts Gesicht verdüsterte sich. Willow starrte zu gebannt den Karton an, um es zu bemerken, aber Kay hatte das Gefühl, dass da eine ordentliche Strafpredigt im Anflug war. Und zwar nicht für Willow.

„Das sind bewusstseinsverändernde Zauber. Dafür ist die ganze Bagage viel zu jung", sagte er leise zu Kay. „Wenn du etwas Derartiges in der Teestube noch mal mitbekommen solltest, sag gleich jemandem Bescheid. Minderjährige Magier dürfen so etwas aus genau solchen Gründen noch nicht können."

„Also hat Daisy was genau getan? Unerlaubt einen Zauber gelernt und verwendet?"

„Hätte sie ihn richtig durchgeführt, wäre das da nicht passiert. Sie hat ziemlich fahrlässig gehandelt. Als hätte Jillian dir in dem Alter die Autoschlüssel geklaut und damit einen Unfall gebaut."

„Ja, verstehe", meinte Kayleigh.

In der Tür wurde ein Schlüssel gedreht und einen absurden Moment lang befürchtete sie schon, es könnte Mrs Adams sein.

„Hallo!", ertönte zum Glück Jills Stimme im Flur. „Na, Mieze, was hast du denn da gefangen?"

Alarmiert schossen Robert und Kay zur Tür. Hatte der Zauber noch weitere Opfer gefordert?

„Ich war's nicht!", hörten sie Willow sagen.

Im Flur hatte Chleo eine sorgfältig zugewickelte kleine Papiertüte abgelegt. „Jillian, was meinst du: Lust, was Verbotenes zu tun?", fragte sie gerade.

„Immer", erwiderte Jillian. „Welche Leiche graben wir dieses Mal aus?"

„Gar keine. Heb das auf und komm mit."

Jillian zuckte mit den Schultern und tat, wie die Katze ihr geheißen hatte.

„Wir haben das einfach nicht gesehen", meinte Robert und schob Kayleigh in die Küche zurück.

„Was machen die jetzt?", wollte sie wissen, auch wenn sie eine Ahnung hatte.

„Das Gegenmittel mischen."

„Die Katze?", fragte Willow schüchtern.

„Die Katze, genau", erwiderte Robert und warf Kayleigh einen vielsagenden Blick zu. „Während Noah draußen ist und nach ... Kollateralschäden des Zaubers sucht."

„Kann man ihn nicht vorher zurückverwandeln?", wollte Willow wissen. „Ich meine ... wie lange muss er denn eine Maus bleiben?"

„Mädchen, ich will ihm einfach die Peinlichkeit ersparen, sich hier in Anwesenheit mehrerer Frauen wie ein liebeskranker Idiot aufzuführen, wenn er wieder menschlich ist. Also schaffen wir erst den Liebeszauber aus der Welt und dann die Schnurrhaare und das Fell."

„Es tut mir so, so leid", wiederholte Willow.

„Ja, das glaube ich dir. Trinken wir noch einen Tee und sagen einfach niemandem was von der blöden Geschichte, ja? Ich kann mir nicht vorstellen, dass Henry hier je im Leben freiwillig darüber spricht."

Willow strahlte Robert an, als hätte er einen Drachen für sie erschlagen. Kay konnte sich gut vorstellen, dass er das Mädchen gerade vor mehr als nur Hausarrest bewahrt hatte – und das war für einen Teenager ja praktisch dasselbe wie ein Drache.

Es dauerte eine Weile, bis Chleo mit Jillian im Schlepptau in die Küche kam. Jillian trug einen kleinen Messbecher in der Hand, als würde sie ein rohes Ei halten.

„Aber ...", begann Willow, als sie Jillian sah.

„In dem Moment, in dem du ausplauderst, dass ich das Gegenmittel gemischt habe, plaudere ich aus, was hier passiert", verkündete Jillian freundlich.

„Jill, das ist doch jetzt wirklich nicht nötig", tadelte Robert sie.

„Sicher ist sicher", erwiderte sie und beäugte interessiert den Karton. „Da ist er also drin?"

„Und da soll er ja nicht drinbleiben müssen", meinte Robert.

Jillian ließ den Becher auf dem Tisch stehen und wich zu Kayleigh zurück. „Jetzt bin ich ja mal gespannt", sagte sie und betrachtete jede Bewegung ihres Onkels mit wissenschaftlichem Interesse.

„Wenn diese Mischung so wirkt, wie sie soll, wird er an sein Mäuseleben keine Erinnerung mehr haben. Nur noch an den vermaledeiten Liebeszauber, was peinlich genug ist. Wenn ich diesen Jungen zurückverwandele, wird ihm also keine von euch sagen, dass er eine Maus war. Ist das klar?", fragte er ungewohnt streng in die Runde.

„Vollkommen", erwiderte Jillian.

„Klar", sagte Kay.

„Sicher", flüsterte Willow.

„Moment mal", platzte Jillian heraus und ihr Onkel warf ihr einen fragenden Blick zu. „Vielleicht hab ich zu viele Filme mit Werwölfen gesehen, aber wenn er jetzt eine Maus ist, was ist bei der Verwandlung aus seinen Klamotten geworden?"

„Oh", machte Robert. „Willow, er war doch angezogen, als du ihn verwandelt hast, oder?"

Das Mädchen lief knallrot an und nickte lediglich.

„Es ist nichts von seinen Sachen liegen geblieben?"

„Ich glaube nicht", flüsterte Willow.

„Dann nehmen wir mal an, der Zauber hat seine Kleidung schlicht und ergreifend in das Fell verwandelt, das er jetzt hat." Robert nahm den Karton, setzte ihn auf einem Stuhl ab und zog den Stuhl ein wenig vom Tisch zurück. Nachdem er die Entfernung kritisch betrachtet hatte, vergrößerte er sie noch ein bisschen.

„Willow, Ohren zuhalten. Und alle anderen halten Abstand", wies er sie an.

Gehorsam wichen sie bis zur Küchenzeile zurück. Willow zog einen MP3-Player aus der Hosentasche, steckte die Kopfhörer in die Ohren und legte zusätzlich die Hände darüber.

„Sie muss sich die Ohren zuhalten und wir nicht?", fragte Kay die Katze, die auf die Küchenzeile gesprungen war.

„Du kannst gerne versuchen, den Zauber nachzusprechen. Ich garantiere dir, dass es nicht klappen wird. Dank dem Störsender der Lodge wirst du ihn nicht mal richtig verstehen", erwiderte Chleo fast schon gelangweilt.

„Pst, ich will nichts verpassen", zischte Jillian.

„Zum Glück muss man es einatmen und nicht trinken." Robert träufelte vorsichtig etwas von dem Gegenmittel in den Karton. „Ich bin mir nicht sicher, ob es richtig verdampft. Normalerweise gibt man es in heißes Wasser und lässt es die Person inhalieren."

„Soll ich Ignatius holen oder setzen wir den Happen in den Backofen? Zur Not nehme ich meine Maus auch gegrillt", schlug Chleo vor und leckte sich über ihr Mäulchen.

„Manchmal könnte ich dich schütteln", erwiderte Robert.

„Bin gleich wieder da", sagte Kayleigh und lief ins nächste Badezimmer. Wie meistens war das Haus auf ihrer Seite. Hinter der ersten Schranktür, die sie öffnete, fand sie, was sie suchte. Mit dem Fön in der Hand kehrte sie in die Küche zurück.

„Versuch das mal", sagte sie zu ihrem Onkel.

„Sehr guter Einfall!", meinte er.

„Hast du Jill nie mit dem Fön die Ärmelaufschläge trocknen müssen nach dem Händewaschen?", erwiderte sie. Zaubern hatte er ja schließlich in ihrer Gegenwart nicht gedurft.

„Hat er einmal versucht. War mir viel zu heiß und ich hab gebrüllt, als hätte ich mich verbrannt", erwiderte Jillian mit einem durchtriebenen Grinsen.

„Also, versuchen wir es", entschied Robert, steckte den Fön ein und richtete ihn vorsichtig auf den Karton. Erst geschah nichts, nur die Maus trippelte ein wenig aufgeregter hin und her.

Dann strömten dunkelgrüne Schwaden heraus.

„Ich nehme an, wenn man nicht verzaubert wurde, passiert auch nichts?", folgerte Jillian.

„Richtig. Riecht nur seltsam, aber es tut sonst nichts. Also ..."

Die Klingel unterbrach ihn. „Auch das noch. Kümmert euch um das hier, ich versuche, denjenigen abzuwimmeln."

Jillian nahm ihm den Fön ab. „Haben wir eine Ahnung, wann es genug ist?"

Von draußen hörten sie ihren Onkel laut „Eusebia!", rufen.

„Heilige Scheiße!", platzte es aus Kay heraus.

„Shit", wiederholte Jillian und warf einen Blick auf den Messbecher. „Konnte Melody die Tante nicht aufhalten? Und wieso muss sie ausgerechnet jetzt so dringend zu Bob oder Noah? Chleo, irgendeine Ahnung, wann das wirkt?"

„Nimm den ganzen Becher, wenn es sein muss, mehr als klar im Kopf kann er nicht werden", riet die Katze.

Kurzerhand folgte sie dem Rat, hob rasch den Deckel und leerte den Messbecher in den Karton, sodass die Maus jetzt garantiert durchnässt war.

„Jill, wenn das jetzt zu viel war!"

„Du hast die Katze doch gehört!"

„Das war die Katze! Die wollte ihn eben noch gegrillt zum Abendessen verputzen!"

Willow hatte die Kopfhörer aus den Ohren genommen. „Was ist los?"

„Überraschung, Willow. Deine Lehrerin steht vor der Tür und wir haben hier ein riesen Problem", informierte Jill sie.

„Oh Gott." Willow wurde so blass, dass Kayleigh schon fürchtete, sie würde gleich umfallen.

„Wie testen wir denn jetzt, ob es gewirkt hat?", fragte Jillian.

Die Katze verließ demonstrativ die Küche.

„Kätzchen! Lass mich nicht im Stich, verdammt!", zischte Jillian, doch davon ließ sich Chleo nicht beeindrucken.

Auf dem Flur ertönten Schritte. Näherkommende Schritte.

„Oh, du lieber Gott", murmelte Willow.

„Glaubst du etwa an den?", fuhr Jillian sie an.

„Tu irgendwas!", drängte Kay. Der Dampf aus dem Karton hatte stark zugenommen und verbreitete sich in der Küche. Kayleigh riss das Fenster auf.

„Willow, komm her. Halt die Hand da rein", befahl Jillian.

„In den Karton?"

„Nicht quatschen, herkommen!"

Eingeschüchtert folgte Willow dem Befehl.

„Wir können uns doch auch gleich in die Küche setzen", hörten sie Eusebia Adams im Flur sagen.

Die Tür ging auf und alle erstarrten. Doch es war nur die Katze.

„Au!", quiekte Willow in dem Moment.

„Perfekt!", freute sich Jillian. „Chleo, *bitte*, jemand muss uns den Arsch retten!"

„Und zwar ziemlich schnell. Die kommen jeden Moment zur Tür rein", erwiderte die Katze und näherte sich dem Karton. „Wo ist das Futter?" Sie tippte den Karton mit der Pfote an. Er kippte, der Deckel verrutschte und die Maus schoss heraus.

Der Türgriff wurde herunter gedrückt, die Maus raste auf die Tür zu.

Die Katze stieß in schneller Folge ein paar Worte aus und plötzlich war es ein Junge im Teenageralter, der auf die Tür zustolperte. Glücklicherweise ein angezogener Junge. Überfordert von der Verwandlung fiel er und landete auf der Seite.

Schwungvoll ging die Küchentür auf und kollidierte mit der Stirn des Jungen, der schmerzerfüllt aufstöhnte.

Willow schlug sich erschrocken die Hand vor den Mund. Jillian stellte sich vor den verräterischen Messbecher auf dem Tisch und Kay stürzte sich auf den Karton.

„Was ist denn hier passiert? Um Himmels willen, Henry!“, rief Mrs Adams.

„Richtig, was ist denn hier passiert?“, wiederholte Robert. Seine Augen weiteten sich, als er den Jungen sah, der inzwischen auf dem Hosenboden saß und sich den Kopf hielt.

„Die Katze hat ihn mitgebracht“, platzte Jillian heraus und Kay sah aus den Augenwinkeln, wie besagte Katze eine Pfote an den Kopf legte.

„Na, ist doch wahr! Die Katze hat diese Maus gebracht und wollte sie sich nicht abnehmen lassen und dann hat sie Kay zu Henry und Willow geführt. Wie war das, Willow, er ist gegen die Straßenbeleuchtung gerannt, in eine große Pfütze gefallen und musste sich einen Moment hinsetzen? Und du wolltest ihn nicht alleine lassen?“

Willow nickte benommen.

„Bist du deshalb so nass? Seid ihr in den letzten Regenguss gekommen?“, fragte Mrs Adams und taxierte alle Anwesenden mit dem „ihr führt mich nicht an der Nase herum"-Blick aller Lehrer.

„Wir dachten, wenn sich die beiden einfach mal ein bisschen aufwärmen können, geht es gleich wieder", meinte Robert. „Ich wollte Henry gerade trocknen. Aber wenn er so wacklig auf den Beinen ist, sollten wir ihn vielleicht doch zum Arzt bringen."

„Mir ist irgendwie nicht gut", meldete sich Henry in diesem Moment wie aufs Stichwort.

„Vielleicht sollten wir doch ausschließen, dass du eine Gehirnerschütterung hast", entschied Robert, half ihm auf die Füße und trocknete ihn mit einer Handbewegung.

„Sicher ist sicher, würde ich sagen", stimmte Mrs Adams zu. „Willow, soll ich dich nach Hause bringen? Robert, wir führen diese Diskussion dann ein anderes Mal, die Wissenschaft läuft ja nicht weg."

„Nein, die geht nirgendwo hin, im schlimmsten Fall nicht mal vorwärts", murmelte Robert. Lauter sagte er: „Wir heben den Artikel auf, dann können wir uns demnächst darüber unterhalten."

Henrys Gesicht hatte mittlerweile eine seltsame Färbung angenommen, die ein wenig ins Grünliche ging.

„Onkel Bob, ich hoffe, ich hab es nicht mit dem Pflanzendünger übertrieben", meinte Jillian in diesem Moment zerknirscht.

„Dem Dünger?"

„Du hast doch gesagt, wir sollten mal die Pflanzen im Vorgarten düngen. Der ganze Becher auf die Gießkanne, oder?", fügte Kay hinzu.

Roberts Augen wurden ein Stück größer, als er verstand. „Das mag ein wenig ... großzügig bemessen sein, aber daran gehen sie schon nicht ein", erwiderte er.

„Na komm, Henry, bringen wir dich mal zum Durchchecken. Sie könnten vielleicht seinen Eltern Bescheid sagen, Eusebia? Bevor sie sich Sorgen machen, wo er bleibt ...“

„Ich komme sowieso dort vorbei. Und dich soll ich nicht mitnehmen, Willow?“

„Nein, schon gut, ich war auf dem Weg hierher, weil meine Freundinnen nachher noch kommen", erwiderte sie.

„Also schön, dann vergesst die Hausaufgaben aber nicht.“

Typisch Lehrer, eine letzte Ermahnung war immer noch drin. Bis die Haustür hinter ihnen zugefallen war, blieben Kayleigh, Jillian und Willow wie zu Salzsäulen erstarrt im Raum stehen. Dann hörten sie Schritte draußen und schließlich, etwas leiser, erst ein Auto, das ansprang, dann ein weiteres.

„Hui. Das war knapp", seufzte Jillian und ließ sich auf den Stuhl fallen, auf dem eben noch der Karton gestanden hatte, sprang aber augenblicklich wieder auf. „Igitt! Die Pappe war durchgeweicht!“

Willow murmelte etwas, bewegte etwas steif die Hand und sowohl der Stuhl als auch Jillians Hosenboden waren wieder trocken.

„Danke schön", sagte sie. „Und hör mal, das vorhin, das war nicht so gemeint. Ich lasse dich schon nicht auffliegen.“

„Ich dich auch nicht", erwiderte Willow und brachte schon wieder ein zaghaftes Lächeln zustande.

Kay ging wortlos zum Kühlschrank, öffnete eine neue Dose Katzenmilch und goss Chleo eine großzügige Portion ein.

„War das nicht gestrichen? Oder leidest du jetzt an Amnesie?"

„Das Gestrichen ist gestrichen. Die hast du dir verdient, du kleines Biest", erwiderte sie.

Jillian klopfte auf den Stuhl neben sich. „Setz dich mal noch einen Moment, Willow. Es ist ja nichts passiert."

Willow schluckte und nickte. Einmal mehr wirkte das Mädchen, als wäre es den Tränen nahe, dieses Mal allerdings vor Erleichterung.

„Ich gehe mal nach Brandon sehen", sagte Kay. Vielleicht hatte sie Glück und er hatte den ganzen Terz verschlafen.

„Das hätte mir jetzt schon die Zukunft verbauen können", hörte sie Willow im Hinausgehen noch sagen. Sie war gespannt, was Jillian später berichten würde.

Nächtliches Rätselraten

Vollständig versammelt war die gesamte Familie erst wieder beim Abendessen. Kay war erstaunt, wie viel Willow Jillian tatsächlich erzählt hatte und Jillian wiederum hatte kein Wort vergessen. Laut Willow endete die Verantwortung von älteren Zauberern für jüngere nicht an der Schultür. Bei Zaubern konnte so viel passieren, dass im Grunde fertig ausgebildete Zauberer, vor allem Lehrer, ständig ein Auge auf ihre Schützlinge hatten.

Einerseits war es ein Schutzmechanismus, gleichzeitig war es aber auch ein Test. Junge Magier mussten nicht nur normalen Schulstoff lernen und darüber hinaus ihre magische Ausbildung durchlaufen, sie mussten auch mit der gewöhnlichen Welt zurechtkommen. Genau so etwas wie mit Henry und der Maus durfte nicht passieren. Die Mädchen hatten noch Glück gehabt, dass Henry selbst ein junger Magier war. Wurden Jungzauberer bei so einem Eingriff in die Welt der Nichtmagischen erwischt, drohten ihnen härtere Konsequenzen als nur Strafarbeiten.

„Sie könnte nie zu den Marsianern gehen, wenn das rausgekommen wäre. Zu fahrlässig für die Truppe, zu leicht aus der Ruhe zu bringen, wenn die Situation mal brenzlig wird. Weil ihr bei Henry der Zauberstab ausgerutscht ist, passiert ihr das natürlich immer wieder, jedenfalls denken die Marsianer so", schloss Jillian ihren Bericht.

„Du siehst also", begann Robert langsam, „es sind nicht nur Nichtmagische, die praktisch von Vorschriften verfolgt werden."

„Ich muss zugeben, da hatten wir mehr Freiheiten", erwiderte Jillian ernst.

„Es geschehen noch Zeichen und Wunder, die liebe Jill fühlt sich nicht mehr als alleiniges Opfer der Umstände!", rief Noah und hob theatralisch die Hände.

„Jetzt übertreib mal nicht gleich", knurrte Jillian und beugte den Kopf über ihren Teller.

„Was geschieht jetzt mit Daisy?", wollte Kayleigh wissen und goss Brandon neues Wasser ins Glas.

„Da fragst du mich was. Wir müssen uns das Mädchen auf alle Fälle mal vornehmen. Vielleicht war das ein Einzelfall und wir haben alle mal Dummheiten gemacht. Aber wir können auch nicht die Hand dafür ins Feuer legen, dass sie so etwas nicht noch mal macht."

„Also willst du ihr weder heftige Konsequenzen aufbrummen, noch willst du sie damit davonkommen lassen", folgerte Kayleigh.

„Ich *kann* sie genau genommen nicht damit davonkommen lassen, Kay. Du hast diese Maus gesehen. Wenn jetzt nicht Chleo nach dem Jungen geschnappt hätte, sondern eine andere Katze? Willow wusste sich nicht mehr zu helfen, weil sie keinem Erwachsenen, der den Liebeszauber hätte lösen können, von der Misere erzählen konnte. Mit so einer dummen Verwechslung hätten sie auch einen Nichtmagischen treffen können. Und wer will den Eltern, besonders nichtmagischen Eltern, am Ende erklären, dass ihr

Sohn leider, leider von der Katze gefressen wurde, weil einem Mädchen aus seiner Schule leider, leider ein Zauber ausgerutscht ist? Nein, das können wir nicht auf sich beruhen lassen. Ich weiß nur noch nicht, wie ich das angehe."

„Das sollte man nicht überstürzen, das braucht Fingerspitzengefühl", bekräftigte Noah.

Schweigen senkte sich über die Runde am Tisch.

„Ich muss noch was erledigen", murmelte Jillian, nachdem sie ihr Abendessen beendet hatte. Niemand nahm es so richtig zur Kenntnis, denn dass Jillian noch am Abend an irgendwelchen Projekten arbeitete oder die Nase in Bücher steckte, die mit der Schule nicht im Entferntesten zu tun hatten, war nichts Neues.

Kayleigh fühlte sich dafür zum ersten Mal seit einiger Zeit noch wach genug, um eine Weile zu lesen. Das Buch hatte sie schon eine halbe Ewigkeit zu Ende lesen wollen und dann war der Umzug dazwischengekommen. Aber jetzt ...

Leise Schritte im Flur ließen sie hochschrecken. Verdammt, es war schon viel zu spät, sie hatte sich dermaßen festgelesen, dass sie die Zeit vergessen hatte. Das Buch war so spannend, dass ihr nicht einmal die Augen zugefallen waren.

War Brandon noch einmal aufgewacht? Die verstohlenen Laute aus dem Flur klangen eher nicht nach ihrem Sohn. Kayleigh setzte sich im Bett auf und rieb sich die Augen. Was war da draußen nun schon wieder los? Wenn irgendetwas im Haus war, was dort nicht hingehörte, hätte Frosty ganz sicher Alarm geschlagen. Blieb eigentlich nur Jill. Aber was sollte die um diese Zeit außerhalb ihres

Turms wollen? Sie hatte nie geschlafwandelt, sie würde doch jetzt nicht damit anfangen, oder?

Ein leises Knarzen sagte Kay, dass jemand die schmale Treppe hinaufstieg, die zum Dachboden führte. Jill suchte doch nicht ausgerechnet jetzt irgendetwas, das nach dem Umzug dort hinauf gewandert war?

Kayleigh schwang die Beine aus dem Bett und schlich den Geräuschen hinterher.

Ein schwaches Flackern leuchtete vom Aufgang zum Dachboden herunter. Brauchte Onkel Robert vielleicht etwas für irgendein Ritual? Kayleigh wusste, dass sie die eine Hälfte des Dachbodens nicht betreten konnten, weil dort irgendwelcher Zauberkram lagerte. Aber musste das mitten in der Nacht sein?

Vorsichtig stieg sie die Stufen hinauf und bog um den Treppenabsatz unter dem Buntglasfenster von Ephraim.

Die Gestalt, die auf den letzten Stufen saß, ließ Kay erschrocken aufkeuchen. Kurz war sie sicher, einem Geist der Lodge gegenüberzustehen, erst dann erkannte sie ihre Schwester. Jillian schaute konzentriert zu dem Fenster hinauf, doch dass sie mitten in der Nacht hier saß und allem Anschein nach einen toten Magier anstarrte, war nicht das Seltsamste an der Sache. Sie hatte offensichtlich kein Licht machen wollen und stattdessen ein LED-Grablicht neben sich gestellt, das die Szenerie in rötliches Flackern tauchte. Außerdem trug sie allen Ernstes ein fast bodenlanges Nachthemd und hatte eine Wolldecke um die Schultern gelegt. Kein Wunder, dass Kay sie für eine Erscheinung aus der Vergangenheit gehalten hatte.

„Jill?", flüsterte Kay und ihre Schwester sprang auf die Füße.

„Gott, Kayleigh! Was schleichst du dich denn hier im Dunkeln an?"

Kayleigh trat in den begrenzten Lichtkegel. „Schleichen ist das Stichwort. Was machst du hier, es ist mitten in der Nacht, in ein paar Stunden ist Schule!"

„Wärst du entgegen deiner sonstigen Gewohnheiten nicht noch wach, hättest du gar nicht mitbekommen, dass ich hier bin. Die letzten Nächte hat es dich auch nicht gestört. Außerdem ist in ein paar Stunden Samstag."

„Oh. Schön, aber was sollen diese nächtlichen Ausflüge?"

„Ehrlich gesagt bin ich auf der Suche nach Hilfe. Angeblich hat der gute, alte Ephraim ein Herz für Nichtmagische gehabt ..."

„Und was genau soll er für dich tun?"

„Eine Tür aufmachen", erwiderte Jill mit leicht abwesendem Gesichtsausdruck.

„Jill! Man könnte meinen, du hast was getrunken. Was für eine Tür, um Himmels willen?"

„Da! Siehst du das?"

Aufgeregt packte Jill ihren Arm und deutete mit der anderen Hand auf das Fenster.

Kayleigh blieben die nächsten Worte im Hals stecken. Träumte sie, oder veränderte sich das Bild in dem Glas? Ein langer Flur wurde dort sichtbar, der Kayleigh bekannt vorkam.

„Was soll das denn sein?", wunderte sich Jillian.

„Da warst du noch nie. Ich schon. Nimm deinen Kerzen-Ersatz und folge mir unauffällig", forderte Kay ihre Schwester auf.

Wie Diebe in der Nacht schlichen sie durch das Haus und als wäre die Lodge einmal mehr auf ihrer Seite, stellte sie wundersamerweise jedes Knacken und Knarzen unter ihren Füßen ein.

Kay lotste Jillian in den Keller und durch die feuerfeste Tür im Durchgang zur Teestube.

„Will ich wissen, wie du auf die Idee gekommen bist, mitten in der Nacht dieses Fenster anzustarren?", fragte sie, als sie sicher war, dass man sie im Haus nicht mehr hören würde.

„Das stand im Buch. Bei Kerzenschein kann Ephraim dir helfen. Ich wollte keine echte Kerze anzünden bei dem ganzen Holz."

„Sehr vernünftig. Und wieso trägst du diesen Fummel? Gehört das zur Beschwörung?"

„Der war in meinem Schrank. Ich dachte, ich kann mich zu der Verabredung auch passend anziehen, oder nicht?"

„Verabredung? Jill, der tote Typ ist einer deiner Vorfahren!"

„Ich sagte Verabredung, nicht Date. Menschenskind, eine Verabredung zur Familienzusammenführung. Was denkst du denn? Ich wollte den alten Onkel Ephraim ja nicht gleich erschrecken, indem ich für seine Begriffe völlig unzeitgemäß angezogen bin ... Wo gehen wir eigentlich hin?"

„Zu Frostys Kühltruhe. Für mich sah der Flur auf dem Bild so aus, als würde es darum gehen."

Sie hatten die Tür am Ende des Flurs erreicht und Kayleigh öffnete sie. Abgesehen von Frostys Truhe war der Raum leer.

„Wer braucht schon so eine Truhe, wenn es mehrere richtig moderne Gefrierschränke im Haus gibt? Und wieso saß der Drache überhaupt in der Truhe, wenn er doch genauso gut im Haus herumwuseln kann?", stellte Jillian die entscheidenden Fragen.

„Bis auf Frosty war die Truhe leer. Man hat also auch nicht dem Drachen was zu tun gegeben, indem man ihn Sachen hat einfrieren lassen. Es muss was anderes sein ...", antwortete Kayleigh.

Noch immer war die Truhe ohne Strom, der Stecker lag nutzlos auf dem Boden. Als Jillian den Deckel anhob, waren die Körbe darin leer. Die Ecke, in der Frosty damals gesessen hatte, war ebenfalls leer, ein paar aufgetaute Kühlpads lagen achtlos auf dem Boden.

„Hilf mir mal", forderte Jillian Kay auf und machte sich daran, die Körbe herauszuholen.

„Was hast du denn vor?"

„Nachsehen, das hab ich vor."

„Aber bitte keine einstürzenden Wände dieses Mal."

„Kann ich nicht versprechen."

„Jillian! Wir können nicht den Keller der Lodge einreißen!"

„War ein Scherz", erwiderte Jill ungerührt.

Kaum war der letzte Korb aus der Truhe gehoben, stützte sich Jillian auf den Rand und kletterte zu Kays Erstaunen hinein.

„Was willst du noch, die ist leer!", wies Kayleigh sie auf das Offensichtliche hin.

„Drachen, Schwesterchen. Was machen Drachen im Allgemeinen? Komm schon, denk an den Hobbit!"

„Suchst du etwa einen geheimnisvollen Stein da drin? Oder einen Ring?"

Achtlos warf Jillian die Kühlpads über den Rand der Truhe. Mit klatschenden Geräuschen kamen sie auf dem Steinboden auf.

„Darfst noch mal raten", erwiderte Jill und tastete auf dem Boden der Truhe herum.

„Das ist doch bescheuert, du sitzt mitten in der Nacht in einer Kühltruhe und willst Rätselraten spielen?"

„Wenn du besser wirst, sind wir schneller fertig. Und an deiner Stelle würde ich mich beeilen, ich hab's nämlich gleich", kam es aus der Truhe.

Kayleigh versuchte, an Jillian vorbeizusehen. „Ein Goldschatz? Wäre ziemlich mickrig, wenn er da reinpasst."

„Einen Versuch hast du noch. Aha!"

Kayleigh wich zurück, als sich Jillian aufrichtete. „Schlüssel!", platzte es dann aus ihr heraus.

„Hey, das war geschummelt!", maulte Jillian und kletterte aus der Truhe. „Auf den ersten Blick sind es sieben."

Erschrocken warf Kayleigh einen Blick zur Tür, doch noch war niemand auf sie aufmerksam geworden. „Oh nein. Nein, nein, nein! Das ist bitte nicht das, was ich denke, dass es ist!"

„Hab ich euch", flüsterte Jillian versonnen.

„Hätten wir nicht wieder 'ne Leiche ausbuddeln können? Jillian, die löschen uns das Gedächtnis, schmeißen uns raus ..."

„Psst! Sieh dir diese Schlüssel an und sag mir, was daran falsch ist."

Widerwillig näherte sich Kayleigh den Schlüsseln und betrachtete sie, als könnten sie gleich beißen.

„Keine Ahnung", erwiderte sie dann.

„Richtig. Und genau das wird der Fehler gewesen sein. Also was machen wir jetzt, um sicherzugehen? Wir brauchen die Tür."

Kayleigh legte ihrer Schwester die Hände auf die Schultern. „Keine Chance. Jill, lass das. Onkel Robert hat die Sache überprüft, es ist alles in Ordnung mit diesen Schlüsseln."

„Die wollten von mir, dass ich Geheimnisse *ent*schlüssele, richtig? Nun, können sie haben. Damals hat jemand nachgeprüft und es ist was schiefgegangen. Wie kann einem bei sieben Schlüsseln nicht auffallen, dass es nur sechs sind? Ganz einfach, es waren nie nur sechs! Das hätte jeder Idiot gesehen, aber was, wenn einer davon ausgetauscht wurde? Siehst du, es sind jetzt auch sieben, aber was ist denn, wenn nur sechs davon *echt* sind?"

Unschlüssig schaute Kayleigh zwischen dem Schlüsselbund und Jill hin und her.

„Damals ist doch gar keiner der Schlüssel weggekommen! Jillian, der Mensch, der dieses Buch geschrieben hat …"

„… war tatsächlich der Magier, der damals in der Lodge gelebt hat. Keiner aus unserer Familie, längere Geschichte … Die Handschriften sind aber eindeutig. Zufällig war dieser Magier ein Wahrsager mit erstaunlich genauen Visionen. Natürlich ist damals kein Schlüssel weggekommen, aber er hat wohl geahnt, dass einer wegkommen *wird*. Und hat seinen eigenen Tod benutzt, um uns darauf hinzuweisen."

„Seinen eigenen Tod?"

„Rate mal, wessen Leiche wir ausgegraben haben? Er hat niemand anderen umgebracht. Er ist selbst gestorben, vielleicht tatsächlich bei dem Versuch, die Lodge zu verteidigen. Er muss es vorher gewusst haben, sonst hätte er nicht diese hübsche Lüge um seine eigene Leiche spinnen können. Seinen Tod hat er dann benutzt, um auf die Schlüssel hinzuweisen. Ob damals wirklich jemand die Schlüssel stehlen wollte oder nicht, sei mal dahingestellt. Er wusste also, dass er stirbt und dass seine Leiche zurückkommen würde, und was auch immer dahintersteckt: Das Wichtigste war ihm, uns eine lange Zeit später noch mal ganz klar eines zu sagen: *Passt auf die Schlüssel auf.*"

„Das ist ... verdammt gruselig", stellte Kayleigh fest und versuchte das mulmige Gefühl im Magen zu verdrängen. „Ist er deshalb zurückgekommen? Wegen der Schlüssel? War es dann eigentlich gar nicht gefährlich für uns, dass er sich ... ausgegraben hat?"

„Damit rückt das Buch noch nicht raus. Aber vor allem schreit das danach, dass an seinem Tod und diesem Hinweis auf die Schlüssel noch ein ganzer Rattenschwanz von Dingen dranhängt!"

„Da hat sie recht."

Erschrocken fuhren die Schwestern zu der Tür herum, doch beide atmeten erleichtert auf, als die Katze hereinkam.

Chleo schien sie nicht weiter zu beachten, sondern lief zu der Wand, die der Tür gegenüber lag, und setzte sich ziemlich genau in die Mitte davor. Reglos wie eine Statue blieb sie sitzen.

„Manchmal bist du verdammt hilfreich, Kätzchen", sagte Jillian.

Bevor Kay sie zurückhalten konnte, hatte Jillian angefangen, die Wand abzuklopfen.

„Nicht abreißen. Jillian, bitte!“, mahnte Kayleigh.

„Sesam, öffne dich“, flüsterte die Katze und wo vorher
nur eine Steinwand gewesen war, wurden plötzlich die
Umrisse einer Tür sichtbar und ganz fein auch die Linien
eines Schlosses.

„Pass auf, wen du da jetzt besuchen gehst, Jill. Ich würde diese Tür an deiner Stelle nicht öffnen“, meinte die Katze.

„Siehst du! Wenn nicht mal Chleo diese Tür aufmachen
würde ...“

„Oh, *ich* würde durchaus, Kayleigh, versteh mich nicht
falsch. Aber Jillian sollte es nicht tun, das ist alles.“

„Verstanden“, flüsterte Jillian und schob den ersten
Schlüssel ins Schloss.

„Passt. Lässt sich drehen. Also nicht gefälscht“, war ihre
Folgerung.

„Würde ich auch so sehen“, erwiderte die Katze.

Eilig probierte Jillian die Schlüssel durch. Kayleigh
zählte atemlos mit. Drei. Vier.

„Treffer!“, rief Jillian beim fünften so laut, dass Kayleigh
zusammenzuckte.

„Welcher?“, wollte die Katze wissen, erwachte tatsächlich aus ihrer Starre und kletterte mit den Vorderpfoten an
Jillians Hosenbein hinauf.

„Der hier.“ Jillian hielt ihr den Schlüssel hin.

„Nummer vier“, meinte die Katze nachdenklich. „Da
sind kleine Nummern eingraviert, siehst du ...“

„Aber was machen wir jetzt? Wir haben doch jetzt ein
gewaltiges Problem, oder nicht?“, meinte Kayleigh.

„Ein verdammt gewaltiges Problem", stimmte die Katze zu. „Ihr zwei macht jetzt, dass ihr wieder in eure Betten kommt, bevor unser kleiner Mädchen-Ausflug hier auffällt. Der ging jetzt eindeutig zu weit, als dass wir einfach eure Onkel ins Vertrauen ziehen könnten. Und dann würde ich an eurer Stelle jemandem Bescheid sagen, der unauffällig bei Robert anklopfen und ihn bitten kann, ihm Zugang zu Nummer vier zu verschaffen. Das würde ich so schnell wie möglich tun und es sollte jemand sein, der diese Aktion hier nicht verpfeifen würde."

„Melody?", fragte Kayleigh. Wieso schaute diese Katze Jillian so vielsagend an?

„Oh nein, vergiss das!", erwiderte Jillian und wandte sich der Truhe zu, um den Ursprungszustand wiederherzustellen. „David gehört nicht zu meinem inneren Zirkel vertrauenswürdiger Menschen!"

„David ist nur ein Fingerschnippen weit weg, wenn es deine Finger sind, Jillian. Der würde wahrscheinlich selbst durch diese Tür gehen, wenn du danach wieder mit ihm redest."

Jillian drehte sich zwar nicht zu der Katze um, doch ihre Bewegungen wurden ein wenig langsamer. Kayleigh beeilte sich, ihr zu helfen.

„Warum nicht Melody?"

„Weil sie niemals etwas von Nummer vier bräuchte, ganz einfach", erwiderte die Katze ungeduldig. „Komm schon, Jill, für die Lodge!"

„Ja, mal wieder", knurrte Jillian.

„Für das Auenland?", versuchte es Kayleigh und entlockte ihrer Schwester damit tatsächlich ein flüchtiges Lächeln.

„Wenn überhaupt, für Gallifrey", erwiderte Jillian.

„Von mir aus auch das, Hauptsache, du springst über deinen Schatten und zitierst den Typen ... ich meine, du bittest ihn freundlich hierher", erklärte Chleo.

Die Truhe war wieder eingeräumt, der Deckel geschlossen.

„Was hab ich nur verbrochen", seufzte Jillian.

„Die Nase hinter die falschen Türen gesteckt", erwiderte die Katze ungerührt. „Man sollte nie eine Tür aufmachen, durch die man nicht gehen will."

„Und das sagst du jetzt?", schnaubte Kayleigh.

„Ihr habt nicht gefragt", erwiderte Chleo und lief voraus.

Schweigend huschten sie in ihre jeweiligen Zimmer zurück, doch an Schlaf war für Kayleigh erst einmal nicht zu denken. „Drachen bewachen Schätze", flüsterte sie schließlich in die Dunkelheit ihres Schlafzimmers. Und woraus sollten Schätze in der Magpie Lodge sein, wenn nicht aus Magie?

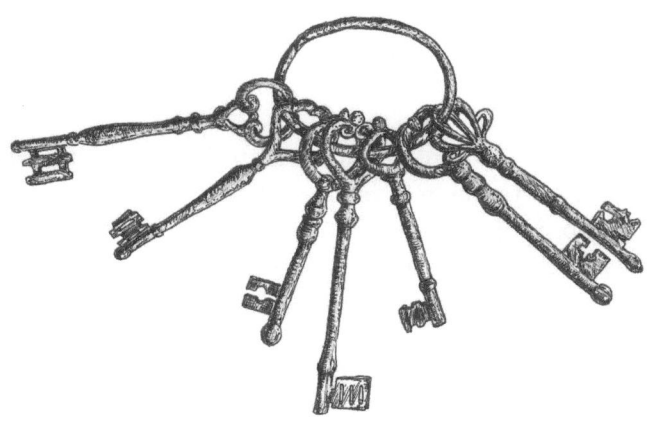

GEBALLTE MAGIE-KOMPETENZ

Es gab diese Tage, an denen man das Unheil praktisch kommen sehen konnte. An dem Samstag, als das Verschwinden des Schlüssels offiziell auffiel, konnte Kayleigh nicht sagen, ob sie den Eindruck nur hatte, weil sie Bescheid wusste, oder ob da wirklich eine Gewitterwolke in der Luft hing. Immer am Rand des Blickfeldes, aber dennoch unbestreitbar da. Sie hatte ernsthaft überlegt, Brandon im Pfarrhaus abzugeben, hatte sich dann aber dagegen entschieden. Es sollte nicht aussehen, als hätte sie geahnt, dass etwas passieren würde.

Das Gewitter brach nicht mit einem Donnern los, sondern mit dem für sich genommen harmlosen Geräusch der Türklingel. Jillian, Kayleigh und die Katze tauschten Blicke, die Bände sprachen. Brandon schaute von seinem Spielzeug auf und der Drache, der neben Brandon gedöst hatte, öffnete die Augen.

Aus dem Flur tönten Stimmen zu ihnen herauf, doch einzelne Worte waren nicht zu verstehen.

„Hallo, Apokalypse", murmelte Jillian.

„Jetzt übertreib mal nicht gleich", ermahnte Kayleigh automatisch, war aber selbst nicht ganz von ihren Worten überzeugt.

„Hast du eine Ahnung, welche Ausmaße das annimmt?", erwiderte Jillian düster.

„Du doch auch nicht."

„Ich schon", warf die Katze ein.

„Und?" Beide Schwestern richteten erwartungsvolle Blicke auf den felligen Besserwisser.

„Das Verschwinden des Schlüssels wird eine lange Kette von Ereignissen auslösen. An deren Ende hoffentlich das Wiederfinden des Schlüssels steht. Ansonsten ... könnte es zu weltuntergangsähnlichen Zuständen im Magier-Land kommen, das ist nicht ganz falsch."

„Schöner Mist", seufzte Kayleigh.

Sie ertappten sich beim gespannten Lauschen auf jeden Ton im Haus. Irgendwie hätte Kayleigh fast eine Art Alarmsirene oder etwas Ähnliches erwartet, doch weder ertönte infernalischer Lärm, noch schlossen sich wieder Gitter vor den Fenstern. Nur schnelle Schritte in der Etage unter ihnen und aufgeregtes Gemurmel zeugten davon, dass etwas nicht in Ordnung war.

„Ist was kaputt?", fragte Brandon.

„Das werden wir gleich sehen. Oder auch nicht", erwiderte Kayleigh. Offiziell wussten sie schließlich nichts von der Katastrophe, die sich anbahnte. Offiziell bahnte sich gar keine Katastrophe an, so einfach war das. Erst, wenn ihnen jemand etwas davon erzählte ... und das würde möglicherweise nie passieren.

„Frosty?", hallte Roberts Stimme durch das Haus.

Der Drache schoss davon.

„Er bekommt doch keinen Ärger, oder?", fragte Kayleigh.

„Nein. Glaubt mir, wenn jemand versucht hätte, an den Schatz zu kommen, solange der Drache ihn bewacht, hätten wir nur noch eine Pfütze gefunden."

„Frosty hat einen Schatz bewacht?", fragte Brandon mit großen Augen und war schon halb auf den Beinen, um dem Drachen nachzulaufen. Gerade noch konnte Kay ihn davon abhalten.

„Das hat jetzt die Katze gesagt", meinte Jillian.

In der Lodge herrschte plötzlich ein reges Kommen und Gehen. Jill und Kay fiel es schwer, sich nicht doch die Treppe hinunterzuschleichen, um herauszufinden, was dort vor sich ging.

„Mir ist das jetzt zu dumm, wir wohnen schließlich hier, verdammt!", befand Kay. „Komm, Brandon, gehen wir."

Fröhlich hüpfte der Kleine auf die Füße.

„Wieso gehst du?", wollte Jillian wissen.

„Weil ich behaupten kann, er hätte nach Melody gefragt und ich wollte ihm zeigen, dass Melody heute nicht da ist."

„Tante Mel ist nicht da?", fragte Brandon und Kay nickte zufrieden.

„Da, bitte!", verkündete sie.

„Manchmal bist du raffiniert genug, dass du doch mit mir verwandt sein könntest", stellte Jillian anerkennend fest.

Ein wenig plagte Kay das schlechte Gewissen, als sie mit Brandon die Treppen hinunterstieg. Ihn als Ausrede zu benutzen, war nicht ganz fair, aber nachdem die Sprache auf Melody gekommen war, bestand er tatsächlich darauf, nachzusehen, ob sie nicht wie immer in der Teestube war, und damit war es ja so gesehen gar keine richtige Ausrede mehr.

Zu Kayleighs Überraschung liefen sie im Flur fast in Melody hinein. „Tante Mel, du bist ja doch da!", rief Brandon erfreut.

„Was machst du hier, ich dachte, die Teestube wäre heute geschlossen?", fragte Kayleigh.

„Ist sie. Deswegen bin ich nicht hier", erwiderte Melody.

„Warum dann? Ist was passiert?"

„Könnte man so sagen. Sag mal, Jillian hat nicht zufällig ..." Sie brach ab und schüttelte den Kopf. „Kann ja eigentlich nicht sein. Woher hätte sie die Idee haben sollen?"

„Woher hätte sie welche Idee haben sollen?", fragte Kay, schon allein um den Schreck zu überspielen, den Melodys Worte ihr eingejagt hatten. Das fehlte gerade noch, dass die ganze Sache trotz aller Vorsicht innerhalb weniger Minuten ans Licht kam.

„Vergiss es." Melody winkte ab. „Bevor ich dich jetzt etwas Falsches frage und dir damit etwas erzähle, was du nicht wissen sollst."

Die Tür zum Arbeitszimmer ihres Onkels öffnete sich. „Oh, Kayleigh. Ich wollte dich gerade holen."

„Holen?"

„Melody, kannst du auf Brandon aufpassen? Ich würde Noah bitten, aber der ist bis morgen zu seinen Eltern gefahren. Es dauert nur einen Moment, Kayleigh."

Im Arbeitszimmer sah sich Kay mehreren Magiern gegenüber. Sie erkannte Ashby, dessen Fangfragen sie jetzt schon fürchtete, Eusebia Adams, die streng in die Welt blickte, David und Aaron Blackmoore, der sich mit Melody in die Garage gewagt hatte.

„Nimm Platz." Ihr Onkel schob ihr einen Stuhl hin und Kayleigh ließ sich leicht benommen darauf sinken. Die Mienen der Magier um sie herum waren unergründlich. Sie erinnerte sich noch zu gut an ihre eigene Mahnung an Jill, dass man ihr Gedächtnis löschen und sie aus der Lodge werfen würde. Kam es jetzt tatsächlich dazu?

Ronald Ashby feuerte die erste Frage auf sie ab: „Haben Sie in der letzten Zeit etwas Ungewöhnliches in der Lodge bemerkt?"

„Inwiefern?", fragte Kayleigh und versuchte, sich zu sammeln. „Für mich sind der Eisdrache, die Katze, die Feen und der ganze Kram noch immer sehr ungewöhnlich."

Vielsagende Blicke, hochgezogene Brauen bei Ashby und Mrs Adams.

„Schön, stellen wir die Frage anders: Etwas, was von dem, was Sie in der Lodge bis jetzt als Alltag erlebt haben, abweicht?" Mrs Adams sah sie durchdringend an und Kay fühlte sich, als wäre sie ohne Hausaufgaben in die Schule gekommen.

„Nein", erwiderte Kayleigh. Das war ja sogar die Wahrheit. Dass Jillian ihre Nase in magische Angelegenheiten steckte, war vom ersten Tag an so gewesen. Also war das wohl Alltag.

„War jemand in der Teestube, den Sie noch nie dort gesehen haben?", wollte Ashby nun wissen.

„Keine Ahnung. Ich wohne seit ungefähr einem Monat hier, woher soll ich wissen, ob ich jeden Stammgast schon kenne? Mir ist niemand aufgefallen", antwortete sie.

Nur die Ruhe, woher sollen sie denn etwas wissen?, versuchte sie, sich zu beruhigen, doch ihr Herz klopfte trotzdem bis zum Hals.

„Sie haben auch nie jemanden in die Lodge gelassen, den Sie nicht kannten?", war Ashbys nächste Frage.

Kayleighs Blick wurde von der Geste angezogen, die Eusebia Adams gerade verstohlen vollführte.

Mit dem Wahrheitszauber haben sie sich aber Zeit gelassen, schoss es ihr durch den Kopf.

„Miss Quinn?", hakte Ashby nach, als sie nicht antwortete.

„Entschuldigung. Nein, absolut niemanden."

Die Magier tauschten weitere vielsagende Blicke, nickten einander zu.

„Dürfte ich vielleicht wissen, was los ist?", wagte Kayleigh zu fragen. Sie wusste, sie bewegte sich auf dünnem Eis, aber hätte sie nicht gefragt, wäre es verdächtig erschienen.

Natürlich fühlte sich keiner für eine Antwort zuständig.

„Es stimmt doch ganz offensichtlich etwas nicht. Und ich habe einen dreijährigen Sohn. Wenn irgendeine Gefahr droht, dann würde ich das gerne wissen, bevor es zu spät ist!", fügte sie hinzu und schaute dabei vor allem ihren Onkel an.

„Brandon droht keine Gefahr", erwiderte dieser.

„Und das wissen wir mit Sicherheit? Warum dann dieses Verhör?"

„Wir möchten nur alle Unklarheiten beseitigen", erwiderte Mrs Adams. Vielleicht hatte es beruhigend klingen sollen, doch Kayleigh fühlte sich lediglich einmal mehr vor den Kopf gestoßen.

„Unklarheiten, sicher. Als könnte ich Ihnen da irgendwie helfen, wenn ich nicht wissen darf, was in meinem eigenen Zuhause vor sich geht", entfuhr es ihr.

„Hol bitte deine Schwester", sagte Robert, bevor jemand anderes auf ihre Worte reagieren konnte.

„Nein, besser nicht", mischte sich Ashby ein. „Hol du uns doch Jillian, Robert."

Kayleigh schoss einen wütenden Blick auf Ashby ab. Natürlich, sie sollte sich mit Jillian nicht absprechen und sie nicht vorwarnen können.

„Klar, es kommt einem wirklich so vor, als wäre alles in bester Ordnung", murmelte sie, ehe sie den Raum verließ, ohne zu fragen, ob sie gehen durfte.

Angespannt wartete sie mit Brandon in der Küche, bis auch ihre Schwester mit ihrem Verhör fertig war.

Als Jillian in die Küche kam, wirkte sie erleichtert und Kayleigh gestattete sich, aufzuatmen.

Schnell hatten sie festgestellt, dass Jillian dasselbe gefragt worden war wie Kayleigh, nicht mehr und nicht weniger.

„Das sagt uns eine ganze Menge", schloss Jillian.

Bevor sie ihre Überlegungen zusammentragen konnten, wurde die Tür leise geöffnet und David kam herein.

„Schöner Mist, den ihr da zum Glück aufgedeckt habt", sagte er. Er wirkte bei Kays Anblick zwar etwas zögerlich, doch letzten Endes sprach er trotzdem weiter. „Ihr hattet recht, jemand hat den Schlüssel ausgetauscht. Weiß der Himmel, wann. Es muss passiert sein, nachdem Frosty seine Truhe verlassen hat; an ihm wäre kein Dieb vorbeigekommen. Euch beiden wirft man nichts vor, die kämen nicht im Traum darauf, dass ihr etwas wissen könntet."

All das stieß er so schnell hervor, dass Kayleigh kaum mitkam.

„Danke. Vielen, vielen Dank", sagte Jillian.

„Nichts zu danken, hätten die Hohlköpfe mal besser aufpassen sollen!", erwiderte er. „Der Himmel weiß, was der Dieb mit dem Schlüssel vorhat. Das ist eine ernste Sache. Also, Jill, falls du noch irgendetwas findest, sag mir Bescheid, ja?"

„Natürlich", erwiderte Jillian vollkommen ernst.

„Willst du dich nicht setzen?", fragte Kayleigh.

„Nein, ich muss wieder zurück. Ich hab nicht gesagt, wohin ich gehe, aber sie sollten mich jetzt nicht gerade erwischen, wie ich mit euch rede", sagte er und war im nächsten Moment zur Tür hinaus.

„Sieht ganz so aus, als wäre er im Grunde genommen einer von den Guten", konnte sich Kayleigh nicht verkneifen.

Brandon flüsterte leise „Hohlköpfe" und Kay verfluchte innerlich das Talent von Kindern, sich zielsicher genau die Worte zu merken, die sie wieder vergessen sollten.

Jillian legte die Arme auf den Tisch und den Kopf darauf.

„Was ist los?", fragte Kayleigh.

„Wir wohnen jetzt ungefähr einen Monat hier und haben einen ungelösten Mordfall und einen gestohlenen magischen Schlüssel am Hals. Hätte nicht eins davon gereicht?"

„Eins davon ist mir ehrlich gesagt schon eins zu viel", erwiderte Kayleigh und warf Brandon einen Blick zu.

Musste sie wirklich keine Gefahr für ihn befürchten? Tatsache war doch, dass sich jemand unbemerkt in die

Lodge geschlichen und den Schlüssel vertauscht hatte. Praktisch vor ihrer Nase, denn irgendjemand war immer zu Hause. Die Vorstellung, dass sie nachts in ihren Betten geschlafen hatten, während ein Dieb im Haus gewesen war, ließ es Kay heiß und kalt den Rücken hinunterlaufen.

„Also, wer kommt an zwei Hausdrachen vorbei und an den Feen, schafft es in die Lodge, ist in der Lage, die Schlüssel zu finden, und kommt wieder unbehelligt raus?", fragte Jillian.

„Ich dachte, du hättest keine Lust auf so viele Ermittlungen", erinnerte Kayleigh sie.

„Irgendjemand muss es ja machen und die Magier da drüben reden mir zu viel und tun mir zu wenig. Jungzauberern wie Willow mit ihrer Strenge und der Dauerüberwachung das Leben schwer machen und jeder jugendliche Leichtsinn kann deine Zukunft versauen, aber in Bezug auf die Schlüssel und den Einbrecher waren sie auf allen Augen und Kristallkugeln blind. Pff." Jillian schnaubte abfällig.

„Was hast du vor?", fragte Kayleigh argwöhnisch.

„Was wohl? Ich werde etwas unternehmen, mit oder ohne Magie – viel geholfen hat die ja in dem Fall ohnehin nicht. Wahrscheinlich ist das genau das Problem: Um die Lodge wuselt so viel magisches Getier herum, wie soll denn das Haus wissen, wen es um jeden Preis draußen zu halten hat? Aber es ist unser Zuhause und ich werde es verteidigen!"

Einen Moment schaute Kayleigh ihre Schwester nur an. Hätte Jillian nicht so nüchtern gesprochen, hätten ihr die Worte ihrer kleinen Schwester weniger Angst gemacht. Dieser ruhige, entschlossene Tonfall dagegen machte deutlich, wie todernst es Jill war. Kays Blick wanderte wieder zu Brandon.

„Also schön. Wer hätte hier rein und raus kommen können und wann?", wiederholte sie.

Jillian zeigte ihr einen hochgereckten Daumen. „Viel besser, Schwesterherz. Lass uns mal nachdenken. Oder heute Nacht Onkel Ephraim fragen."

Zwei nichtmagische Frauen und ein altes Buntglasfenster, das sollten also die Mittel sein, die ihnen zur Verfügung standen? Kayleigh zweifelte stark an ihrem Erfolg, aber andererseits: Diese geballte Magie-Kompetenz, die gerade im Arbeitszimmer ihres Onkels saß, hatte weniger fertiggebracht als eine naseweise Siebzehnjährige. Für wen sprach das jetzt?

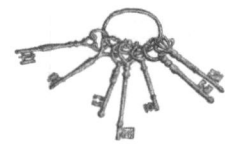

AUSGEFLOGEN

Da die Zauberer nicht gewillt waren, Kay und Jill weitere Auskünfte zu geben, sah sich Kayleigh in dem Entschluss bestätigt, die Sache selbst in die Hand zu nehmen. Ihr war nicht wohl bei dem Gedanken, auf Schlüssel- oder Mörderjagd zu gehen, doch Jillian hatte ein gutes Argument auf ihrer Seite: Es würde niemandem wehtun und war absolut ungefährlich, das Fenster zu befragen. Einen Versuch war es in jedem Fall wert, auch wenn Jillian schon weitergedacht hatte und zu bedenken gab, dass ihr Vorfahre Ephraim nicht allwissend war. Bei Dingen, die das Haus betrafen und sozusagen schon immer so gewesen waren, konnte er verlässlich Auskunft geben. Aber ganz sicher war der tote Mann nicht in der Lage, ihnen den Schlüsselfälscher frei Haus zu liefern.

„Sonst würden ja Magier nur noch die Nächte hindurch vor Fenstern sitzen", folgerte Jill und Kay konnte ihr da nicht widersprechen. Aber irgendwo mussten sie nun mal anfangen.

David würde ihnen hoffentlich mitteilen, was er erfuhr, und womöglich konnte Kayleigh auch Melody noch ein wenig löchern oder die Katze bekam etwas heraus. Doch besagte Katze ließ sich plötzlich nicht mehr blicken.

Die Schwestern verabredeten also, dass Jillian Kayleigh kurz nach Mitternacht wecken würde. Kay war sich sicher, dass sie schon beim Öffnen ihrer Tür erwachen würde, letzten Endes war es aber ein wiederholtes Rufen, das allmählich in ihr Bewusstsein drang und sie aus dem Tiefschlaf zerrte.

Als sie die Augen öffnete, erstarrte sie. Ihr erster Gedanke war, dass sie an Schlafparalyse litt und die Überreste ihres Albtraums mit ins Erwachen genommen hatte. Vor ihrem Bett stand im flackernden Licht, die Haare halb vor das Gesicht gefallen, eine Gestalt und streckte die Hand nach ihr aus.

„Kayleigh?" Die Gestalt neigte den Kopf leicht zur Seite.

Ein erschrockenes Wimmern entrang sich Kays Kehle, weil sie es nicht schaffte zu schreien.

„Kayleigh, bist du jetzt wach oder nicht?"

Endlich erkannte sie die Stimme ihrer Schwester. „Gott, du hast mich ...", setzte sie an, doch Jillian unterbrach sie mit einem gezischten „Pst!".

„... zu Tode erschreckt", schloss Kay kaum hörbar.

Im Flur waren verstohlene Schritte zu hören, die sich allmählich Kays Zimmertür näherten und dann vorübergingen.

„Fast", sagte Jillian leise, nachdem die Schritte verklungen waren.

„Bitte?"

„*Fast* zu Tode erschreckt. Faktisch lebst du noch. Dieses Fast macht einen großen Unterschied, weißt du."

„Klugscheißer. Und hätte es ein normales Shirt zum Schlafen nicht auch getan?"

„Hör auf, an meiner Garderobe herumzumäkeln. Da draußen läuft jemand herum, wer weiß, wer das ist!", entgegnete Jillian.

Langsam waren die letzten Reste des Schlafes von Kay gewichen und ihr ging auf, dass es nicht unbedingt Robert sein musste, der da schlich. „Himmel, Brandon!"

„Da liegt ein Drache vorm Bett, das weißt du doch. Und hast du seine Zimmertür gehört?"

„Nein, das klang, als wäre derjenige weitergegangen ...", gab Kayleigh zu. Sie konnte trotzdem nicht leugnen, dass ihr Herz aufgeregt gegen ihren Brustkorb hämmerte.

„Gehen wir. Aber leise und vorsichtig!", entschied Jillian und Kayleigh folgte ihr auf den Flur hinaus.

Vor Brandons Tür blieb sie einen Moment stehen, von drinnen war jedoch nichts zu hören. Der Drache war schon einmal fast auf sie losgegangen, als sie nachts nach dem Kind gesehen hatte, das musste sie nicht noch einmal herausfordern und ihren Sohn dadurch aufwecken. Unter der Tür schimmerte auch kein Licht durch. Noch immer war Kay nicht ganz überzeugt, da ertönte das Knarzen von Stufen ein Stück den Flur runter.

„Ich sag doch, es geht nicht um Brandon", flüsterte Jillian.

„Aber wir wissen trotzdem nicht, wer das ist!", gab Kayleigh zu bedenken.

Langsam und vorsichtig schlichen sie im rötlichen Licht von Jillians Grablicht weiter. Kay schluckte den Hinweis hinunter, dass inzwischen die Taschenlampen erfunden waren. Sie hatten gerade andere Prioritäten.

Sie hatten die Treppe zum Dachboden fast erreicht, als ein schwacher Lichtschein von dort in den Flur fiel. Jill schaltete ihr Licht aus und die Schwestern blinzelten, um sich an die Dunkelheit zu gewöhnen.

Vorsichtig schlichen sie weiter voran. Dieses Mal hatten sie nicht einmal etwas bei sich, was als Waffe getaugt hätte, und Kayleigh sehnte sich zum ersten Mal in ihrem Leben nach einer Rohrzange.

Mit angehaltenem Atem spähten sie um die Ecke. Schnell zogen sie die Köpfe wieder zurück. Jillian bedeutete Kayleigh mit Gesten, sich ein Stück zurückzuziehen. Erst als sie sicher war, dass man es von der Dachbodentreppe nicht sehen konnte, schaltete sie das Grablicht wieder ein.

„So viel dazu, dass Magier nicht die ganze Nacht vor Buntglasfenstern sitzen!", bemerkte Kayleigh. Vielleicht taten das nicht alle Magier, aber zumindest Robert war auf dieselbe Idee gekommen wie sie. Im Morgenmantel und mit zerzausten Haaren saß er auf dem Treppenabsatz und blickte hoffnungsvoll zu Urgroßonkel Ephraims Fenster hinauf.

„Wenn das Risiko, erwischt zu werden, nicht so groß wäre, hätten wir versuchen können, ihn zu belauschen", erwiderte Jillian.

Beide wussten sie, dass sie zu nahe an ihren Onkel herangemusst hätten, um unentdeckt zu bleiben.

Ein leises Klicken lenkte Kayleigh von der Tatsache ab, dass ihre potenzielle Anlaufstelle schon belegt war. „Wenn Onkel Robert da drüben auf der Treppe sitzt und Noah nicht da ist ...", begann sie und setzte sich langsam wieder in Bewegung.

„Ja?", hakte Jillian nach.

„Wer hat dann gerade in der Etage unter uns eine Tür geschlossen?"

Beide lauschten konzentriert. In der Stille des Hauses tönte das Schaben eines Stuhls auf dem Küchenboden so laut, dass sie beide keinen Zweifel mehr hatten: Jemand war im Haus. Jemand außer der Familie.

Es war Jillian anzusehen, dass sie gleich wieder loslaufen würde. Kay hob bereits die Hand, um ihre Schwester zurückzuhalten. Aber es half nichts, sie mussten nachsehen.

„Wenn Onkel Bob doch sowieso wach ist, sollten wir ihm Bescheid sagen", brachte Kayleigh das letzte Argument an, das ihr noch einfiel. Doch Jillian war schon ein paar Schritte gegangen, ehe sie zu Ende gesprochen hatte. Kopfschüttelnd folgte Kay ihr.

„Was, wenn der Einbrecher wieder da ist?"

„Komischer Einbrecher", murmelte Jillian.

„Was meinst du damit?" Auf der Mitte der Treppe schaffte es Kay, sie am Arm zu packen.

„Denk doch mal nach! Welcher Einbrecher setzt sich denn in aller Ruhe in die Küche?", erläuterte Jillian.

„Wir wissen doch gar nicht, ob er in aller Ruhe dasitzt!", widersprach Kayleigh. „Nur, dass er einen Stuhl verschoben hat."

„Gehen wir auf Nummer sicher", entschied Jill. „Haus, Waffe!"

Mit leisem Klappern rutschte ein Gegenstand die Treppe herunter und Kayleigh hielt die Luft an. Das Geräusch musste doch garantiert jemanden alarmiert haben! Doch alles blieb still. Aus der Richtung der Küche kam lediglich ein gedämpftes Zischen, das Kayleigh an die Kaffeemaschine erinnerte.

Jillian bückte sich schließlich nach dem, was das Haus ihnen zur Hilfe geschickt hatte.

„Echt jetzt?", schnaubte sie abfällig und hob zweifelnd den Stockschirm hoch.

„Du musst nur auf den Kopf zielen, dann wird das schon", riet Kayleigh ihr.

„Ha ha", machte Jillian, packte den Schirm jedoch fester. „Nimm das!" Sie drückte Kayleigh das Grablicht in die Hand.

Unter der Wohnzimmertür schimmerte ein bläuliches Leuchten hindurch. Hatte Robert vergessen, den Fernseher auszuschalten?

„Unser Einbrecher hat doch ganz sicher nicht vorm Fernseher gesessen", meinte Kayleigh.

„Wer weiß, vielleicht bekommt er zu Hause kein Hexenhaus-TV", witzelte Jillian.

Vor der Tür zur Küche blieben sie einen Moment stehen. Eindeutig, da drinnen bewegte sich jemand. Aber es klang nicht, als würde derjenige hektisch das Haus durchsuchen, sondern vielmehr nach einer Person, die arglos hin und her ging.

Langsam drückte Jillian mit erhobenem Schirm die Klinke herunter.

In dem Moment, als Kayleigh der Gedanke durch den Kopf schoss, dass so ein Regenschirm gegen einen Zauber nichts nutzen würde, stieß Jill die Tür auf und machte einen entschlossenen Schritt in den Raum hinein.

„Robert?", hörte Kayleigh jemanden sagen, dann öffnete sich der Schirm und bevor sie einen Blick in die Küche werfen konnte, wurde ihr die Sicht von einem altmodischen Blumenmuster verdeckt. Sie kannte die Stimme, aber mitten in der Nacht wollte ihr nicht sofort einfallen, zu wem sie gehörte.

„Was machst du denn hier?", kiekste Jillian.

Kayleigh versuchte, ihren Arm herunterzudrücken und über die verschnörkelten Blätter und Blüten zu sehen, doch Jill hielt dagegen.

„Jill? Was willst du mit dem Schirm?"

„Wir dachten, es bricht jemand ein!", rief Jillian halblaut. Endlich senkte sie den Schirm ein Stück.

Zwischen dem Tisch und der Küchenzeile, auf halbem Weg zur Kaffeemaschine erstarrt, stand David und betrachtete sie verblüfft.

„Deswegen bin ich ja hier. Hier bricht niemand ein, das Haus wird bewacht", erwiderte er mit einer Mischung aus Beruhigung und Belustigung in der Stimme. „Wenn ihr schon mal hier seid, wollt ihr euch dann nicht vielleicht setzen?"

„Nein, wir … gehen einfach wieder ins Bett", beschloss Jillian. Sie wich rückwärts zurück und drängte Kayleigh mit aus dem Raum. Der Schirm verhakte sich, weil er zu breit war, um durch den Türrahmen zu passen.

Jillian erfasste das Problem mit einem kurzen Blick, dann drückte sie Kay den Griff in die freie Hand. „Halt das mal!", sagte sie mit einem leicht flehenden Unterton.

Bevor Kay noch etwas sagen konnte, lief sie mit schnellen Schritten und wehendem Nachthemd in Richtung der Treppe davon, wie ein Geist, der mitten in der Nacht lautlos durch den Flur huschte.

Dass niemandem im Haus Gefahr drohte, reichte offenbar noch immer als gefährlich genug aus, um das Haus bewachen zu lassen. Laut David war Melody in der Teestube und ihr Partner Aaron patrouillierte draußen. Die Katze war mal hier und mal da, Ignatius war in Alarmbereitschaft.

„... und das sind nur die Sicherheitsvorkehrungen, von denen ich dir erzählen kann", schloss David.

Kayleigh verzichtete auf den Kaffee und trank stattdessen ein Glas Wasser. Den altmodischen Schirm hatte sie in den Schirmständer neben der Haustür gestellt.

„Das klingt, als hättet ihr aus der Lodge eine Hochsicherheitseinrichtung gemacht", stellte sie fest.

„Nun, die Lodge ist ein wichtiger Ort und wichtige Ort werden auch besonders geschützt", meinte David ausweichend.

Kays Glas war leer und da ihr der Magier ohnehin nicht mehr erzählen durfte, gab sie der Sehnsucht nach ihrem warmen Bett nach.

Sie wünschte David eine gute Nacht und kehrte in ihr Schlafzimmer zurück. Warm eingepackt unter der Decke konnte sie sich ein Grinsen über ihre kleine Schwester nicht verkneifen. Hätte Jill eben doch bei einem gewöhnlichen Schlafanzug bleiben und nicht in diesem vorzeitlichen Fummel herumlaufen sollen! Kein Wunder, dass ihr das Ding so peinlich gewesen war, dass sie sich lieber hinter einem altmodischen Schirm versteckt hatte.

Kurz bevor Kayleigh wegdämmerte, hörte sie ihren Onkel noch einmal an ihrer Tür vorbeigehen. Ob ihm das Fenster wertvolle Informationen geliefert hatte?

Ein leises Klirren riss Kay wieder aus dem Schlaf. Die Katze neigte nicht dazu, Dinge herunterzuwerfen, hatte vielleicht David in der unteren Etage etwas fallen lassen? Zunächst blieb alles ruhig, doch dann glaubte Kay, ein leises Fiepen zu hören und Geräusche, als würde im Flur etwas flattern. Nicht ganz sicher, ob sie richtig wach war oder diese Geräusche träumte, beschloss sie dennoch, nachzusehen. Genervt quälte sich Kayleigh zum zweiten Mal in dieser Nacht aus dem Bett. Dieses Mal sah sie jedoch keinen Grund für Heimlichtuerei. Sie knipste das Licht im Flur an. Ein Stück rechts von ihr war eine Vase von einem Schränkchen gefallen. Vase war schon zu viel gesagt, das kleine Ding war ungefähr so hoch gewesen, wie Kayleighs Hand lang war, aber die Bruchstücke hatten sich erstaunlich weit verteilt.

„Ach, verflixt." Jetzt würde sie zuerst nach unten in die Küche gehen und die Kehrschaufel holen müssen. Nun gut, immerhin war sie auf Davids Gegenwart vorbereitet, doch trotzdem konnte sie sich etwas überziehen.

Während sie eine Sweatjacke über ihren Schlafanzug zog, hörte sie das Fiepen wieder. Inzwischen war sie zu wach, um es noch auf den Halbschlaf zu schieben.

Ohne Schirm und Grablicht, sondern im Schein der Flurlampen lief sie zur Küche hinunter. David streckte nur kurz den Kopf aus der Wohnzimmertür.

„Alles in Ordnung", sagte sie und er nickte ihr zu, bevor er sich wieder zurückzog. Laut der Standuhr im Erdgeschoss war es jetzt schon eher früher Morgen als mitten in der Nacht.

Mit dem Kehrwerkzeug bewaffnet, tappte Kayleigh auf ihren Flur zurück. Sie gähnte, während sie die Scherben zusammenfegte.

Wieder dieses Fiepen. Die Leitungen vielleicht? Kayleigh fühlte sich eindeutig zu müde, um in dieser Nacht noch weitere seltsame Begegnungen durchzustehen. Sie kehrte die letzten Scherben auf und trug die Schaufel vorsichtig die Treppe hinunter, um das Glas in den Küchenmülleimer zu werfen.

Zu ihrer Überraschung traf sie auf dem Weg ihre Schwester, von der sie eigentlich gedacht hätte, sie würde sich bis ans Ende ihrer Tage im Turm verschanzen. „Hast du sie gesehen?", fragte Jill.

„Wen?"

„Die Fledermaus!", antwortete Jillian, als wäre es die logischste Sache der Welt.

Fast hätte Kayleigh gelacht. Sie hatte mit Feen oder Schlimmerem gerechnet, eine Fledermaus, die sich in die Lodge verirrt hatte, war dagegen ein Witz. Und erklärte das seltsame Fiepen.

„Wer braucht schon Schlaf. Suchen wir das Fliege-Mäuschen." Kay seufzte und wollte ihren Weg fortsetzen.

„Ich denke, ich sehe mal im Keller nach." Jillian deutete auf die Tür in Richtung Teestube. Die offene Tür.

„Hoffentlich ist einfach nur die Katze reingekommen", sagte Kayleigh mit einem mulmigen Gefühl.

„Jedenfalls gehe ich jetzt da raus."

„Willst du nicht vielleicht deinen Schirm mitnehmen?", fragte Kayleigh zuckersüß.

Jillian streckte ihr die Zunge heraus.

„Du hättest dich auch einfach umziehen können!"

„Ich wollte doch nur ins Bett! Dass sich David auch noch in mein Schlafzimmer verläuft, ist ja wohl ausgeschlossen!", kam es gedämpft aus dem Keller.

Oh, das klang jetzt aber entschieden, ging es Kay durch den Kopf. Ob David das klar war? Sie fragte sich, wie enthusiastisch er sich für die Bewachung der Lodge freiwillig gemeldet hatte.

Nun gut, das ging sie letzten Endes nichts an. Kay kippte die Scherben in den Müll. Noch immer hing der Duft von Kaffee in der Luft und sie war kurz davor, sich eine Tasse zu machen. Doch dann wäre es mit dem Schlaf für die Nacht endgültig vorbei.

Sie schaute sich prüfend in der Küche um. Zumindest gab es hier drinnen keine verirrte Fledermaus. Also zurück in den Flur.

„Verzieh dich!", hörte sie aus dem Wohnzimmer und im nächsten Moment ging die Tür auf und ein kleiner Schatten schoss heraus, David hinterher.

„Da ist sie also!", rief Kayleigh. Doch schon war die Fledermaus irgendwo im Treppenhaus verschwunden.

Bevor Kay ihr folgen konnte, erloschen plötzlich die Lichter.

„Vorsicht, im Dunkeln ist er im Vorteil!", mahnte David.

„Er? Das war doch nur eine Fledermaus, oder?"

„Das ist keine Fledermaus!", erklärte David und drückte auf dem Lichtschalter herum. Nichts.

„Was ist es es denn bitte dann?" Etwas strich ihr durchs Haar und sie machte erschrocken einen Satz.

„Wo bist du? Wenn du in friedlicher Absicht kommst, dann zeig dich!", rief David halblaut.

Unter der Decke erschien eine Lichtkugel, die jedoch jede Menge Ecken im Schatten ließ. Unsichtbar in der Dunkelheit verborgen, fauchte die Katze. Wenn das so weiterging, war bald das ganze Haus auf den Beinen.

Herrlich. Hauptsache, Brandon schlief weiter, würde morgen zur üblichen Zeit aufwachen und dafür sorgen, dass sie wie ein Zombie durch die Gegend schlurfen musste.

„Vielleicht, wenn wir ihm einen Fluchtweg ...“ David bewegte sich auf die Haustür zu, streckte eine Hand langsam nach der Klinke aus.

Im Licht der Kugel schoss ein katzenförmiger Schatten aus einer dunklen Ecke hervor, sprang auf eine Kommode und von dort aus in Richtung des Türrahmens der Küchentür. Die Fledermaus ließ sich von dem Türrahmen fallen und wich Chleo gerade so aus, schoss aber nun auf Kay zu, die sofort in Deckung ging.

David riss die Haustür auf. Ihre Chance anscheinend ahnend, flatterte die Fledermaus nach draußen, die Katze, völlig vom Jagdinstinkt gesteuert, fauchend hinterher.

„Die frisst du mir nicht, Kätzchen!“

Kayleigh richtete sich langsam wieder auf. Auf der Veranda stand, noch immer in ihrem Gespenster-Nachthemd, Jillian, und sah der Fledermaus versonnen hinterher.

Chleo hockte schnatternd auf dem Geländer, wie eine gewöhnliche Hauskatze, die einen Vogel nicht erwischt hatte.

„Kinder, was macht ihr denn hier?“

Im Morgenmantel und sichtlich schlaftrunken kam Robert den Flur herunter.

„Die Fledermaus ist ausgeflogen“, rief Jillian über die Schulter. Ihr Blick fiel auf David, der von der Garderobe eine Jacke gegriffen hatte und sie ihr hinhielt.

„Ist bisschen kalt da draußen“, meinte er.

Jillian warf einen Blick an sich herunter, zuckte mit den Schultern, als wollte sie sagen „jetzt ist es auch egal". Sie griff zwar nach der Jacke, hängte sie aber gleich wieder an die Garderobe zurück.

Kayleigh war inzwischen sogar egal, was diese Fledermaus tatsächlich war. „Sind wir jetzt endlich fertig für heute und können alle wieder ins Bett?", wollte sie wissen.

„Wie kannst du jetzt ins Bett wollen?", fragte Jillian mit großen Augen.

„Wie kann man um die Uhrzeit nicht ins Bett wollen?", erwiderte Kay und rieb sich die Augen.

„Ganz einfach: Ich glaube, ich weiß jetzt, wie der Dieb ins Haus gekommen ist", verkündete Jillian strahlend.

„Woher weißt du ...", setzte Robert an, doch dann strich er sich mit einer Hand durch die Haare und winkte ab. „Auch egal. Na kommt, Kinder, hören wir uns mal an, was Jill zu sagen hat." Er führte sie in die Küche und füllte den Wasserkocher.

Sehnsüchtig wanderte Kays Blick in Richtung Decke. Irgendwo dort oben wartete noch immer ihr Bett auf sie. Was musste es sie vermissen.

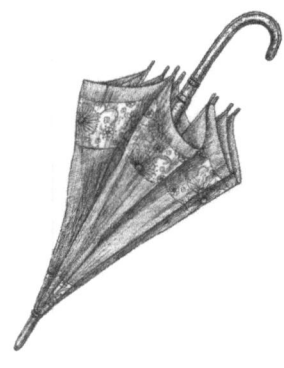

SCHADENSBEGRENZUNG

In der kleinen Runde am Küchentisch brachte Jillian ihre Theorie vor, dass es im Grunde nur auf eine Art möglich war, ungesehen in die Lodge hinein und wieder heraus zu kommen: als Gestaltwandler. Eines ihrer Argumente war die Fledermaus, das andere war Chleo.

„Ich weiß nicht, wie gut die Feen funktionieren, aber die Fledermaus ist durch irgendeine Lücke im Dach des Turms reingekommen. Das Haus hat nichts dagegen getan und von den Wesen auf dem Außengelände auch niemand. Wenn eine Fledermaus das schafft, wieso dann nicht auch andere Wesen?"

„Also suchen wir nach Gestaltwandlern. Das schränkt es einerseits ein, andererseits macht es das nicht gerade einfacher", befand Robert.

Jillian war der Meinung, man müsste sich bei dieser Fledermaus bedanken, da sie schließlich die Idee geliefert hatte. Während David und Robert sich eher dafür aussprachen, die Fledermaus ausfindig zu machen und zu verhören.

„Moment. Vielleicht kann ich euch nicht mehr ganz folgen um die Uhrzeit, aber: Die Fledermaus ... ist ein Gestaltwandler?", fragte Kayleigh.

David und Robert nickten.

„Und ihr wollt diesen Gestaltwandler verhören? Wieso hat David ihn dann entfliegen lassen?"

Während die Katze wütend fauchte, erklärte David: „Verhören ist eine gute Idee, aber ich bin mir auch nicht sicher, ob mit dem Wandler alles in Ordnung war."

„Hätte man sich dann nicht erst recht darum kümmern müssen?", wollte Jillian wissen.

„Gestaltwandler haben normalerweise irgendeine Anlaufstelle für den Notfall, wahrscheinlich ist er schon dort."

„Heißt dann aber, wir finden ihn erst einmal nicht wieder", entgegnete Jill.

„Es gibt Listen über alle ...", setzte David an, verstummte dann jedoch und machte am Ende nur noch „Oh."

„Ja, oh", murrte Jillian. „Verlass dich nur nicht zu sehr auf Listen, Bibliotheks-Zauberer. Wenn ich Dreck am Zauberstab hätte, würde ich *selbstverständlich* auch brav auf allen erforderlichen Listen stehen."

„Das heißt also, egal wie, heute Nacht keine Fledermäuse und keine Spaziergänge mit alten Schirmen mehr?", war alles, was Kay in ihrer Müdigkeit noch wissen wollte. Als Robert ihr versicherte, dass in der Nacht nichts mehr passieren würde, verzog sie sich wieder ins Bett. Sollten die anderen die Nacht durchmachen, die würden am nächsten Tag auch nicht von Brandon auf Trab gehalten werden.

Allein die Erkenntnis, dass es Gestaltwandler tatsächlich gab, reichte Kayleigh für eine Nacht.

Auch wenn es dauern konnte, die Fledermaus wiederzufinden, immerhin hatten die Magier nun eine Spur, was den Schlüsseldieb betraf. Zwar hatten Jillian und Kayleigh nicht die Antworten gefunden, die sie gesucht hatten, doch ereignisreich war die Nacht dennoch gewesen.

Die paar Stunden Schlaf, die sie noch hatte, wurden von wirren Träumen heimgesucht und am nächsten Morgen verstand sie nicht einmal ansatzweise, was Brandon ihr alles erzählte.

Eins sickerte aber allmählich in Kayleighs Verstand: Ihr Sohn hatte von dem ganzen Wirrwarr nichts mitbekommen, war ausgeschlafen und bereit, sich in neue Abenteuer zu stürzen. Ob seine Mutter vollkommen übermüdet war oder nicht.

Als Kay mit Brandon die Küche betrat, war der Esstisch besetzt. Pläne des Hauses und des Außengeländes waren kreuz und quer dort ausgebreitet, Robert und Melody beugten sich darüber und tatsächlich saß auch die Katze auf einer Ecke. Erst als sie näher herangekommen war, erkannte Kay, dass zwei kleine, zierliche Gestalten über das Papier trippelten. Auf ihren Rücken schimmerten zarte Flügel.

„Guten Morgen", sagte sie.

Ihr Onkel und Melody wirkten wie aus einer Trance gerissen. Die Feen quiekten erschrocken und versuchten sich in Melodys Haaren zu verstecken. Obwohl sie bisher Ruhe gegeben hatten, wenn Jill oder Kay zur Haustür wollten, hatten sie sich anscheinend immer noch nicht mit den nichtmagischen Bewohnern des Hauses abgefunden.

„Morgen, ihr zwei. Wartet, wir können euch bestimmt etwas Platz machen." Onkel Robert versuchte, die Katze zur Seite zu schieben, erntete dafür jedoch lediglich einen warnenden und zugleich vorwurfsvollen Blick.

„Lasst mal. Brandon, was meinst du, frühstücken wir in der Teestube? Zwischen der Halloween-Deko?"

„Au ja!", stimmte der Junge begeistert zu und Kayleigh zog mit ihm ab. Sollten doch die Strategen im Haus die Verteidigung der Lodge neu planen, sie hatte davon weder die geringste Ahnung noch wollte sie wieder Probleme verursachen, indem sie Dinge aufschnappte, die sie nichts angingen.

Brandon hatte sein Frühstück fast beendet, als Jillian in die Teestube tappte, dieses Mal in Leggins und einem übergroßen Pullover, statt dem Nachthemd.

„Ich hätte nicht gedacht, dass ich dich vor Mittag noch sehe", meinte Kayleigh.

„Hmpf", erwiderte sie und verschwand hinter der Theke. Liebevoll tätschelte sie die Kaffeemaschine. „Du bist heute meine beste Freundin."

„Was machen wir heute?", wollte Brandon wissen.

„Wir könnten ...", begann Kayleigh, doch da zuckte draußen ein heller Lichtblitz auf und kurz darauf noch einer.

„Oh, Feuerwerk?" Brandon wollte von seinem Stuhl klettern, doch Kayleigh hielt ihn zurück.

„Selbst wenn, ich habe ziemlich viel dagegen, dass du Teil von diesem Feuerwerk wirst."

Er verzog enttäuscht das Gesicht.

Als Melody durch die Schwingtür kam, hellte sich Brandons Miene glücklicherweise wieder auf. Sie gesellte sich zu Jillian, machte sich ebenfalls einen Kaffee und setzte sich dann neben Brandon an den Tisch.

„Also, die Lage sieht so aus: Bob ist in einem ernsthaften Dilemma. Die Lodge muss für Magier und andere Wesen zugänglich bleiben, wenn sie ihre Funktion erfüllen soll.

Die Teestube ist ein Treffpunkt, ein Kräuterladen, sie ist für mehrere Völker von Bedeutung. Wir können aber nach dieser Sache mit dem Schlüssel nicht weiterhin alle Türen offen stehen lassen, sonst handeln wir uns womöglich noch größeren Ärger ein als ohnehin schon. Wir gehen im Moment davon aus, dass der Gestaltwandler eine so kleine und unauffällige Form angenommen hat, dass er nur einen der Schlüssel austauschen konnte, und deshalb zurückkommen wird."

Jillian vergaß fast ihren Kaffee, der allein mit seinem Geruch Tote aufwecken konnte, so gebannt starrte sie Melody an.

Kay hörte die unausgesprochenen Worte, die ihr absolut nicht gefielen. Die Lodge bereitete sich also auf einen Angriff vor. Und das mit einem Teenager und einem kleinen Kind im Haus.

„Die Lodge hat schon ganz andere Sachen überstanden", beruhigte Melody sie, die ihre Gedanken wohl an ihrem Gesicht ablesen konnte.

„Hebt euch den Kitsch für später auf, mich interessieren die Fakten. Wann und wie ist dieser Gestaltwandler reingekommen?"

Melody seufzte. „Wir sind reingefallen, so einfach war das. Wir hatten vor Kurzem ein kleines ... Problem mit ein paar Sumpfwichteln. Sie haben draußen einen ziemlichen Wirbel verursacht und ich hatte die halbe Nacht damit zu tun, sie wieder in ihre Schranken zu weisen."

Das Problem auf dem Außengelände, nach dem Ashby Melody gefragt hatte. Das war es also gewesen.

„Das war nach Frostys Auszug aus der Truhe und wir können nur annehmen, dass der Dieb die Ablenkung genutzt hat, um ..."

Draußen gab es ein knallendes Geräusch, dann öffnete sich die abgeschlossene Vordertür und die Katze kam herein, schüttelte sich, als gäbe es kein Morgen mehr, und begann enthusiastisch, sich zu putzen. Aus ihrem Fell rieselte feiner silbriger Staub.

„Was ist los, Lady Miez, Leuchtzauber explodiert?", fragte Melody.

„Die wiffen nicht, waf sie tun", murrte Chleo und war so schwer zu verstehen, weil sie sich noch immer über das Fell leckte.

„Es sind teilweise Jungmagier, Chleo. Die lernen das schon noch", beschwichtigte Melody.

„Vielleicht sollte ich das machen statt dieser Kinder!", schimpfte die Katze. „Womöglich jagen sie noch Noah in die Luft, wenn er nachher heimkommt!"

„Die überlassen unsere Verteidigung Jungmagiern?", wollte Kayleigh wissen. Wie schnell konnte sie die Koffer gepackt haben?

„Sie müssen auch mal unter echten Bedingungen üben. Und keine Angst, man überlässt ihnen nur Fallen. Dinge, die nur greifen, wenn sie jemand auslöst. Die werden tagsüber aufgestellt und müssen erst in ein paar Stunden richtig funktionieren, also werden sie alle mehrmals überprüft worden sein, bis es richtig losgeht."

„Mir wäre es lieber, wenn gar nichts losgehen würde", befand Kayleigh.

„Ist das doch Feuerwerk?", wollte Brandon wissen, als von draußen ein Geräusch wie von Knallfröschen ertönte.

„Nicht wirklich. Weißt du, Brandon, dieses Feuerwerk soll man nicht sehen. Wenn es losgeht, dann ist was kaputt, verstehst du?", wandte sich Melody an den Jungen.

Jillian starrte währenddessen so abwesend durch die Fenster der Teestube nach draußen, dass Kayleigh mit einer Hand vor ihrem Gesicht winkte.

„Schläfst du schon wieder?"

„Was? Nein, da ist ein doppelter Espresso drin", erwiderte sie und hob ihr Glas. „Zucker und Koffein, das hält mich schon wach. Also, Melody, der Dieb hat die Ablenkung genutzt. Aber der Trick klappt kein zweites Mal."

„Nein, tut er nicht. Wird er nicht. Wir sind vorbereitet."

„Was kann er überhaupt mit den Schlüsseln wollen? Ich dachte, ohne die Lodge könnte man nichts damit anfangen?", wollte Kayleigh wissen.

„Das ist eines der Dinge, die wir sehr dringend herausfinden müssen", gab Melody zu.

Wieder knallte es draußen, Stimmen riefen durcheinander.

Die Katze hob eine Pfote an den Kopf und drehte ihn hin und her, was einem missbilligenden menschlichen Kopfschütteln schon ziemlich nah kam. „Verschont mich mit Amateuren", murmelte sie dabei.

„Nun, also, das könnte da draußen noch eine Weile so weitergehen", erklärte Melody.

„Brandon und ich sind dann mal weg. Brandon, gehen wir einkaufen?" Fortwährend daran erinnert zu werden, dass die Lodge gerade Alarmanlagen einbaute, machte Kay nervös und sie wusste genau, dass ihr neugieriger Nachwuchs keine Ruhe geben würde, bis er gesehen hatte, was da draußen los war.

„Ich bin dabei", sagte Jillian zu ihrer Überraschung.

„Ich kann dir auch neue Schokolade mitbringen", bot Kayleigh an.

„Ich will keine Schokolade. Ich brauche was für die Halloween-Feier", erwiderte Jillian.

„Oh, ein Date?", fragte Melody mit einem breiten Grinsen.

Jillians Mienenspiel war so komisch, dass sich Kay ein Lachen verbeißen musste. Ein angedeutetes Lächeln in Melodys Richtung, aber gleichzeitig verzog Jill das Gesicht und versuchte, sich hinter ihrem Glas zu verstecken.

Ein Date also – oder eben vielleicht auch keins, soso. Jill schien selbst nicht zu wissen, was sie davon halten und ob sie sich freuen oder die Sache lieber verheimlichen sollte.

„Das wird ja auch mal Zeit. Hexen in deinem Alter haben früher ...", begann die Katze zu dozieren.

Melody beugte sich herüber und hielt Brandon die Ohren zu. „Lass es, Lady Miez. Früher ist schon eine Weile her und Jilly ist keine Hexe."

Die Nicht-Hexe hatte es plötzlich furchtbar eilig, ihr Glas zu leeren und ins Haus zurückzukehren. Brandon versuchte, sich aus Melodys Händen zu winden, und die Katze zog beleidigt von dannen.

Kayleigh schaute ihrer kleinen Schwester nach, die, ohne dass Kay hätte sagen können, wieso, wirkte, als wäre sie mehr auf dem Kriegspfad als die ganze Lodge zusammen.

„Tut mir leid", entschuldigte sich Melody.

„Was denn bitte?"

„Man sollte sie nicht daran erinnern. Jillian, meine ich."

„Ich finde unsere Katze da schlimmer. Sie ist es doch, die Jillian ständig mit Hexen vergleicht", erwiderte Kayleigh.

„Jedenfalls musste ich sie stoppen, sonst hätte sie Geschichten von früher ausgepackt, die wären nun wirklich nichts für Brandons Ohren gewesen", erklärte Melody.

„Besser war das wohl."

Der nächste Lichtblitz von draußen war rot, Kay spürte ein leichtes Summen und, wenn sie sich nicht irrte, lief es als Vibration durch den ganzen Raum.

„Herrje, was treiben die denn!", rief Melody. Sie öffnete die Verbindungstür zum Haus, vollführte eine Geste und rief „Chef?", doch von oben kam keine Antwort. „Bob?", versuchte sie es erneut, doch Robert schien sie nicht zu hören.

„Wahrscheinlich ist der selbst irgendwo draußen beschäftigt", murmelte sie. „'tschuldige, Kay, ich muss wohl da raus und die Bande im Auge behalten. Ich weiß nicht, wer sie beaufsichtigt, aber man könnte meinen, sie hätten Lord Friday geschickt."

„Wen?", fragte Kayleigh, doch wie so oft beantwortete Melody die Frage nur mit einem Lächeln und einem Finger an den Lippen.

Also schön, ließ man sie wieder mal dumm sterben. „Komm, Brandon", forderte Kayleigh ihren Sohn etwas energischer als nötig auf. „Wir holen Tante Jill und gehen einkaufen."

Sie wollte ihre Tassen und Jills Glas wegräumen und stutzte. Jill hatte das leere Glas stehen lassen und war ins Haus geflüchtet, das wusste sie ganz genau. Dennoch stand es nicht mehr auf dem Tisch. Sollte sie jetzt eingeschnapft sein, weil das Haus ihrer kleinen Schwester so liebevoll hinterher räumte und ihr nicht, oder froh, dass ihr überhaupt jemand Arbeit abnahm?

Wenn Kayleigh darauf gehofft hatte, dass so etwas Banales wie ein Einkauf in dem Einkaufszentrum, das sonntags geöffnet hatte, eine nette Abwechslung zum magischen Irrsinn in der Lodge bieten würde, hatte sie sich getäuscht. Dabei war es noch das geringere Problem, mit Jillian etwas zum Anziehen auszusuchen. Zunächst passte ihr nichts so richtig in den Kram, dann entschied sie sich letzten Endes für ein überraschend schlichtes schwarzes Kleid und Kayleigh fragte sich, ob es eine Budget-Frage gewesen war. Als sie vorsichtig andeutete, Jillian etwas leihen zu können, winkte ihre Schwester wortlos ab.

Also schön, Teenagern sollte man ihren Willen lassen. Kay rechnete innerlich schon damit, dass Jill am Tag der Feier verzweifelt im ganzen Haus herumlaufen und jedem erzählen würde, dass sie nichts zum Anziehen hätte, aber lieber das als unkontrolliertes Feuerwerk.

Die echten Probleme begannen ausgerechnet beim Lebensmitteleinkauf. Brandon hatte oben im Regal eine Packung Frühstücksflocken entdeckt und ohne dass sich Kay erklären konnte, wie sie dort hinkamen, lagen sie plötzlich im Einkaufswagen. Dabei musste sie sich schon strecken, um sie wieder zurückzustellen.

„Du hast noch jede Menge Cornflakes, die hier schmecken nicht anders, weil ein Pinguin drauf ist!", erklärte sie ihm.

Ein Stück weiter stand Jillians liebste Sorte Marmelade ebenfalls ziemlich weit oben. Kayleigh sah sich noch su-

chend nach einer Möglichkeit um, unfallfrei dranzukom-
men, als sich eins der Gläser wie von selbst von seinem Re-
galbrett herunter und in den Wagen bewegte. Brandon
gluckste zufrieden. Sie schaute sich panisch in alle Richtungen um und atmete erst auf, als sie sicher war, dass es
niemand gesehen hatte.

„Das kannst du nicht in aller Öffentlichkeit machen,
Zauberkind", sagte Jillian.

Brandon verzog schmollend das Gesicht.

„Es ist total toll, dass du helfen willst, wirklich! Aber
weißt du, wenn das jemand sieht, bekommen wir riesen
Ärger!"

Am liebsten hätte Kayleigh jetzt nur noch Dinge aus den
Regalen gekauft, die am einfachsten zu erreichen waren,
aber auch als sie sich nach einer Packung Taschentücher
bückte, schossen diese praktisch an ihr vorbei in den Einkaufswagen.

„Brandon, nicht!", zischte sie schärfer als beabsichtigt
und dieses Mal begann er mit aller Unberechenbarkeit eines Dreijährigen zu weinen.

Während Kay versuchte, ihn wieder zu beruhigen, zog
Jillian sie schließlich am Arm.

„Du, Kayleigh ..."

„Ist gerade schlecht, Jill." Sah sie das denn nicht selbst?

„Schon klar, aber das Zauberkind nimmt hier gleich den
Laden auseinander, wenn du ihn nicht schnell auf andere
Gedanken bringst."

Alarmiert folgte Kayleigh Jillians Blick. Auf den Regalen
hatten Packungen mit Taschentüchern, Watte und ähnlichen Dingen zu wackeln begonnen.

„Brandon, um Himmels willen, lass das!", platzte es aus Kayleigh heraus, doch das brachte ihn nur dazu, lauter zu brüllen.

Eine Packung Kosmetiktücher fiel von einem Regal, dann noch eine.

„Mist, Mist, Mist", murmelte Jillian. „Gib das Kind her!"

„Was hast du vor?"

„Er muss hier raus. Was sonst?", erwiderte Jillian.

„Ich will aber nicht!", brüllte Brandon und brachte damit gleich mehrere Tüten voll Watte dazu, ihren Platz zu verlassen.

Auffordernd streckte Jillian die Arme aus.

„Ich komm gleich nach", stieß Kayleigh hervor. Sie wollte Jillian noch darauf hinweisen, einen Bogen um Regale mit Gläsern zu machen, doch ihre Schwester lief schon los. Wenigstens würde es weniger verdächtig wirken, ein Kind mitten in einem Trotzanfall aus dem Supermarkt zu bringen, als umher schwebende Kosmetikartikel. Kayleigh beeilte sich, alles wieder einzuräumen und warf dann einen Blick auf ihren Zettel. Ein paar Sachen fehlten noch, aber die waren nicht kriegsentscheidend und im Zweifelsfall musste sie Bob morgen noch einmal losschicken.

Angespannt brachte Kayleigh den Wagen zur Kasse, hinter jeder Ecke mit einer Spur der Verwüstung rechnend. Beim Bezahlen achtete sie kaum darauf, dass das Wechselgeld stimmte. Schnell verließ sie den Laden, stellte fahrig den Einkaufswagen ab und suchte dabei schon nach ihrer Schwester. Wo war Jillian mit Brandon hingegangen? Was konnte er in einem so großen Einkaufszentrum alles zerlegt haben, bis seine Tante ihn beruhigt hatte? Die anderen Passanten, die von Schaufenster zu Schaufenster schlen-

derten, wirkten jedenfalls nicht, als wäre etwas passiert –
es sah aber auch keiner von ihnen wie Jillian aus.

„Kayleigh!", hörte sie die Stimme ihrer Schwester. Es
klang nicht nach Katastrophenalarm. Jill winkte Kayleigh
von hinter einer Werbetafel zu.

Erleichtert, aber immer noch mit allem rechnend eilte
Kay zu ihrer Schwester hinüber.

Jillian stand mit Brandon vor der Zoohandlung und der
Junge drückte sich die Nase an der Scheibe platt, hinter der
sich ein Aquarium mit Fischen befand.

Kayleigh fielen gleich mehrere Steine vom Herzen.

„Guck mal Mama, Blubberfische!", rief er fröhlich, als
wäre nie etwas gewesen.

„Ja, ganz toll", erwiderte Kayleigh. „Wir haben Sachen
gekauft, die auftauen können, wir müssen jetzt ..."

„Fische!", beharrte Brandon.

Kayleigh griff zu einem letzten Lockmittel: „Zu Hause
gibt es Eis." *Bitte, lass ihn nicht auf die Idee kommen, aus der
Wanne ein Aquarium zu machen*, betete sie stumm beim Gedanken an Melodys Kindheitsgeschichten.

„Eis?", vergewisserte er sich mit großen Augen.

„Richtiges, echtes Eis", versicherte Kayleigh.

Zum Glück war das Eis verlockender als die Fische. Jill
nahm die Einkaufstüten und Kayleigh hob Brandon hoch.
Der Weg zum Auto glich mehr einer möglichst unauffälli-
gen Flucht. Obwohl es nicht weit war, fühlte sich Kayleigh
wie auf einem Minenfeld. Wenn jetzt noch irgendetwas
schiefging ...

„Hast du mir nicht mal gesagt, keine Belohnungen für
Fehlverhalten?", fragte Jillian, als sie endlich sicher im Auto
saßen.

„Das Eis, meinst du? Das ist keine Belohnung, das ist Schadensbegrenzung", erwiderte Kayleigh. Was, wenn so etwas in einem Baumarkt passiert wäre und Brandon Schrauben oder Nägel abgeräumt hätte? Oder wenn sie im Supermarkt immer noch zwischen den Marmeladengläsern gestanden hätten? Es war so gut wie unmöglich, sich nicht auszumalen, was Brandon im schlimmsten Fall anstellen konnte.

Kayleigh war vollkommen erledigt, als sie wieder zu Hause war. Dort wartete die nächste unangenehme Überraschung: Der Vorgarten sah furchtbar aus. Verkohlte Stellen im Gras, kleine Krater, in denen sich Wasser sammelte, noch immer lag ein leichter Geruch nach Rauch und Schwefel in der Luft. Alles in allem wirkte es, als hätte jemand versucht, eine brennende Gärtnerei zu löschen und sie dabei in eine Sumpflandschaft verwandelt.

In ihrer Erschöpfung hatte Kay dafür nur ein müdes Schulterzucken übrig. Immerhin war das Haus nicht abgebrannt.

JAGDINSTINKT

„Auch das noch." Bob blickte von der Liste auf, die er gerade schrieb. Auf seinem Schreibtisch lag ein Berg von Papieren, teilweise mit Schriftzeichen übersät, die Kay nicht kannte. Brandon würde irgendwann lernen, sie zu lesen, da war sie sich sicher.

„Ja, auch das noch!", erwiderte Kayleigh müde.

„Ich schätze, gutes Benehmen beim Einkaufen definiert sich bei magiebegabten Kindern noch mal anders", sagte ihr Onkel.

Kayleigh drehte hilflos die Kordel am Saum ihres Pullovers um die Finger. „Ich kann mit meinem Sohn praktisch nicht mehr vor die Tür gehen, wenn das so weitergeht! Ich habe ihn dann einfach nicht mehr im Griff. Er soll früher oder später in den Kindergarten. Eigentlich. Wenn er sich so benimmt, kann ich das vergessen. Wie kann ich ihn denn überhaupt noch unter normale Menschen lassen? George und Matilda mögen ja Bescheid wissen, aber ich kann auch nicht verantworten, ihn da abzugeben und dann zerstört er ihren Wintergarten." Sie hörte, wie schwach ihre Stimme klang.

„Das ist für magische Eltern deutlich leichter, ja." Ihr Onkel schaute sie mitleidig an.

Kayleigh holte tief Luft und richtete sich in dem Stuhl wieder gerade auf. Früher hätte ihr Mitleid nichts ausgemacht, jetzt störte es sie aus irgendeinem Grund gewaltig. „Was ist eigentlich im Vorgarten explodiert?", wechselte sie das Thema.

„Was genau meinst du?", stellte er mit einem schiefen Grinsen die Gegenfrage. „Das meiste waren vermutlich Feenfeuer. Die Fridays haben es nicht so mit Vorsicht bei explosiven Dingen. Aber wir hatten das Ganze schnell wieder im Griff und es droht keine Gefahr draußen."

„Immerhin", murmelte Kayleigh. „Was ist ein Feenfeuer?"

„Nun, das ist ... warte ..." Unter dem Haufen Papiere zog ihr Onkel ein altes Buch hervor. „Feenfeuer." Die entsprechende Seite schlug sich auf. Er reichte es Kayleigh hinüber und widmete sich demonstrativ noch einmal seinen Papieren. Interessiert beugte sich Kay über den Text und las.

Feenfeuer konnte man sich wie kleine Container vorstellen, in denen Feenmagie eingeschlossen worden war – aber sozusagen verdichtet, sodass sie mehr Schaden anrichtete als ein einfacher Zauber der Feen.

„Aber wie macht man das, ich meine, heißt das, die Fee steht dann ohne Magie da, oder ...", hakte sie nach.

„Kayleigh, wenn du nicht aufhörst, mich mit Fragen zu löchern, muss ich dich rauswerfen", meinte ihr Onkel mit einem gutmütigen Lächeln und einem vielsagenden Blick auf das Buch.

Erledigt, wie Kay von dem Einkaufstrip war, verstand sie zuerst gar nicht, was er ihr sagen wollte, dann wurden ihre Augen groß.

„Tu mir nur einen Gefallen und sorg dafür, dass Brandon es nicht in die Finger bekommt, ja?", bat er sie noch.

„Der schläft. Magische Wutanfälle sind wohl nicht so ohne", erwiderte sie.

„Nein, das sind sie tatsächlich nicht. Stell dich auf einen verlängerten Mittagsschlaf ein", erwiderte er. „Und, Kay ..." Noch ein vielsagender Blick auf das Buch.

„Oh!", machte sie und schob es unter ihren Pullover.

Ihr Onkel zwinkerte ihr noch einmal zu, sie zwinkerte zurück und beeilte sich dann, durch den Flur zu kommen, bevor irgendein fremder Magier dort auftauchte. Mit schnellen Schritten machte sie sich auf den Weg zum Turm. Für Jillian war dieses Standardwerk über magische Verteidigungsanlagen für den Hausgebrauch, wie es der Klappentext versprach, ganz sicher wie ein verfrühtes Weihnachtsgeschenk.

Tatsächlich tat Jillian etwas, was sie, soweit Kayleigh wusste, ihr ganzes Leben noch nie getan hatte: Sie quietschte vor Freude und riss ihr das Buch aus der Hand.

„Oh, das ist ja ganz wundervoll!", rief sie, während sie durch die Seiten blätterte. „Sieh mal, was ist das denn ..." Etwas hatte ihre Aufmerksamkeit auf sich gezogen und sie las einen Moment konzentriert.

„Oh", machte sie dann und strahlte plötzlich so sehr über das ganze Gesicht, das Kay sie kaum wiedererkannte.

„Was denn?", wollte sie ungeduldig wissen.

„Da sind nichtmagische Verteidigungen dabei. Ein paar Sachen, die mit Chemie und ein wenig Elektrizität machbar sind. Weißt du, wenn man sich unmittelbar in einer Nachbarschaft befindet, in der keine Feen zu haben sind oder solche Sachen wie alt-irische Schrumpfzauber ein wenig zu spektakulär wären."

Deshalb hatte ihnen ihr Onkel also das Buch gegeben. Melody musste ihm erzählt haben, wie sehr es Jill zu schaffen machte, dass sie nicht helfen konnte, dass sie von der Verteidigung ihres Zuhauses ausgeschlossen war ... und wie unruhig Kayleigh dadurch wurde, dass sie keinen Schimmer hatte, was genau die Magier da draußen getan hatten. Viele Fragen ließen sich offenbar mit diesem Buch beantworten.

„Ich glaube, ich bin für heute beschäftigt", stellte Jillian fest.

„Lass mal sehen, noch schläft Brandon tief und fest", forderte Kayleigh.

Wie zwei Verschwörerinnen saßen sie in Jillians Turm, die Köpfe über das Buch gebeugt. Sie würden sich nicht alles komplett aus den Händen nehmen lassen!

Eine ruhige Nacht ohne Unterbrechungen schaffte ihre Probleme zwar nicht aus der Welt, aber Kayleigh fühlte sich am Montagmorgen wenigstens nicht wie erschlagen. Brandon fertigzumachen und in die Teestube hinüber zu wandern, war inzwischen zu einer alltäglichen Routine geworden, an die sie sich schon fast gewöhnt hatte.

Zu ihrer Überraschung war Melody nicht da, Kayleigh fand nur einen Zettel, dass auch Zauberer Schlaf brauchten und es heute später werden würde. Dass sie allein in der magischen Teestube zurechtkommen sollte, hatte schon ein bisschen was von einem Abenteuer. Kay war gespannt, wie weit sie ohne Melodys Hilfe kam. Sie konnte ihr nun wirklich keinen Vorwurf machen, von den letzten Nächten hatte Melody mindestens eine durchgemacht, vielleicht sogar beide. Sicher gab es auch dafür einen Zauber, aber es half niemandem, wenn Melody zusammenklappte.

Zudem war der Montag in aller Regel eher ein ruhiger Tag, Kayleigh fürchtete sich also nicht sonderlich. Nach einigen Minuten steckte Noah den Kopf herein. „Brauchst du Hilfe?"

Kayleigh lehnte das Angebot dankend ab. „Falls doch was sein sollte, schicke ich die Katze", fügte sie hinzu.

„Viel Spaß", wünschte Noah ihr noch, dann war sie wieder mit Brandon alleine.

In aller Ruhe und auf die altmodische Art zündete sie die Windlichter an. Melody hatte es geschafft, dass die Aussparungen aus Glas die Farbe wechselten und die verzerrten Kürbisfratzen abwechselnd in Rot, Grün und Orange leuchteten. Für den Spezialeffekt bat sie also doch Noah um Hilfe, doch Kaffee kochen konnte sie nun wirklich selbst.

Brandon machte sich einen Spaß daraus, die Lampions von der Theke abheben und langsam durch den Raum schweben zu lassen. Einen Moment sah Kayleigh ihm bewundernd zu.

„Brandon, das sieht total toll aus", sagte sie schließlich, „aber weißt du, das geht nur im Haus. Nicht, wenn wir draußen unterwegs sind. Da haben die Leute Angst, wenn einfach Sachen durch die Gegend fliegen. Und manche Dinge gehen dann kaputt und am Ende werfen sie einen raus."

„Die werfen einen raus?", fragte Brandon.

„Leider ja. Deswegen darfst du so etwas nur hier drin machen. Zaubern nur noch zu Hause, nirgendwo sonst. Klar?"

„Klar", erwiderte er und wirkte tatsächlich schuldbewusst. Ob er es wirklich verstanden hatte und sich auch daran halten würde, würde man sehen müssen. Am besten nahmen sie zum nächsten Einkauf sicherheitshalber auch einen von Kays Onkeln mit.

Wieder bei dem Gedanken angekommen, dass Kayleigh diese Seite von Brandon einfach nicht in den Griff bekommen konnte, knirschte sie mit den Zähnen. Verflucht, sie war die ganze Zeit allein mit ihm zurechtgekommen, ganz wunderbar sogar! Bis diese schwebenden Bausteine alles verändert hatten ... Das Gefühl, dass sich zwischen ihr und dem Kleinen eine Art unüberbrückbare Distanz aufgetan hatte, katapultierte Kays Laune in den Keller und sie sah zu, dass sie etwas zu tun fand, um sich abzulenken. Zum Glück war es gleich Zeit, die Teestube zu öffnen.

Nach einer knappen Stunde kamen zwei ältere Magier und unterhielten sich an ihrem Tisch am Fenster leise über ein Halloween-Ritual. Ein wenig später kam eine Magierin mit zwei kleinen Kindern herein. Obwohl es sich um ein Mädchen und einen Jungen handelte, sahen sich die beiden unglaublich ähnlich und Kayleigh vermutete, dass es Zwillinge waren. Kay hatte sie noch nie gesehen, doch ihr Anblick brachte mehrere Glöckchen zum Klingeln. Die Nacht, als Brandon auf die Welt gekommen war ... das Magier-Pärchen mit den Zwillingen ... Das Alter der Kinder passte, aber allein der Umstand, dass es Zwillinge in Brandons Alter waren, war nun wirklich kein Beweis.

Brandon war hocherfreut über die Gesellschaft. Es dauerte nicht lange, bis er mit den Kindern auf dem Boden saß und sie zusammen mit einem Spiel spielten, das die Zwillinge mitgebracht hatten. Kayleigh wurde nicht ganz schlau daraus. Es waren Scheiben in verschiedenen Größen und Formen, die man zusammenschieben konnte. Sie sah genauer hin, als sie die Bestellung an den Tisch brachte, konnte auf den einzelnen Teilen jedoch nichts erkennen. Der kleine Junge schob gerade ein Teil in eine Lücke, vervollständigte damit das Rechteck und auf einmal zeichnete sich ein Bild ab.

„Das sind multidimensionale Puzzle", erklärte die Mutter der Kinder.

„Bitte was?"

Die Magierin ließ mit einer Handbewegung einen Stuhl zurück rutschen, wies lächelnd darauf und Kayleigh nahm Platz.

„Das ist ein beliebtes Kinderspielzeug unter magisch Begabten. Es stärkt die Wahrnehmung von Dingen hinter dem sichtbaren Spektrum der Welt. Unsere Kinder lieben es und Ihr Kleiner scheint auch Spaß damit zu haben."

„Aber wo bekommt man das? Gibt es eine Art magischen Versandhandel?", platzte es aus Kay heraus.

„Natürlich. Da kann Ihnen ... Entschuldigung, ich habe Sie vorher noch nie hier gesehen, sind Sie Roberts Nichte? Ich wusste, dass er eine Nichte mit einem kleinen Sohn hat." Noch immer wirkte die Frau lediglich offen und freundlich, nicht im negativen Sinne neugierig, und Kay wurde bewusst, dass es außer Melody kaum jemanden in der magischen Welt gab, der so mit ihr umging.

„Ja, das ist Brandon", antwortete sie. „Sind Sie mit Robert verabredet?"

„Er weiß nicht mal, dass ich hier bin. Normalerweise kommen wir öfter her, letzten Monat war es schlecht, weil erst die Zwillinge krank waren und dann die kleine Schwester. Sie wissen ja sicher, wie das ist."

„Ich habe nur Brandon, aber ja, ich kenne das. Wenn das Kind krank ist, kommt man zu nichts. Wie gehen Sie eigentlich mit drei von der Sorte einkaufen?", konnte sich Kayleigh nicht verkneifen zu fragen.

Ihr Lachen hatte etwas Ansteckendes. Keine Spur von der Anspannung, die Kay immer mal wieder heimsuchte, weil sie an allen Ecken Zaubersprüche, magische Vorschriften und Gefahren vermutete. „Lassen wir doch die Förmlichkeiten. Ich bin Rose", stellte sich ihr Gegenüber vor und streckte eine Hand aus.

Kayleigh ergriff die Hand und nannte ebenfalls ihren Namen. „Rose Parker?", vergewisserte sie sich dann. „Robert hat erzählt, dass die Zwillinge nur einen Tag älter sind als Brandon."

„Siehst du, die Magierwelt ist ein Dorf. Genau, das sind Ally und Aaron. Ally, das Puzzle hat noch mehr Teile", erinnerte sie ihre Tochter, die ständig nach den Teilen griff, die ihr Bruder gerade in der Hand hatte.

Lag es daran, dass die Kinder im selben Alter waren, oder war Rose ein offenerer Mensch als die meisten Magier, die Kay bisher kennengelernt hatte? Jedenfalls schien sie Kay keinen Strick daraus drehen zu wollen, dass sie keine magische Begabung besaß. Und Brandon konnten Freunde in seinem Alter absolut nicht schaden.

Sie unterhielten sich bereits eine Weile, als der nächste Gast hereinkam und die Ruhe in der Teestube schlagartig vorbei war. Mrs Lockwood kam nicht allein, Chleo trippelte neben ihr her. Die Dame beugte sich herunter, um mit der Katze zu sprechen, und da Chleo wie so oft auf der Schwelle sitzen blieb, schloss sich die Tür der Teestube nicht. Kayleigh wollte sie gerade ermahnen, als sie etwas durch die offene Tür hereintaumeln sah, ein kleines, fliegendes Ding.

Mrs Lockwood bemerkte das Geflatter über ihrem Kopf offenbar nicht, ganz im Gegensatz zu den Kindern, die ihr Spiel nicht weiter beachteten, sondern zur Decke sahen. Ally rief fröhlich: „Mama, Fledermaus!"

Die Kinderstimme schallte durch die ganze Teestube. Alle Blicke richteten sich auf das flatternde Wesen, das recht benommen schien, während es im Raum mehr hin und her schwankte, als richtig zu fliegen.

Natürlich hatte auch die Katze mitbekommen, dass Beute in der Nähe war, und fauchte.

Bevor irgendjemand eingreifen konnte, war die Katze auf einen der Tische gesprungen. Die Fledermaus wich aus, Chleo jagte hinterher und fegte dabei ein Windlicht und die Tischdecke herunter. Das Glas zerbrach splitternd, das Teelicht fiel auf die Tischdecke und der Stoff fing augenblicklich Feuer.

Rose rief ein Wort, das Feuer erlosch und ließ nur den Gestank von verbranntem Synthetik-Stoff zurück.

Katze und Fledermaus schien es nicht zu interessieren, dass sie fast die Teestube abfackelten. Die Fledermaus suchte ihr Heil an einer der Lampen über der Theke, doch das war noch lange nicht hoch genug für Chleo, mit der voll und ganz der Jagdinstinkt durchzugehen schien. Mit gesträubtem Fell sprang sie auf die Theke und fegte fauchend alles zur Seite, was ihr im Weg war. Die Lampions kippten nach rechts und links, einer davon in die Spüle, in der noch Wasser war.

„Chleo, lass den Mist!", rief Kayleigh, doch wie üblich hörte die Katze nicht auf sie.

Von den beiden anderen Magiern, durch die Jagdszenen aus ihrer Unterhaltung gerissen, stand einer langsam auf und näherte sich der Fledermaus, die nun mitten im Raum an einer Deckenlampe hing. Die Katze, die es nicht geschafft hatte, bis zur Lampe zu springen, lief auf dem Boden hin und her. Fauchend, spuckend und mit dem gesträubten Fell schien sie auf die dreifache Größe angewachsen zu sein.

„Kätzchen! Miez, miez, miez ...", begann Aaron sie zu locken. Zwar lief Chleo immer noch auf und ab, aber sie schien zu schrumpfen und stellte das Fauchen ein.

„Er hat so eine Gabe für Tiere. Selbst wenn sie keine ganz echten Tiere sind", erklärte Rose.

Harriet Lockwood hatte inzwischen das Windlicht repariert. Die Teelichter im Raum waren erloschen und hinter der Theke dümpelte der orangene Lampion wie eine Boje auf der Oberfläche des Spülwassers.

„Das ist keine Fledermaus", stellte der Magier nun fest. Er trug eine eckige Brille und ein kariertes Hemd, das aussah, als würde es die Farben wechseln. Sein akkurat gekämmtes, überwiegend graues Haar bot einen heftigen Kontrast zu dem selten schrillen Kleidungsstück.

„Natürlich ist das keine Fledermaus!", ereiferte sich Chleo. „Wenn ich dich in die Finger bekomme, du Ausgeburt der Gruft ..."

„Ausgeburt der Gruft?"

Kayleigh war mittlerweile bei dem seltsamen Grüppchen angekommen. Sie konnte an der Fledermaus nichts feststellen, was nicht nach Fledermaus aussah, abgesehen von der Tatsache, dass es Vormittag war. Die Folgerung lag nahe, dass es der Gestaltwandler war, den David hatte entkommen lassen. Wenn der Magier im Fledermauspelz etwas zu verbergen hatte, wieso kam er dann freiwillig zurück?

„Das da oben ist ein Vampir", klärte sie der Magier auf.

Ohne die Lampe loszulassen, flatterte die Fledermaus leicht mit den Flügeln.

„Ein höchst verdächtiger Vampir!", fauchte die Katze.

„Verdächtig?" Der Magier schaute Kayleigh an. War das schon wieder ein Test, um zu sehen, ob sie etwas wusste, was sie nicht wissen durfte?

Scheiß drauf, dachte Kayleigh.

„Wir hatten einen Einbruch in der Lodge", sagte sie mit gesenkter Stimme, doch natürlich hörten alle Anwesenden mit gespitzten Ohren zu.

„Verstehe. Ja, da sind Gestaltwandler prädestiniert für. Also, verdächtigt zu werden, wenn so etwas passiert."

„David glaubt aber auch, dass etwas mit ihm möglicherweise nicht ..."

Bevor sie ihren Satz zu Ende bringen konnte, fiel die Fledermaus von der Lampe. Chleo setzte zum Sprung an, der Magier breitete die Hände aus, um den Vampir aufzufangen, und Kay warf sich auf die Katze. Chleo biss reflexartig zu.

„Beherrsch dich, verdammt!", zischte Kayleigh.

„Fuldigung. Jagdinstinkt", erwiderte Chleo und spuckte widerwillig Kayleighs Ärmel wieder aus.

„Nun, was haben wir denn da ..." Der Magier mit dem wild gemusterten Hemd war mit besorgter Miene in die Betrachtung des Vampirs vertieft. Inzwischen war der zweite Magier zu ihnen getreten. Er war mit der Jeans und dem gut sitzenden Pullover deutlich normaler gekleidet und hatte die dunklen Haare mit Gel zurückgekämmt.

Nur aus den Augenwinkeln bekam Kayleigh mit, wie die Lampions zurück auf die Theke schwebten und der eine, der unglücklich im Wasser gelandet war, wieder trocken wurde.

„Sieht aus, als bräuchte er dringend Hilfe", stellte der zweite Magier fest.

Schwungvoll öffnete sich die Tür zum Haus und Jillian kam herein. „Kay, kann ich ...", setzte sie an, verstummte aber wieder und erfasste mit einem Blick, dass gerade noch Chaos geherrscht hatte.

„Was möchtest du, Jill?", fragte Kayleigh, ließ aber die Katze immer noch nicht aus den Augen.

„Ich wollte einen der Thermobecher zum Mitnehmen haben. Ich weiß nicht, wo das Haus meine hingeräumt hat, und wollte noch einen Tee mit auf den Schulweg nehmen."

„Bedien dich", meinte Kayleigh nur, doch Jillian kam auf sie zu, statt hinter der Theke zu verschwinden.

„Was ist denn hier los?", wollte sie wissen.

„Die Fledermaus ist wieder da, ist aber in Wirklichkeit ein Vampir und Chleo hat versucht, sie zu fressen", fasste Kay knapp zusammen.

„Vampir? Oh, die gibt es? Heißt das, dieses Mäuschen lebt von Blut? Da war ein Blutsauger in meinem Schlafzimmer? Übertragen die Krankheiten?" Jillian wich zurück und verzog das Gesicht.

„Wenn er schon in deinem Schlafzimmer war, kennt ihr euch ja praktisch. Er ist in der Fledermaus-Morphe hängen geblieben und wir sollten ihm erst einmal ein wenig Blut geben, damit er sich aufrappeln kann. Du wärst nicht zufällig bereit …", wandte sich der Magier mit der Brille an Jillian.

Abwehrend hob Jillian beide Hände und entfernte sich in Richtung Theke. „Oh nein, keine Chance. Was weiß ich denn, wo er seine Zähne vorher hatte? Ich lasse mich doch nicht von einem Toten anknabbern, da fange ich mir möglicherweise sonst was ein!"

Sie wandte sich um. Kay riss erstaunt die Augen auf, als dort ganz von selbst ein Becher mit Deckel aufgetaucht war, den Jillian wie selbstverständlich an sich nahm.

„Das war jetzt aber bitte das Haus, oder?", fragte sie verblüfft.

„Es mag mich", erwiderte Jill mit einem Schulterzucken und warf einen Blick auf die Uhr. „So, ich muss los. Der Bus wartet nicht auf mich und in der Schule fallen nur die ersten paar Stunden aus."

Sie strich Brandon im Vorbeigehen über den Kopf, warf noch einen Blick auf ihre Armbanduhr und lief dann nach draußen.

Die beiden Magier schauten sich in der Teestube um. „Meine Damen und Herren, wäre jemand bereit, ein paar Tropfen Blut für einen geschwächten Vampir zu erübrigen? Ich fürchte, sonst lebt er nicht mehr lange."

Ein wohldurchdachtes

Manöver

Kay wühlte in den Schubladen nach etwas, was zur Fledermaus-Fütterung geeignet war, fand jedoch auf Anhieb nichts. Bevor sie alle Schränke durch hatte, kam Melody herein. Sie ließ sich die Situation erklären und ging dann ins Haus hinüber. Ein paar Minuten später kam sie mit einer kleinen Spritze zurück. „Damit könnte man ihn füttern", schlug sie vor. Kay sah brav weg, als die Magier einen Zauber durchführten, der Blut des jüngeren, dunkelhaarigen Magiers in die Spritze transferierte. Sie sorgte auch dafür, dass Brandon nicht hinsah. Rose lenkte die Zwillinge ebenfalls ab und Kayleigh tippte darauf, dass die Zauber zu denen gehörten, die man erst sehr spät lernte.

„Wieso denn der Umweg über die Spritze?", fragte sie Melody neugierig.

„Ist sicherer. Der Zauber funktioniert so, dass er das vorgesehene Gefäß füllt. Wenn sie ihn direkt auf die Fledermaus anwenden, nun, füllt das Blut dann nur den Magen oder einfach das ganze Tierchen? In den Lungen wäre ja zum Beispiel auch Platz, weißt du?"

Kayleigh verzog bei dem Gedanken das Gesicht. Vielleicht sollte sie doch weniger Fragen stellen.

Es dauerte nicht lange, bis auch Robert auftauchte. Er begrüßte Rose und die Zwillinge freudig und setzte sich zu ihnen, nachdem er nach dem Vampir gesehen hatte.

Kayleigh dagegen suchte nach letzten Spuren der Verfolgungsjagd zwischen Katze und Fledermaus, doch es war kaum noch etwas zu sehen. Nur ein wenig verspritztes Spülwasser erinnerte noch an den unrühmlichen Ausflug des Lampions und sie war allen Anwesenden dankbar für die schnellen Aufräumarbeiten.

Melody bestand darauf, diesen Vampir zu verhören, sobald er wieder in der Lage war, sich zurückzuverwandeln und mit ihnen zu kommunizieren. Die beiden Magier steckten aber die Köpfe auf eine Art zusammen, die Kay nichts Gutes vermuten ließ.

„Er kommt doch durch, oder?", fragte sie, als sie deren Teetassen noch einmal auffüllte.

„Er sollte durchkommen, aber wir müssen eingreifen und die Verwandlung von außen zurückführen", erwiderte der eine und schob seine Brille, die gern rutschte, wieder nach oben. Sein Kollege trat ihm anscheinend unter dem Tisch auf den Fuß und er verstummte abrupt.

„Keine Sorge, ich verstehe sowieso kein Wort", meinte Kayleigh und kehrte in ihr Refugium zurück.

Die Katze lag unter dem Tisch mit dem Fleder-Vampir und knurrte jeden an, der ihr zu nahe kam oder ihr vorschlug, sie könnte auch nach draußen gehen, die Fledermaus würde schon nicht wegkommen.

Melody und Robert gesellten sich schließlich zu den Magiern und dem Vampir. Weiteres Getuschel folgte.

Als Melody hinter die Theke zurückkam, hätte sich Kayleigh lieber auf die Zunge gebissen, als nachzufragen, wie es dem Patienten nun ging.

Die Fledermaus war vielleicht seit einer halben Stunde in der Teestube, als Robert in Begleitung des Magiers mit der Brille ins Haus hinüber ging.

„Hoffentlich gibt die Bibliothek was her", meinte Melody.

„Die Bibliothek?"

„Die zwei da", Melody nickte zu dem Tisch hinüber, „sind Spezialisten für magische Morphungen mit jahrelanger Erfahrung. Und selbst die kennen den Fall, dass ein Gestaltwandler stecken bleibt, nur in der Theorie. Robert wird Noah um Hilfe bitten, damit sie die Bücher durchwühlen können."

„Aber was bedeutet das?", wollte Kay wissen. „Und woher wussten die, dass ein Vampir mit Verwandlungsproblemen hier auftaucht?"

Melody lehnte sich gegen die Arbeitsfläche und senkte die Stimme. „Robert hat sie angerufen und ihnen erzählt, dass wir einen Gestaltwandler suchen. Als sie gehört haben, dass er möglicherweise Schwierigkeiten hat, sind sie hergekommen. Gestaltwandler sind in der Lage, wie der Name schon sagt, ihre Erscheinungsform zu ändern. Vampire haben auf diesem Gebiet sogar recht viele Tricks drauf. Die Verwandlung, oder auch Morphung, gelingt ihnen logischerweise aus eigener Kraft, sonst wären sie ja aufgeschmissen. Es kommt aber sehr, sehr selten auch einmal vor, dass Gestaltwandler die Verwandlung nicht mehr schaffen und in einer Gestalt sozusagen stecken bleiben. Dann muss man sie von außen zurückverwandeln und das ist nicht ohne. Die Gestaltwandler können ihre Morphungen auch in solchen Fällen noch ein ein klein wenig lenken, die Umwandlung, die wir von außen anstoßen, zumindest ein bisschen in den richtigen Bahnen halten. Aber wir nehmen ihnen so viel Arbeit wie möglich ab. So eine Verwandlung ist schon eine Höchstleistung, wenn ein Gestaltwandler im Vollbesitz seiner Kräfte ist, ist er angeschlagen, nun, vergleichen wir es damit, erkältet einen Marathon zu laufen: praktisch nicht zu schaffen. Die nächste Schwierigkeit ist, dass es von außen kaum absehbar ist, wie gut der Gestaltwandler die Wandlung gerade wegsteckt und ob es irgendwo Probleme gibt. Ob er noch mehr Hilfe braucht oder nicht. Wir müssen raten und das ist ein ziemliches Risiko. Fehlgeschlagene Wandlungen ..."

Das Glöckchen bimmelte und Kayleigh fragte sich, ob sie überhaupt wissen wollte, was bei fehlgeschlagenen Wandlungen passierte.

Dass ihre jüngere Schwester von Neugier getrieben wurde, erkannte Kayleigh daran, dass Jillian von der Bushaltestelle direkt in die Teestube kam. Anscheinend hatte sich die Sache mit der Fledermaus herumgesprochen, denn im Laufe des Tages waren immer mehr Magier aufgetaucht. Viele von ihnen waren noch immer in der Teestube. Immer mal wieder wanderte einer der Gäste kurz oder auch ein wenig länger zu den beiden Morph-Spezialisten mit der angeschlagenen Fledermaus hinüber.

„Es mag ja sein, dass das hier eine Sensation ist", befand Jillian, nachdem sie auf dem neuesten Stand war, „aber muss man das arme Ding präsentieren, als wäre es ein Versuchstier? Ich würde mich bedanken, wenn ich der Gruft näher wäre als dem Leben und dann stehen lauter so naseweise Gaffer um mich rum."

Auch wenn Kay ihrer Schwester zustimmte, hielt sie einen Moment die Luft an. Jill hatte keinen Grund gesehen, die Stimme zu senken, und nicht wenige Gäste in der Teestube hatten ihre Worte gehört.

„Ich hab ja auch schon angemerkt, dass das nicht die feine Art ist, aber meinst du, es hört jemand auf mich?", erwiderte Kayleigh.

„Alle keinen Anstand", murrte Jillian. Sie rührte so konzentriert in ihrem Tee, in dem sich weder Zucker noch Milch befand, dass Kayleigh klar war, dass sie etwas ausheckte.

„Oh ja, wenn ihr was zum Gaffen wollt", flüsterte sie schließlich so leise, dass es Kayleigh kaum verstand, doch bevor sie ihre Schwester danach fragen konnte, war sie schon samt Teetasse auf und davon.

„Was hat sie denn?", fragte Melody.

„Ich denke, Jillian hat ihr gutes Herz entdeckt, denn sie findet es nicht in Ordnung, wie mit diesem Patienten umgegangen wird", erklärte Kayleigh.

„Diese Fledermaus ist erstens noch immer ein Verdächtiger und kann nicht unbewacht bleiben", begann Melody, doch Kayleigh winkte ab.

„Und unterm Strich verstehen Nichtmagische das einfach nicht, schon klar. Ich weiß nur nicht, wie viel es mit Magie zu tun hat, ein Mindestmaß an Anstand zu wahren."

Mrs Adams, die vor einer Weile ebenfalls angekommen war, rief nach Melody und die ließ Kay ohne Erwiderung stehen. Vielleicht war es besser so.

Der nächste Gast war tatsächlich David, jedoch hatte er Jillian um eine halbe Stunde verpasst. Er warf den aktuell drei Magiern, die sich förmlich auf die Füße traten, um die Fledermaus wenigstens kurz zu betrachten, einen missbilligenden Blick zu und setzte sich demonstrativ an einen Tisch, der weit weg von dem angeschlagenen Wesen stand. Ebenso demonstrativ zog er sein Handy hervor und Kay fragte sich, ob er Jillian zu erreichen versuchte.

„Es ist ja wirklich so schlimm, wie Jill gesagt hat", sagte er statt einer Begrüßung zu ihr. „Zugegeben, so etwas sehen die meisten Magier auch in einem sehr langen Leben nicht, aber das ist doch ..." Er schüttelte den Kopf.

Die Anzahl seiner Pluspunkte bei Kayleigh wuchs sprunghaft.

„Von Professor Lewis und Doktor Hill hätte ich was anderes erwartet", fügte er mit einem tadelnden Blick zu den beiden Spezialisten hinzu.

„Welcher ist denn welcher?", wollte Kay aus reiner Neugier wissen.

„Na, rate mal. Man muss schon Professor sein, um sich so ein Hemd erlauben zu können", flüsterte David grinsend. Mit weiterhin gesenkter Stimme und als würde er nur nach einer Sorte Kekse fragen, fuhr er fort: „An deiner Stelle würde ich mit Brandon rüber ins Haus gehen. Und zwar sofort."

„Ist was passiert?"

„Nein, es ist absolut alles in bester Ordnung. Nur ... geh einfach, ja? In die Küche oder so." Er zwinkerte ihr zu. Sein lausbubenhaftes Grinsen ließ Kay einmal mehr erkennen, dass es schwer war, Davids Alter zu schätzen. Manchmal veränderte sich sein Gesichtsausdruck nur ein wenig und er wirkte plötzlich älter oder jünger als gerade eben noch. Es gab aber gerade viel Wichtigeres zu tun, also schob sie den Gedanken beiseite. Sie ging zu ihrem Sohn hinüber, sagte Melody, dass sie ihm ein anderes Spielzeug holen wollte und verließ dann mit ihm die Teestube.

Wie David es ihnen geraten hatte, ging sie mit ihrem Sohn in die Küche, wartete angespannt und wusste nicht, worauf.

„Mama, was machen wir denn jetzt?", wollte Brandon irgendwann wissen.

Frosty flatterte etwas ungelenk auf die Fensterbank und lauerte gebannt auf das, was draußen wohl passieren würde.

„Ich weiß es nicht genau", gab Kayleigh mit einem fragenden Blick auf den Hausdrachen zu. Drohte ihnen Gefahr? Sie stützte sich auf die Arbeitsplatte und beugte sich vor, damit sie neben dem Drachen hinaussehen konnte. Das Wesen trat unruhig von einem Fuß auf den anderen. Da lag doch eindeutig etwas in der Luft. Nur, was?

Noah kam herein, inzwischen in alter Kleidung mit Farbflecken. „Nanu, wartet ihr auf etwas?"

„Da bin ich mir noch nicht so sicher", erwiderte Kayleigh. Er gesellte sich zu ihnen und sah ebenfalls nach draußen.

„Hast du die Morph-Spezialisten den Büchern überlassen?", fragte Kay.

„So in der Art. Sie mussten erst mal etwas darüber finden, welche Konsequenzen das jetzt für den Vampir haben könnte. Bei dem Thema kann ich ihnen nicht helfen, erst dann, wenn sie etwas zur Rückverwandlung suchen. Da war es produktiver, ein paar Pflanzen umzutopfen."

„So richtig mit den Händen?"

„Was meinst du denn? Hast du eine Ahnung, wie langweilig es einem wird, wenn man für jeden Mist einen Spruch benutzt?" Ihr Onkel zwinkerte Kay verschwörerisch zu.

„So habe ich das noch nie betrachtet", gab sie zu.

Sie drehte Noahs Erklärung noch in Gedanken hin und her, als draußen unvermittelt rote und grüne Lichtblitze aufleuchteten. Es sah aus, als hätte jemand ein Kinderfeuerwerk gezündet. Dazu gesellte sich ein Pfeifen, das trotz des geschlossenen Fensters fast schon schmerzhaft in Kays Ohren schnitt.

Der Drache zischte die Scheibe an und ließ Eisblumen darauf entstehen. Inzwischen lief er auf der ganzen Länge der Fensterbank auf und ab.

Der Aufruhr da draußen konnte im Grunde nur eins bedeuten: Jemand hatte den Alarm der Lodge ausgelöst! Würden sie den Einbrecher jetzt auf frischer Tat ertappen können? Im nächsten Moment erinnerte sich Kay daran, dass der Alarm erst am Abend von Robert oder Noah aktiviert wurde. Was ging da vor?

Schnelle Schritte ertönten im Flur. In der Hoffnung, es wäre Robert, lief Kayleigh zur Küchentür.

Es war nicht ihr Onkel, sondern David, der ihr entgegenkam. Und er kam nicht mit leeren Händen. Kayleigh erkannte das Geschirrtuch, in das sie die Fledermaus gewickelt hatten.

Er lief an ihr vorbei in die Küche, doch bevor sie ihn fragen konnte, was zur Hölle er sich dabei dachte, ihr einen Vampir ins Haus zu bringen, wollte Brandon hinter ihr durch und auf die Haustür zu.

Sie erwischte ihn zwar noch, bevor er nach draußen stürmen konnte, doch er hatte eine Hand schon auf der Klinke und drückte sie gerade herunter.

„Nichts da, wir sollten hier drinnen bleiben!", ermahnte Kayleigh ihn, doch kaum hatte sie Brandon weggezogen, flatterte Frosty über sie hinweg. Ähnlich wie bei der Katze war auch für den Drachen eine geschlossene Tür kein Hindernis. Die Haustür schwang auf, der Drache flatterte ungewöhnlich schnell hinaus und Kay spürte den eisigen Luftzug, der von ihm ausging. Wo Frosty entlang flog, bildete sich eine Spur aus Reif auf dem Boden.

Die allmählich einsetzende Dämmerung wurde inzwischen von einem hellen Licht verscheucht, dessen Ursprung Kayleigh nicht sehen konnte. Es kam von irgendwo über ihr und das Dach über der Veranda war ihr im Weg. Was sie nun aber deutlich sehen konnte, waren weitere Lichtblitze.

Eine Stimme, die nach Bob klang, rief gerade „Entwarnung!" und Kayleigh wagte sich nun doch aus der Tür heraus und spähte vorsichtig, ihren Sohn fest an der Hand, über die Brüstung der Veranda.

Bei dem Anblick, der sich ihr bot, wusste sie nicht, ob sie lachen oder fassungslos den Kopf schütteln sollte. Ein paar Feen schossen aufgeregt hin und her, sämtliche Magier, die in der Teestube gewesen waren, schienen sich inzwischen um die für Kayleigh unsichtbaren Apparaturen versammelt zu haben, die gerade ein paar finale Funken ausspuckten.

Und inmitten des Aufruhrs, umgeben von Ignatius, Frosty und der Katze, saß Jillian auf dem Hintern, winkte Kayleigh gerade viel zu fröhlich zu und rief laut: „'tschuldigung!"

Fassungslos schnupperte Kayleigh. Eindeutig, das war der typische Geruch nach Silvester. Im ersten Moment war sie sich sicher gewesen, ihre Schwester hätte die Frühwarnsysteme der Lodge ausgelöst, und nur der Himmel konnte wissen, was die versammelte Zaubererschar, deren Arbeit der vergangenen Stunden und Tage umsonst gewesen wäre, dann mit ihr gemacht hätte. Aber was Jill da abgefackelt hatte, war tatsächlich Feuerwerk gewesen. Vollkommen unmagisches, stinknormales Feuerwerk.

Das Lachen drängte nun doch an die Oberfläche, als Kayleigh langsam begriff, was passiert war.

„Der Vampir!", rief einer der Magier und die meisten Anwesenden drehten sich um und rasten förmlich zur Teestube zurück.

Kayleigh grinste in sich hinein und nicht einmal der Gesichtsausdruck ihres Onkels konnte sie davon abhalten. Robert half Jillian wortlos auf die Beine, dann bugsierte er sie mit so düsterer Miene die Treppe hinauf, wie Kayleigh es lange nicht mehr gesehen hatte. Wäre das kaum sichtbare Zucken in den Augenwinkeln nicht gewesen, hätte sie Angst um ihre Schwester bekommen können, so beließ sie es dabei, den beiden zu folgen und schleunigst die Tür hinter ihnen zu schließen.

„Bei allen alten Runen, Hummelchen, was hast du dir dabei gedacht?", verlangte Robert zu wissen und schaffte es, noch einen Moment die strenge Miene beizubehalten.

Dann begann Noah, leise Applaus zu klatschen und wie ein kleiner Junge zu grinsen, und mit Roberts Beherrschung war es vorbei. Stattdessen prustete er los.

„Das erinnert mich an einen Streich, den Friday und ich mal ausgeheckt haben, als wir noch in der Schule waren, nur hatten wir magisches Feuerwerk ..."

Bevor er die Geschichte zu Ende erzählen konnte, öffnete sich die Haustür erneut und eine sichtlich aufgebrachte Katze kam hereingefegt. „Wo ist er?", fauchte sie.

„Wo ist wer?" Robert schaute sie verständnislos an, doch sie kratzte schon an der Küchentür.

Kayleigh blinzelte. Das Bild blieb dasselbe. Die Katze kratzte an der Tür.

„Lass mich rein, du hinterhältiger Verräter!", forderte sie lautstark.

„Was ist denn passiert?", wollte Bob wissen, während die Schwestern einen verschwörerischen Blick tauschten.

„David hat die Fledermaus in die Küche gebracht. Damit sie nicht mehr wie ein Ausstellungsstück behandelt wird", erklärte Kay und beobachtete fasziniert die Katze dabei, wie sie regelrecht an der Tür hochkletterte.

„Verstehe", murmelte Robert. „Dann war das also nicht einfach nur jugendlicher Leichtsinn, sondern ein wohldurchdachtes Manöver."

„Ich konnte mir das nicht länger ansehen", erklärte Jillian energisch.

„Verstehe", wiederholte ihr Onkel. „Wer ist da drin und hat unsere Tür versiegelt?" Er wartete Jills Antwort gar nicht erst ab, sondern rief lauter: „David?"

„Habt ihr die Monsterkatze da draußen im Griff?", kam es zurück.

„Ich geb dir gleich Monsterkatze! Das ist eindeutig ..."

„Ganz nach Protokoll, Chleo", unterbrach Noah sie.

Die Katze hielt tatsächlich inne.

„Nach dem Erlass der Konferenz von Paris im Jahr 1903 entspricht es voll und ganz den Vorschriften, wenn ein Wesen, das Gegenstand einer magischen Ermittlung ist, von einem der Kinder des Mars an einen anderen Ort gebracht wird, solange seine Bewachung sichergestellt ist. Und da es keinen Grund zu der Annahme gibt, dass David mit einer schwer angeschlagenen Fledermaus nicht fertigwird, ist das alles vollkommen rechtmäßig. Würdest du also bitte in die Teestube hinübergehen und Melody sagen, dass sie die zwei anwesenden Experten unauffällig herlotsen soll? Ich denke, wir sollten sehen, dass wir uns bald um die Rückverwandlung des armen Kerls kümmern", bestätigte Robert.

„Schick doch Noah", konterte die Katze.

„Ich bin bei der Recherche besser als Robert und werde nicht mal aus Versehen versuchen, den Vampir anzuknabbern", hielt Noah dagegen und deutete auffordernd in Richtung Teestube.

Die Katze ließ es sich nicht nehmen, die Tür noch einmal mit einem wütenden Knurren zu bedenken und dann so würdevoll wie möglich und ohne Jillian eines Blickes zu würdigen, in den Keller hinunter zu stolzieren.

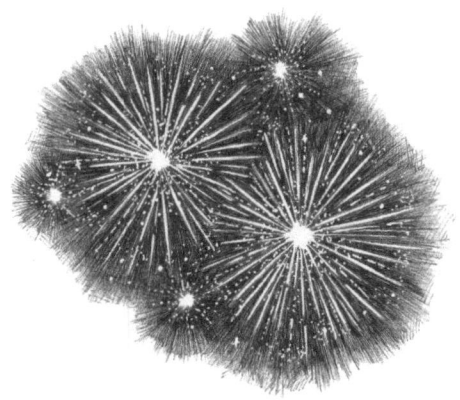

SCHÖNE NEUE ZAUBERWELT

Weder Kayleigh noch Jillian sahen es ein, sich wieder aus der Küche vertreiben zu lassen. Stattdessen drehte Kayleigh eine Frage in Gedanken hin und her, die ihr beim Durchblättern des Buches ihres Onkels gekommen war. „Kann man jemanden irgendwie dazu *bringen*, in einer anderen Form stecken zu bleiben?", wagte sie es schließlich auszusprechen.

„Jemanden praktisch zwingen?" Die beiden Spezialisten tauschten einen Blick.

„Das wäre eine ganz neue Erklärung ...", überlegte Professor Lewis, dessen Hemd jetzt eindeutig mehr grün-violett als blau-orange war.

Doktor Hill warf ihm einen mahnenden Blick zu. „Wir sollten das vielleicht im Kreis von Eingeweihten erläutern", schlug er mit einem Unterton vor, der Jillian die Augen verdrehen ließ.

„Was sollen sie denn machen? Jedes Mal ins Pfarrhaus umziehen, wenn wir hier unheilige Riten durchführen?", warf die Katze ein, die zusammen mit ihnen in die Küche gekommen war und seitdem unruhig unter dem Tisch herumtigerte.

„Lassen wir es doch einfach den Jungen mal versuchen – das sollte doch unproblematisch sein", sagte David zu Kayleighs Überraschung.

„Brandon soll ihn zurückverwandeln?", fragte sie ungläubig.

„Nein, die Rückverwandlung übersteigt unsere Fähigkeiten nicht. Wenn wir Glück haben und noch früh genug dran sind", erwiderte David. „Aber kleine Magier müssen erst einmal ein Gefühl für die Anwesenheit von Zaubern bekommen. Er könnte sich dieser Fledermaus nähern und uns sagen, ob er irgendetwas spürt, irgendeinen Zauber." Bei den letzten Worten wanderte sein Blick zwischen Robert und Kayleigh hin und her.

„Das wäre als Übung nicht schlecht", gab Robert zu. „Er muss ja nicht wissen, was es für ein Zauber ist. Weißt du, Kay, das ist für Magierkinder nichts anderes, als wenn du mit ihm Bilderbücher durchblätterst. Wo ist der Ball, wo ist das Haus? In dem Fall eben, ist da ein Ball?"

Kayleigh nickte langsam. Das klang nun nicht, als würde es Brandon irgendwie schaden können.

„Aber wenn ein Zauber auf der Maus liegen würde, dann würdet ihr ihn doch finden! Hier sind fünfeinhalb Magier im Raum!", warf Jillian ein.

„Magier sind da auch nicht anders als andere Erwachsene. Wir sind manchmal zu festgefahren in dem, was wir sehen, und wir werden den Tag über mit so viel Zauberei eingenebelt, dass wir manche Dinge übersehen. Es gibt Zauber dafür, aber frag mich bitte niemand, ob ihn das nicht weiter strapazieren würde. Brandon ist da vielleicht offener und es geht schneller und mit Sicherheit sanfter", erklärte David.

„Schön, soll er es versuchen", entschied Lewis und rückte einmal mehr seine Brille zurecht.

„Brandon, wie ist es – ist die Fledermaus verzaubert?", fragte Robert fröhlich.

Brandon kniete auf einem Stuhl und lag halb auf dem Tisch, um bloß keinen Mucks des Wesens zu verpassen.

„Ich denke schon", sagte er langsam. „Aber es ist nichts Gutes. Ich glaube, sie mag es nicht."

„Da haben wir's. Kayleigh könnte demnach recht haben", war Noahs Urteil. „Und jetzt seien wir doch nicht albern: Wir erzählen den Mädchen doch im Grunde nur, dass wir nichts wissen."

„Leider ist das wahr." Robert wandte sich direkt an sie und Jill. „Wisst ihr, es ist so dermaßen selten, dass Gestaltwandler stecken bleiben, dass wir so gut wie keine Ursachenforschung haben. Wir haben Ideen, was passiert sein könnte, aber es ist zum großen Teil Theorie und Arbeitshypothese. Deswegen können wir nichts ausschließen."

„Ich denke, wir sollten diese Möglichkeit verfolgen. Und zwar aus ein paar ganz einfachen Gründen, auf die Jillian und ich zusammen gekommen sind", ergriff David wieder das Wort.

Jillian, die die ganze Zeit recht still gewesen war, wertete das als Stichwort. „Unsere Theorie ist im Moment folgende: Dieser Vampir ist ein nachtaktives Wesen. Ich kenne mich mit der Reichweite von Vampiren nicht aus, aber er war vorgestern schon hier, also treibt er sich möglicherweise schon länger in der Nähe herum. Unsere erste Idee war, dass er es mit Mühe und Not noch zur Lodge geschafft hat, um sich Hilfe zu suchen. Dann haben wir überlegt, ob er vielleicht sogar in der Nähe gemerkt haben könnte, dass er in der Verwandlung stecken geblieben ist, und deshalb um Hilfe bitten wollte. Und wenn Kayleigh richtig liegt, dann könnte ihn jemand hier auf dem Gelände in seiner Wandlung festgehalten haben. Und wozu sollte jemand das tun, wenn er nicht zufällig etwas beobachtet hat, was er nicht weitergeben sollte?"

„Und deswegen ist es sehr wichtig, diesen Vampir wieder hinzubekommen, denn es besteht die Möglichkeit, dass er uns bei der Suche nach dem Einbrecher weiterbringen kann", erklärte David.

„Wie viel einem auffällt, wenn man sich auf das Wesentliche konzentriert", meinte Noah halb anerkennend, halt tadelnd in Richtung der anderen anwesenden Magier.

Robert stimmte David zu und trat näher an den Tisch. „Das heißt also, wir müssten den Zauber feststellen und ihn dann ... Wobei wir es so kompliziert vielleicht gar nicht machen müssen. Wir nehmen einen generellen Bannbrecher und sehen, ob er wirkt. Bei Bannzaubern bis zu einem gewissen Grad sollten wir ihn damit schon retten können."

Noch immer verlangte niemand von Jillian und Kay, den Raum zu verlassen, also beobachteten sie weiterhin interessiert, wie ihr Onkel Kreide holte, damit um den Vampir herum Symbole auf den Tisch zeichnete und dazu etwas vor sich hinmurmelte. Schließlich wischte er im Uhrzeigersinn mit zwei Fingern der linken Hand einmal durch jedes Symbol.

„Die Symbole stehen für die Elemente des Bannzaubers und wenn man sie bricht, soll das den Bann brechen?", hörte Kayleigh ihre Schwester leise fragen. Wahrscheinlich würde Jillian in der Theorie mindestens die Hälfte der Zauber, die im Haus gerade herumflogen, bald selbst können.

„So ähnlich. Es sind nicht speziell die Elemente dieses Zaubers, aber generell ..." Noah verstummte, als ihm Hill einen vernichtenden Blick zuwarf, und verdrehte die Augen, nachdem der Magier wieder wegsah.

Als ihr Onkel das letzte Symbol aufbrach, wartete Kay auf einen Funkenregen oder ein helles Licht oder irgendetwas. Stattdessen hatte sie eine seltsame Ahnung, als würde ein Seil reißen oder als würde eine Tür aufgehen. Es riss zwar in der ganzen Küche nichts und die Tür blieb geschlossen, aber das Bild schien irgendwie im Raum zu hängen und sogar für Nichtmagische wahrnehmbar zu sein.

Ähnlich wie bei der Sache mit der Maus wurde die Fledermaus vom Tisch auf einen Stuhl gelegt.

Noah und Hill starrten gebannt auf ihre Armbanduhren.

Kay bemerkte aus den Augenwinkeln, wie Jill ihr Handy aus der Tasche zog und die Stoppuhr aktivierte. Kaum jemand in der Küche wagte es, auch nur tief Luft zu holen, geschweige denn, sich zu bewegen. David und Robert sahen aus, als würden sie in Gedanken einen Spruch für den Notfall bereithalten, falls der Vampir angreifen könnte. Robert hatte Brandon hinter sich geschoben.

Plötzlich kam Leben in die Fledermaus. Sie schien zu wachsen, ihre Form verzog sich, undeutliche Schatten umgaben sie ... und dann war es keine Fledermaus mehr, die auf dem Stuhl saß, sondern der blasse Gast der Teestube, den Kayleigh schon öfter dort gesehen hatte.

„Danke. Vielen herzlichen Dank", keuchte er.

„Das ist ja eine Überraschung! Cedric! Nichts zu danken", versicherte Robert. „Ich weiß, es ist jetzt sicher nicht leicht, aber könntest du uns erklären ...?"

„Ich versuche es ja die ganze Zeit schon! Es ist nur ... nicht so leicht als Beutetier", stellte der Vampir mit einem schiefen Lächeln fest.

„Hmpf", kam es von der Katze, die verdächtig still geworden war.

Während Cedric berichtete, tauschten Kayleigh und Jillian immer wieder vielsagende und auch überraschte Blicke. Einiges war so offensichtlich, dass es fast kein Wunder war, dass jeder es übersehen hatte.

Der Vampir war tatsächlich in der Fledermaus-Gestalt bei der Lodge gewesen, eigentlich nur auf der Durchreise, aber dann war ihm eine seltsame magische Strömung aufgefallen. Er war näher geflattert und hatte die Elster bemerkt. Elstern gab es nun logischerweise in ganzen Schwärmen auf dem Gelände, aber für gewöhnlich waren diese nicht mitten in der Nacht aktiv.

Er war nicht auf die Idee gekommen, dass von dem Vogel eine Gefahr ausgehen könnte, und noch ein wenig näher herangegangen. Dann war ihm der Gegenstand aufgefallen, den der Vogel immer wieder mit dem Schnabel bepickt hatte. Ein recht großer Schlüssel. Der Vogel schien darüber nachzudenken, was er am besten damit machen sollte, und zum Erstaunen des Vampirs begann das Tier, sich zu verwandeln. In einen Menschen.

„Ich habe diesen Magier noch nie gesehen, aber allem Anschein nach hat er meine Gegenwart gespürt. Ich war mir sicher, dass er mich im Dunkeln nicht sehen würde, aber er hat diesen Bann auf mich gewirkt und mich gegen die Hauswand geschleudert. Als ich wieder zu mir kam und die ersten gebrochenen Knochen geheilt waren, war er natürlich fort. Ich fand einen Eingang ins Haus, einen magisch geschaffenen Weg, wie ein Lüftungsschacht. Aber er führte nur in einen geschlossenen Kellerraum, das half mir nicht weiter. Also blieb ich den Rest der Nacht dort und den nächsten Tag über oder vielleicht auch länger. Die Heilung war anstrengend und der Bann zerrte an mir und mein Zeitgefühl hat ein wenig gelitten. Irgendwann versuchte ich es durch den Turm."

Bedeutungsschwere Blicke gingen hin und her.

Inzwischen war es draußen dunkel und der Vampir wurde von Minute zu Minute unruhiger.

„Ich bitte um Verzeihung, aber mein Körper ist immer noch geschwächt. Ich muss trinken, sonst kommt es womöglich zu weiteren Komplikationen."

„Ja, sicher", sagte Robert, bevor sich jemand anderes dazu äußern konnte, und schneller, als Kayleigh der Bewegung folgen konnte, verschwand der Vampir aus der Küche.

„Und wenn er gelogen hat? Ich dachte, so was können die gut? Wenn er jetzt jemanden umbringt ...?", gab Jillian entrüstet zu bedenken.

„Ich hätte ihn auch gehen lassen", versuchte David, sie zu beruhigen. „Er ist ein Vampir, er hat mit der magischen Welt nur am Rande zu tun. Tote Zauberer und Schlüssel interessieren ihn nicht und er hat uns eine Geschichte erzählt, die an vielen Ecken zu gut passt. Außerdem ist er deiner Familie seit einer Ewigkeit bekannt. Nein, er ist nicht das Problem. Dieser Elster-Magier ist es."

Die beiden Spezialisten für Gestaltwandel wirkten leicht verstimmt, weil sie keine Chance mehr gehabt hatten, den Vampir zu befragen, doch Robert versicherte ihnen, dass er ganz sicher wieder in die Teestube kommen und sich dann eine Gelegenheit ergeben würde.

„Schöne Spezialisten, so viel haben sie ja jetzt nicht geholfen", stellte Jillian fest, nachdem sie gegangen waren.

„Da war der Vampir hilfreicher", stimmte David zu.

Kurz nach Schließen der Teestube kam auch Melody in die Wohnung herüber und einmal mehr hielten sie alle Kriegsrat am Tisch, der stets die richtige Größe und die richtige Anzahl Stühle zu bieten hatte.

Ihr Verdächtiger war also ein Magier, der Bannzauber und Gestaltwandel beherrschte. Viele Bannzauber waren eine üble Sache und nicht gern gesehen.

„Er scheint ziemlich skrupellos zu sein, wenn er es in Kauf genommen hat, diesen Vampir zu töten", stellte Melody fest.

„Ja, er schreckt vor nicht viel zurück", stimmte Robert ihr zu.

Das war der Punkt, an dem Kayleigh Brandon daran erinnerte, dass er noch in die Badewanne sollte und sich bei den Theorien über Mord und Totschlag lieber mit ihm aus der Küche verzog.

Natürlich brachte Jillian sie später auf den neuesten Stand der Dinge: Nach einigem Hin und Her waren die versammelten Magier darin übereingekommen, dass der Magier, den sie suchten, mehrmals in der Lodge gewesen sein musste. Einmal als Ratsuchender, um herauszufinden, wo die Schlüssel waren und um einen gut verborgenen Portalzauber in Frostys Keller anzubringen. Dann ein weiteres Mal, als Melody mit den Sumpfwichteln zu kämpfen gehabt hatte, um den Zauber auch von außen zu installieren.

Durch Melodys eigene Zauber und die Magie der Wesen war der Portalzauber gut verborgen worden. Eine Weile später, nachdem es wieder ruhig geworden war und noch bevor jemand das Portal entdecken konnte, war der Dieb als Elster hindurchgeschlüpft und hatte den Schlüssel mitgenommen.

„Onkel Robert meint, das ist der Nachteil an einem durch und durch magischen Haus: Das Portal war so klein, dass ein Vogel hindurchpasste. Es schwirrt in Haus und Garten so furchtbar viel Magie herum, dass man etwas derart Kleines übersehen kann, wenn man nicht mit einem Angriff rechnet."

Nachdenklich legte sie den Kopf auf die angezogenen Knie. „Es ist eine bessere Spur, aber wir haben den Einbrecher damit immer noch nicht", schloss sie ihren Bericht.

„Sie sollten besser zusehen, dass sie ihn kriegen", erwiderte Kayleigh. Die Lodge war also für Brandon der beste Ort der Welt? Nun, in ihrem früheren Zuhause hatten sie es wenigstens nicht mit Einbrechern zu tun gehabt, die auch vor Mord nicht zurückschreckten. Wenn statt dem Vampir mit seinen immensen Selbstheilungskräften nun jemand anderes dem Magier in die Quere gekommen wäre? Womöglich Jillian? Oder sogar Brandon? Daran wollte Kayleigh lieber nicht denken, doch je mehr sie versuchte, den Gedanken zu verdrängen, desto hartnäckiger wurde er. Und weiterhin konnten Jillian und sie kaum etwas tun, als abzuwarten und den ermittelnden Magiern alle Daumen zu drücken.

„Ich habe mit David noch mal über die Sache mit den Verschlüsselungen gesprochen", sagte Jillian wie aus heiterem Himmel.

„Und?"

„Ich denke, ich sollte es doch mal versuchen. Wer weiß, was man da so alles findet ..."

Jill erwiderte ihren prüfenden Blick, als wäre sie die Unschuld in Person. Fehlte nur noch der Heiligenschein, der wie im Comic über ihr aufleuchtete. Jillian griff nicht nach einem Strohhalm, um einen Platz in der magischen Welt zu erhalten. Sie hisste auch keine weiße Fahne. Nein, das hier war Teil eines Plans und hinter diesem Lächeln war Jill inzwischen wieder so undurchschaubar wie die Sphinx. Genauso ein Enigma wie die Codes, die sie in Zukunft knacken würde. Dass sie nicht zögern würde, ihren scharfen Verstand zu benutzen, und zwar nicht nur in Bezug auf die Dinge, denen sie wirklich auf den Grund gehen *sollte*, darauf hätte Kayleigh alles verwettet, was sie hatte. Darauf, dass David Jillian dabei im Griff behalten würde, ganz und gar nicht.

Vielleicht wäre es nur fair, ihn zu warnen und ihm eine Chance zu geben, rechtzeitig wegzulaufen. Nachdem er Jill auf die Idee gebracht hatte, war es andererseits aber ebenfalls nur fair, dass er zusehen sollte, wie er mit ihrer Neugier fertigwurde. Die Geister, die man rief, waren nun einmal nicht leicht zu bändigen. Wenn Kayleigh die Wahl gehabt hätte, hätte sie sich lieber mit einem Geist angelegt, als mit ihrer zu allem entschlossenen kleinen Schwester.

„Wieso grinst du so?", wollte Jillian wissen und erst jetzt fiel Kayleigh auf, dass sich da wohl ein Hauch von Schadenfreude auf ihrem Gesicht abgezeichnet hatte.

„Nur so. Wirbel die Magierwelt einfach nicht zu sehr durcheinander, ja?" *Und überlass die gefährlichen Sachen bitte anderen*, fügte sie stumm hinzu.

„Ich doch nicht", erwiderte Jillian mit einem weiteren Sphinx-Lächeln.

Einen Moment lang hätte Kayleigh schwören können, dass das vielmehr die Antwort auf ihren Gedanken als auf die laut ausgesprochene Ermahnung war. Aber das war doch nun wirklich nicht möglich.

Jillian zwinkerte ihr zu.

Oder?

Schöne neue Zauberwelt, dachte Kayleigh und hoffte, dass Brandon nicht allzu schnell erwachsen werden würde.

DANKSAGUNG

Hier ist es also, mein erstes Selfpublishing-Projekt. Wie immer, wenn man etwas zum ersten Mal macht, war der Weg von der Idee bis zum fertigen Resultat auch ein spannender Lernprozess. Dass es bis zum Erscheinen immer wieder (länger) gedauert hat, obwohl der erste Entwurf sehr schnell fertig war, hatte mit einer der größten Tücken im Selfpublishing zu tun, Fluch und Segen zugleich: Man hat keine Deadline, kann also machen, was man will. Für das nächste Mal muss ich mir also selbst Deadlines setzen und mich vor allem auch daran halten. Und wo könnte ich das besser ausprobieren, als bei den weiteren Teilen der Reihe um die Magpie Lodge – „Schöne neue Zauberwelt" war ja schließlich erst der Anfang.

Dass die magische Teestube nun endlich ihre Türen öffnet und die Geschichte in dieser Form in die Welt hinausgelassen wird, daran hatten außer mir noch ein paar weitere Menschen wesentlichen Anteil. Bei all denjenigen möchte ich mich herzlich bedanken, denn ohne euch wäre die Teestube nicht das geworden, was sie jetzt ist:

Sarah hat aus den Ideen, die ich zum Thema Cover hatte, so schnell genau das richtige Cover erstellt, da muss Zauberei im Spiel gewesen sein. Sozusagen nebenbei hat sie mich auch noch auf die Idee mit dem Logo gebracht und sich nicht ein einziges Mal über meine bestenfalls chaotische bis nicht vorhandene Zeitplanung gewundert.

Meine tapferen Teestuben-Testleser, Fabienne und Olaf, haben die Geschichte um die Magpie Lodge nicht nur schnell gelesen, sondern mir mit ihren Anmerkungen auch ein riesiges Stück weitergeholfen. So fundiertes Testleser-Feedback zu bekommen, ist nicht nur sehr wertvoll, sondern hat auch noch einmal ordentlich motiviert.

Sandra war nicht nur die perfekte Lektorin für meine magischen und nichtmagischen Teestubenaspekte, sie hat mir auch vor dem Lektorat schon den einen oder anderen Schubs verpasst, damit ich endlich mal vorankomme – und hat mit ihrer Begeisterung für das ganze Projekt den Motivationsspeicher noch mal ordentlich aufgefüllt, bevor es in den Endspurt ging.

Was Ideen für Grafiken angeht, bin ich ja manchmal wirklich hilflos. Ich habe vielleicht sogar Bilder im Kopf, aber beim Beschreiben vergesse ich grundsätzlich die Hälfte oder drücke mich konfus aus. Die wundervollen Illustrationen in „Schöne neue Zauberwelt" gehen deswegen komplett auf das Konto von Nina, die aus meinem „Vielleicht der Drache und die Katze und ansonsten zeichne halt das, was du gerne zeichnen magst" diese wunderbaren Kunstwerke gezaubert hat. Sie hat sogar darauf aufgepasst, dass die Schwanzspitze der Katze die richtige Farbe hat (eins der Dinge, die ich vergessen hatte) und damit wahrscheinlich einen katzigen Aufstand verhindert. Wer weiß, wie Chleo reagiert hätte ...

Was wären Autoren ohne Musen – in meinem Fall hat sich mein Mann nicht nur als Plot-Ratgeber entpuppt, sondern auch als professionelle Nervensäge, wenn es darum ging, mich zurück in die Teestube zu scheuchen und mehrmals am Tag „Jetzt mach das endlich fertig" zu sagen. Außerdem war er schon für die erste Rohfassung das aufmerksame Testpublikum und hat das eine oder andere Detail beigesteuert. Sein beiläufiger Satz „Mit solch unflätigen Bodendielen möchte ich nicht zusammenleben" hat vor einer ganzen Weile die Rädchen in meinem Kopf in Bewegung gesetzt, die aus den ersten, noch recht ungenauen Ideen zur magischen Teestube das gemacht haben, was am Ende daraus geworden ist. Dass der erste Teil der Geschichte um die Magpie Lodge seinen Weg in die Welt gefunden hat, ist also genauso der Verdienst der Autoren-Muse wie mein eigener.

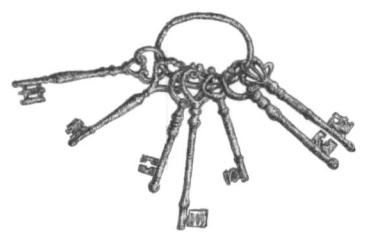